Susanna Bo

SE FOSSI IN TE

SAN PAOLO

Piazza Soncino, 5 - 20092 Cinisello Balsamo (Milano)
www.edizionisanpaolo.it
Distribuzione: Diffusione San Paolo s.r.l.
Piazza Soncino, 5 - 20092 Cinisello Balsamo (Milano)

ISBN 978-88-922-2713-2

Ringraziamenti

Questo libro è dedicato al ricordo di Angelo Carniglia. Ringrazio chi ha pregato per me e per questa storia, innanzitutto Marlyse Antonioli. Poi la mia famiglia: i miei figli stupendi e in particolare Anna e Rachele, che mi hanno aiutato molto con il linguaggio dei millennials. Ringrazio Gianni, mio marito: per avermi sostenuto e per la serenità che metti ogni giorno nella mia vita. Sei la mia Tabitha, e ti amo con tutto il cuore.

Ringrazio il mio editor Luca Crippa per il suo incoraggiamento e tutto il mio gruppo di lettori: Daniela Docimo, Emanuela Ferri, Nicolas Castelletti e Cristiana Zuccarato, che mi ha dato grande forza e motivazione.

Ringrazio la mia consulente per il mondo del nuoto: più brava e più bionda di Federica Pellegrini, la mitica Sofia Bo. Ringrazio la meravigliosa Valentina Taccola per aver condiviso con me la sua esperienza con la psicoterapia, Diletta Nigro per le sue dritte sul lavoro dell'estetista e Rachele Nigro per la sua consulenza medica.

Ringrazio i Pirati dei Caruggi, che con il loro video "Ciao Milano" mi hanno fornito materiale per i cartelli dello zio Beppe, e Vittoria Barrani per la sua opera di babysitteraggio.

Ringrazio infine la persona che, più di ogni altra, ha amato questo libro e ne ha seguito la stesura: il mio gemello separato alla nascita Riccardo Cendamo, il cui apporto a questa storia è stato a dir poco definitivo. Grazie Riccardo: questo libro è anche tuo, e non lo direi a nessun altro.

"Che morte! Che occasione! E che sorpresa.
La mia volontà ha scelto la vita".

Ada McGrath, *Lezioni di Piano,* 1993

Gruppo Giovani "Batti un Cinque!"
Parrocchia Sacro Cuore

Campo Estivo 2019
"Metti un Like a Jesus Christ!"

Questionario di presentazione

CIAO! ALL'INIZIO DI QUESTA NOSTRA SETTIMANA INSIEME, TI CHIEDIAMO DI COMPILARE UN PICCOLO QUESTIONARIO, PER CONOSCERTI UN PO' MEGLIO E SAPERE, IN BASE ALLA TUA ETÀ, IN QUALE SQUADRA METTERTI.
SENTITI LIBERO/A DI NON COMPILARLO PER INTERO, O DI NON COMPILARLO AFFATTO (IN QUESTO CASO, SARAI ASSEGNATO ALLA TUA SQUADRA PER SORTEGGIO). MA, MI RACCOMANDO, SE LO COMPILI... NON BARARE! SII SINCERO/A!
BUON CAMPO E... BATTI UN CINQUE!

NOME (non è necessario anche il cognome)

Adele

ETÀ

16

DA CHI È COMPOSTA LA TUA FAMIGLIA? (p.s. sentiti libero/a di non rispondere se non vuoi)

Mia madre e mia sorella.

CHE SCUOLA FREQUENTI?

Corso per operatore del benessere (estetista).

CHE COSA FAI NEL TUO TEMPO LIBERO?

~~Mi drogo ahahahaha~~
Esco con i miei amici
Vado su Instagram

PERCHÉ HAI DECISO DI VENIRE A QUESTO CAMPO?

Mi ha obbligato mia madre. Per tenermi controllata questa settimana che non è a casa perché va alle terme con mia nonna.

LA TUA PIÙ GRANDE PAURA?

Dover tornare qui anche l'anno prossimo.

E IL TUO PIÙ GRANDE SOGNO? (P.s. non barare, sii sincero/a!)

~~Il nuoto~~
~~Il nuoto agonistico~~
~~Ricominciare a fare nuoto agonistico~~
Ho tanti sogni, ma non uno in particolare.

CHE COSA PENSI DI DIO?

Chissà che cosa pensa lui di me

COSA TI ASPETTI DALLA SETTIMANA CHE PASSEREMO INSIEME?

Di battere molti cinque.

PENSI CHE TI FARAI QUALCHE AMICO?

~~Di norma preferisco farmi gli sconosciuti.~~
L'amicizia è sempre una bella cosa.

HAI QUALCHE NECESSITÀ O RICHIESTA INERENTE ALLA SISTEMAZIONE NELLE CAMERATE?

Non mettetemi con mia sorella.

E ADESSO TOCCA A TE: FACCI TU LA TUA DOMANDA!!!

È un problema se ogni tanto bestemmio?

Gruppo Giovani "Batti un Cinque!"
Parrocchia Sacro Cuore

Campo Estivo 2019
"Metti un Like a Jesus Christ!"

Questionario di presentazione

CIAO! ALL'INIZIO DI QUESTA NOSTRA SETTIMANA INSIEME, TI CHIEDIAMO DI COMPILARE UN PICCOLO QUESTIONARIO, PER CONOSCERTI UN PO' MEGLIO E SAPERE, IN BASE ALLA TUA ETÀ, IN QUALE SQUADRA METTERTI.
SENTITI LIBERO / A DI NON COMPILARLO PER INTERO, O DI NON COMPILARLO AFFATTO (IN QUESTO CASO, SARAI ASSEGNATO ALLA TUA SQUADRA PER SORTEGGIO).
MA, MI RACCOMANDO, SE LO COMPILI... NON BARARE! SII SINCERO / A!
BUON CAMPO E... BATTI UN CINQUE!

NOME (non è necessario anche il cognome)

Arianna Guidi

ETÀ

Ho 16 anni

DA CHI È COMPOSTA LA TUA FAMIGLIA? (p.s. sentiti libero/a di non rispondere se non vuoi)

Mamma e una sorella gemella. Mio padre non abita con noi, vive a Roma.

CHE SCUOLA FREQUENTI?

Frequento il liceo classico presso ~~il braccio della morte~~ l'istituto "Eugenio Montale".

CHE COSA FAI NEL TUO TEMPO LIBERO?

Mi metto a letto e guardo dei film sul mio tablet, oppure leggo ~~e scrivo racconti~~.

PERCHE' HAI DECISO DI VENIRE A QUESTO CAMPO?

Non ho deciso io, mi ha iscritto mia madre. Per farmi socializzare con qualcuno.

LA TUA PIÙ GRANDE PAURA?

Socializzare con qualcuno.

E IL TUO PIÙ GRANDE SOGNO? (P.s. non barare, sii sincero/a!)

Tornare subito a casa.

CHE COSA PENSI DI DIO?

~~L'ho visto un paio di volte quando ero piccola, ma non credo che lui si ricordi.~~
Non penso niente di particolare.

COSA TI ASPETTI DALLA SETTIMANA CHE PASSEREMO INSIEME?

~~Mi fate paura.~~
Non so.

PENSI CHE TI FARAI QUALCHE AMICO?

Ritengo improbabile che in una settimana succeda una cosa che non succede da tre anni, ma non si sa mai.

HAI QUALCHE NECESSITÀ O RICHIESTA INERENTE ALLA SISTEMAZIONE NELLE CAMERATE?

Posso stare da sola, o al massimo con mia sorella che è qui al campeggio anche lei?

E ADESSO TOCCA A TE: FACCI TU LA TUA DOMANDA!!!

Se vedo un animatore uscire dai bagni e non ho la certezza che si sia lavato le mani, posso rifiutarmi di battergli il cinque?

1

Non c'è limite al peggio

Adele, 14 ottobre 2019
E fu sera e fu mattina,
primo giorno

"Di tutte le serate di merda e di stramerda che ho passato nella mia vita di merda, in una scala da uno a dieci questa si piazza a... meno sei".

Se tenessi un diario segreto, tipo uno di quelli che avevo alle elementari con il lucchetto, la copertina di Violetta e la foto del mio amore proibito di quei tempi (Mattia lo Scoreggione), è così che riassumerei questo fine giornata. Con la frase di un libro che ho aperto a caso poco fa, e che sembra una descrizione ottimista della mia situazione attuale. Perché in effetti mai, e dico *mai* come ora, nei miei sedici anni di vita, ho capito fino in fondo cosa significhi: "non c'è limite al peggio".

Allora, tanto per cominciare Rio non mi ha chiamato oggi. E neanche ieri. E neppure l'altro ieri, e nemmeno tre giorni fa. Mi sta lasciando, me lo sento. Non sono un genio, non lo sono mai stata se è per quello, ma lo capisco al volo quando una storia è arrivata al capolinea. Solo che di solito sono io quella che scarica, non il contrario. E il bello è che me lo ero anche detta: "Guarda Adele che Rio te lo spezza il cuore. Stavolta è arrivato quello che il cuore te lo prende, se lo mette sotto gli anfibi e te lo frantuma in mille pezzettini, come tu hai frantumato quello di un bel po' di gente". Ma nulla, non ho voluto darmi retta. D'altra parte, chi è che darebbe retta a una come me. Non è che io sia proprio un mostro di saggezza, o di intelligenza, o di stabilità mentale. Cioè, io non sono mia sorella da questo punto di vista, purtroppo (ma per tutto il resto, menomale). Però, insomma, ogni tanto qualcuna la azzecco anch'io. E su Rio avevo ragione. Dio solo, se mai esiste (ma dopo la giornata di oggi mi sembra ovvio che non esiste), sa se avevo ragione.

Perché il punto vero è che io non so decidermi. Davvero, non so decidermi, ed è questo il problema, perlomeno con i ragazzi. E Rio è il mio ragazzo. Non si chiama così in realtà, ma fra di noi ci chiamiamo Tokyo e Rio, come quelli della serie tv *La Casa di Carta*. Tra l'altro lui mi ha sempre detto che io le assomiglio anche un po' a Úrsula Corberó, l'attrice che interpreta Tokyo, anzi che sono perfino più bella, e grazie tante. Ho quattordici anni in meno di lei, e voglio dire: non è che perché sei una star superfamosa e superpagata che dopo i trenta non ti inizia a cadere il culo. Quindi ammettiamolo: io a livello di glutei la batto dieci a zero. Comunque... mi viene il magone solo a pensarci, alla prima volta che ci siamo chiamati Tokyo e Rio, cioè che abbiamo capito di piacerci e di voler essere una coppia come i due della *Casa di Carta*.

È stato a luglio, ben tre mesi fa. Era più o meno un anno che con i nostri amici ci eravamo fissati su quella serie tv e così una sera, tanto per cazzeggiare, abbiamo iniziato a darci i nomi dei personaggi della prima stagione. Ad esempio, io e le altre due femmine del gruppo siamo diventate

Tokyo, Stoccolma e Nairobi, il ragazzo di Stoccolma non poteva che essere Denver e i suoi cugini che fanno rugby e sono i due bestioni della compagnia si sono chiamati Oslo ed Helsinki. Ci mancavano e ci mancherebbero ancora Berlino e Mosca per completare il cast, ma pazienza. Anche perché l'intellettuale della combriccola, l'unico di noi che va al liceo, nonché la mente malata di tutte le stronzate che combiniamo, si è preso di diritto il ruolo del Professore, giustamente (anche se il Professore della *Casa di Carta* è un maniaco dei dettagli nei colpi che organizza, mentre il nostro Professore è un maniaco sessuale e basta). Comunque mi hanno detto subito tutti che io ero Tokyo senza pensarci neanche un secondo, chissà perché. Forse perché in generale mi piace abbastanza fare casino, o per la somiglianza con Úrsula Corberó. O più probabilmente perché sono un po' *puta* come il suo personaggio.

A ogni modo, quella sera eravamo lì intenti a discutere su chi avesse il sacrosanto diritto di fumarsi l'ultima sigaretta dell'ultimo pacchetto, quando Rio, che come al solito se ne stava zitto a osservarci con quella sua aria dubbiosa, se ne è uscito dicendo: "Io non ho ancora un soprannome. Ma, se Adele è Tokyo, io devo essere Rio". E poi mi ha guardato negli occhi e, ve lo giuro, in quel preciso istante tutto il fottuto mondo intorno a noi è scomparso. Ci siamo fissati così, senza parlare, per non so quanto tempo. Gli altri che continuavano a chiacchierare fra di loro, a bere e a ridere e noi niente, lì, fermi a guardarci in una bolla di silenzio che, più i minuti passavano, più si riempiva di elettricità. Poi quella sera mi ha accompagnato a casa in moto, come tutte le altre sere da quando ha preso la patente. Solo che, a differenza di tutte le altre sere, arrivati sotto casa mia ci siamo baciati. Ed è stato bello, davvero bello… e anche strano, e anche…

ancora adesso vado in confusione quando ci ripenso. Cioè, non ci potevo credere che stavo baciando il mio migliore amico di tutta una vita (e con molta più lingua di quanto mi ero immaginata fantasticandoci su). E lì ho capito una cosa: a volte quello giusto ce l'hai proprio sotto il naso, ma sei troppo distratta, o ubriaca, o occupata da mille altre cose o persone per accorgertene. Solo che quella cosa l'ho capita lì per lì, sul momento, mentre lui mi sfiorava il collo con le labbra e mi accarezzava i capelli; ma poi è successo che per vari motivi non ci siamo visti per qualche giorno e, come ho già detto, era luglio.

Cioè, se abiti in una città della riviera ligure e a luglio sei al mare o in giro, che cosa fai quando incroci qualche bel tipo, cambi marciapiede come fa Disadattata (cioè mia sorella)? Che poi queste conoscenze estive mica dobbiamo sposarcele: ci facciamo giusto una passeggiata sul lungomare, una foto insieme da mettere in una storia di Instagram, una strofinata o qualcosa di più la sera tardi in spiaggia (a proposito, mai mettere uno slip brasiliano se prevedete di restare in mutande sopra uno scoglio pieno di ricci di mare, ve lo dico per esperienza) e poi ciao, adiós, auf wiedersehen. Bye bye. Solo che queste attività non sono molto compatibili con l'avere già un ragazzo (più che altro la parte della strofinata sugli scogli). E siccome Rio era – ed è – il mio migliore amico, e mi conosce meglio di chiunque altro, mi ha avvisato subito la prima sera che ci siamo baciati: "Tokyo, se decidi che adesso stai con me, devo esserci solo io. Altrimenti è stato solo un bacio, e amici come prima. Ok?" E io ho risposto: "Ok, da oggi ci sei solo tu", perché in quel momento lo pensavo davvero, cazzo. Davvero e con tutta me stessa. Poi, come ho detto, lui ha dovuto assentarsi per qualche giorno perché suo nonno era all'ospedale, e suo nonno è tutta la sua famiglia.

Così tra una cosa e l'altra non ci siamo visti per un paio di settimane. E lì, beh... è successo che semplicemente me ne sono andata un po' al mare con le mie amiche. E accidenti, non è mica colpa mia se i maschi mi guardano. Il problema piuttosto, come stavo dicendo, è che non so decidermi. Non so decidermi, punto e basta. Ma per Rio sento che potrei anche mollare Giorgio, che è uno che ho conosciuto a quel campo estivo di cerebrolesi a cui mia madre mi ha obbligato ad andare con Disadattata, dove le uniche cose che facevamo erano giocare a nascondino nei boschi, pulire i gabinetti a turno, compilare questionari idioti e batterci il cinque ogni volta che qualcuno nominava Dio (che se ci fosse la stessa regola al bar di mio zio Beppe la domenica pomeriggio, finite le dirette di Sky Calcio se ne andrebbero tutti a casa con le mani destre in fiamme).

Con Giorgio ci siamo baciati qualche volta durante il campo e temo che si sia innamorato, ma a me non importa niente di lui; anche perché, tecnicamente, a quell'epoca stavo già con Rio. Solo che a Giorgio non sono ancora riuscita a dirglielo... forse perché, se non fosse stato per lui, dopo i primi due giorni passati a scorticarmi le chiappe giocando a nascondino fra i rovi, penso che mi sarei suicidata con l'acido muriatico che usavano gli animatori per sturare i cessi. Comunque il punto è che, se mollo Giorgio, per coerenza dovrei anche smettere di messaggiare con Simone (o si chiama Samuele?).

Ok, ora basta. Li mollo tutti e due.

Mi vibra il telefono. Una notifica di WhatsApp. Guardo, magari è Rio che ha provato a chiamarmi.

Davide sta scrivendo...

Davide… chi era Davide…
Merda.
Di Davide mi ero proprio dimenticata.
Merda.
Come sono fusa.
E Rio sono quattro giorni che non mi chiama.
Ho mandato tutto a puttane.
Me lo sento.
E che Rio non mi abbia ancora chiamato, tra parentesi, è stata la cosa migliore di questa giornata di merda.

Quel che è certo, è che il cataclisma che ha dato il via a tutta la catena di disgrazie che mi sono piovute addosso oggi, dall'ora di pranzo fino all'apice di stasera, è successo durante il campo estivo. Ed è successo, indovinate un po', per colpa di chi? Beh, mi pare ovvio, di quella psicolabile di mia sorella. Sì perché purtroppo, da quando sono venuta alla luce – anzi da otto mesi e mezzo prima – io convivo con una malata di mente che, per mia sfortuna, non è stata ancora diagnosticata come tale. E lo sapete perché? Perché lei è calma. È controllata. È fredda, è uno stramaledetto ghiacciolo… soprattutto se paragonata a me.

Comunque… è andata che, mentre eravamo al campo, siccome di giorno ci requisivano i cellulari e ce li davano solo dopo cena per chiamare a casa, una sera mi sono persa il mio. E mi direte che sono cose che succedono. Sì, a parte il fatto che io il cellulare non è che lo avevo proprio perso. Sapevo benissimo dove era andato a finire quando ho chiesto a quell'imbecille egoista di mia sorella se poteva prestarmi il suo. Ma il fatto è che in quel momento non mi andava proprio di dirle che lo avevo reso inutilizzabile mettendolo nelle tasche di dietro dei jeans… che di norma non sarebbero posti pericolosi dove tenere i telefonini, non è che a contatto con il fondoschiena si smagnetizzano o cose del genere (anche se, non so se si era capito, io ho un fondoschiena che è una specie di calamita, ah ah). Il problema però si pone quando ti ricordi di averlo nelle tasche posteriori dei jeans soltanto *dopo*, o ancor peggio *molto dopo* esserti abbassata i pantaloni mentre eri al gabinetto. Perché, a quel punto, il tuo bel iPhone 7 ricondizionato e con adattatore dual sim (perché è sempre meglio avere un numero di riserva per ogni evenienza, non si sa mai) trovato in superofferta su Ebay a trecentoquarantasei euro, ha già fatto un triplo carpiato nella turca dei bagni delle femmine nella casa parrocchiale di Montedellasfiganera. E per quanto tu provi a farlo resuscitare, dopo averlo raccolto dalla turca *a mani nude*, asciugato, riavviato, rianimato, schiaffeggiato e messo nel riso crudo per una notte (mi avevano detto che funzionava e non ci credevo, avevo ragione) tutti i tuoi tentativi risultano comunque inutili e non puoi che rassegnarti al tuo triste destino. E soprattutto al fatto che, per ricomprartene un altro uguale, dovrai di nuovo fare la baby-sitter per almeno due mesi, visto che tua madre non ti paga i danni che ti procuri da sola (che poi qui ci sarebbe proprio da discutere su chi ha avuto la colpa di questo disastro cosmico, visto che non è stata certo mia l'idea di mandarmi a quel campo di rimbambiti). In ogni caso, chi è la sorella che non presterebbe *per un minuto* il suo cellulare alla propria gemella in lacrime? Chi è che, in coscienza, potrebbe dire che questa è una richiesta… aspetta, che parole aveva usato… ah, sì: "incredibilmente insensata"? Nessuno, vi verrebbe da rispondere. E invece no.

Così, la mattina del penultimo giorno di campo, mentre con Disadattata stavamo lavando i pavimenti fra i bagni e le camerate e io la stavo scongiurando in ginocchio, una volta che ci avessero restituito i cellulari dopo cena, di darmi un momento il suo telefono, è successo che alla fine ho perso la pazienza. Sì perché per tutta risposta ho ricevuto un... aspetta, che parole assurde aveva usato di nuovo... ah sì, un: "dolente, ma perentorio diniego", che tradotto nella lingua degli umani significava che non me lo dava manco morta e ci stava pure godendo a vedermi supplicare. Allora non ci ho più visto. E che cavolo, già ero stata una settimana senza i miei amici, senza sigarette, senza alcool e soprattutto senza Rio, che mi mancava da morire e volevo solo salutare un attimo (oltre a chiarire il fatto che quella foto del campeggio messa da chissà chi dei suoi contatti sullo stato di Wazz, dove mi si vedeva sullo sfondo avvinghiata a quel Giorgio, era palesemente un fotomontaggio e che non aveva alcun motivo di essere geloso).

"Ma perché" le ho urlato con tutto il fiato che avevo in gola "non vuoi darmelo neanche trenta secondi, porca miseria?" Lo sapete che cosa mi ha risposto quella tirchia schifosa che non è altro? (Perché è anche tirchia, e in un modo che non potete capire se non ci vivete insieme). Mi ha risposto: "Perché mi sprecheresti i minuti a disposizione sulla mia sim" (li ha illimitati, a proposito). E dopo ha aggiunto: "Poi mi sembra troppo comodo ignorarmi per tutta la settimana e venirmi a cercare solo perché ti servo". Ecco, di fronte a una risposta come quella, io non lo so... ma per me anche al Papa sarebbero girati i testicoli come le pale di una turbina. Ma che cosa pretendeva, che le stessi appiccicata tutto il tempo come ha fatto lei con me perché non riesce a rivolgere la parola a nessuno? Perché è loquace come un totano e allegra come un cadavere in putrefazione? Ma che cosa si aspettava, che le tenessi la mano quando alla sera cantavamo intorno al fuoco *Viva la gente* e *Grandi Cose*? Mia sorella (e se è per questo anche mia madre, purtroppo) sembra ignorare da molto tempo un concetto fondamentale riguardo a noi due: siamo cambiate. Non è che perché siamo gemelle e siamo cresciute insieme, può continuare a pensare che siamo uguali. Che ci piacciono le stesse cose come quando eravamo piccole. A parte che neanche da bambine avevamo proprio gli stessi gusti, tanto è vero che come sport io andavo a nuoto e lei andava a violino, oppure alla British School (non le è mai piaciuta molto l'attività fisica). Ma adesso, a maggior ragione, siamo ancora più diverse. Anche nell'aspetto, ad esempio: possiamo pure essere due gocce d'acqua in mutande e senza trucco, ma quando siamo vestite ognuna ha il suo stile (cioè io ho molto stile e lei non ne ha per niente). E anche se non posso pensare che non se ne renda conto, d'altra parte non capisco come possa aspettarsi che io la cerchi quando lei è sempre, sempre, sempre così tremendamente carogna nei miei confronti... continuamente a squadrarmi dall'alto in basso solo perché lei va al Classico e io faccio una scuola professionale... ma non è che possiamo vivere tutti quanti sui libri come fa lei. E poi la voglio vedere, fra qualche anno, la docente universitaria di greco antico Arianna Guidi a chi si rivolgerà quando dovrà farsi dare una bella disboscata alla piega dell'inguine, ammesso che nel frattempo sia riuscita a trovare qualcuno interessato a perlustrarglielo. Ma, se va avanti così, ne dubito: non ha amici, non esce mai, ha la vita sociale di un gufo (no mi correggo, i gufi almeno di notte stanno all'aperto). È piena di fobie, di manie, di paure. Ha paura DEL FORMAGGIO, non so come accidenti sia possibile ma ha veramente paura del formaggio. Non solo non riesce a mangiarlo, non riesce neanche a toccarlo o a vederselo davanti. Si pettina sempre nello stesso modo, una sola treccia lunga fino a metà schiena, che certe volte arrotola in cima alla testa tipo la principessa Leila di Star Wars (oppure il cerchietto e la coda bassa da topo, comunque mai i capelli sciolti). Mangia poche cose cucinate sempre nello stesso modo, e la mattina beve il tè con i Plasmon. Con i Plasmon, cazzo. Cioè, con una madre pasticcera che la mattina ti lascia sempre sul tavolo i cornetti caldi appena sfornati nel negozio sotto casa, che quando li porta su per le scale a tutto il palazzo viene un orgasmo olfattivo, lei ci inzuppa I PLASMON nel tè. I Plasmon, ripeto. Io ho smesso di mangiarli quindici anni e mezzo fa, ma lei è così: abitudinaria, fin dalla nascita. Maniacale. Incomprensibile. Non parla mai, se non per insultarmi (e quando apre bocca parla tanto difficile che sembra un incrocio fra uno che ha ingoiato un dizionario e Piero Angela che si è fatto una canna). Fa schemi per tutto, anche per andare al bagno. Per farsi una stupida valigia per il campo estivo ha disegnato una specie di tabella al computer, e poi si è scordata le mutande (inutile dire che ci ho goduto, e non poco). Non scherza, non ride. Ovviamente non tromba. Non che io l'abbia data a tutto il pianeta, anche se su di me gira questa voce. E pensare, invece, che *totalmente* l'ho fatto una volta sola. Già. Con un tizio brufoloso che non è stato per niente delicato e che aveva il bomber che puzzava di fritto (insomma un'esperienza indimenticabile).

In ogni caso, non cambierei mai la mia vita con quella di mia sorella, anche se lei a scuola è sempre stata un mezzo genio e io no. A parte che ho una specie di deficit dell'apprendimento, infatti alle elementari mi avevano fatto dei test ed era venuto fuori che avevo problemi di attenzione (che poi me n'ero accorta anche da sola senza bisogno di test che in classe non stavo mai attenta e chiacchieravo tutto il tempo, ma a scuola devono sempre ufficializzare tutto). Ma più che altro avevo – e ho – difficoltà con la memoria. Infatti spesso non mi ricordo le cose. Cioè, sia chiaro, non sono il pesciolino blu del cartone animato *Alla ricerca di Nemo*. Non è che se incontro qualcuno e lo saluto, ad esempio, lo saluto di nuovo dopo cinque minuti che ci parlo. Ma in generale faccio un po' fatica, anche con la memoria a lungo termine. Ho dimenticato un sacco di cose di quando ero piccola. E sono più che certa di non aver subito traumi o cose del genere, a quanto ne so ho avuto un'infanzia normale.

I miei si sono lasciati quando io e mia sorella avevamo otto o nove anni, ma non è che fra di loro volassero sberle o altro. Non abbiamo mai visto scene di violenza in casa. Semplicemente, mio padre a un certo punto ha smesso di vivere con noi ed è tornato a stare a Roma, dove viveva prima di conoscere la mamma e dove abita ancora adesso con la moglie, che è una sua collega di lavoro, mi sembra. Non lo so, non ci parliamo molto. Con Arianna va abbastanza d'accordo e qualche volta si vedono, quando non è impegnato a girare un film o una fiction. Parlano di cinema, suppongo. Piace a entrambi. Se devo dirvi la verità, non mi ricordo nemmeno perché, a un certo punto, ho cominciato a evitarlo e a non rispondergli più al telefono. So solo che proprio non mi va. Cioè, mi infastidisce tutto di lui, anche se non mi è molto chiaro il motivo. Ma non mi interessa lambiccarmi il cervello sul motivo.

Come ho detto, molte cose del passato le ho dimenticate, anche se la cosa strana, ad esempio, è che quando meno me lo aspetto, un ricordo mi colpisce a tradimento. Così, senza preavviso. E la mia mente ci si sofferma su, come se si bloccasse di colpo. Lo osserva, se lo guarda per un po', come se stesse guardando un film, o più che altro una pubblicità alla tv, perché questa cosa non dura mai più di qualche secondo. Solo che tante volte, anche se non è un ricordo per niente triste o brutto, mi prende una malinconia così forte che devo assolutamente sgombrarmi la testa per non pensarci. Perché se ci penso mi rattristo, e io non voglio essere triste. Ho sedici anni. Non posso permettere che dei ricordi a caso mi deprimano, infatti non glielo permetto. E allora infilo le cuffiette e faccio partire dal telefono una delle mie playlist a tutto volume, e se sono in casa inizio a ballare come se fossi posseduta, finché non crollo sul letto. In generale è un metodo che funziona. Oppure faccio una videochiamata di gruppo alle mie migliori amiche, che poi sono Stoccolma e Nairobi (da quando ci siamo impallate con *La Casa di Carta* non riesco a chiamarle in nessun altro modo, mentre loro di solito mi chiamano Tokyo, oppure Dory… come il pesce smemorato di Nemo, appunto). Ci raccontiamo un po' delle nostre storie, ci prendiamo per il culo a vicenda, ridiamo come stupide per qualunque cosa e progettiamo vacanze insieme per quando io e Nairobi avremo finito la scuola da estetista e Stoccolma quella da parrucchiera. Certo, come minimo ci vorranno ancora un paio d'anni (perché prima di iscriverci al centro di formazione professionale ci siamo fatte tutte e tre un anno al liceo artistico finite le medie… e diciamo che non è andata, ecco). Però è bello pensarci già adesso alla nostra prima vacanza noi tre sole (sempre che mia madre mi ci lasci andare, visto che mi vieta qualunque cosa, ma a quel punto sarò già maggiorenne e 'fanculo).

E comunque nella vita bisogna giocare d'anticipo; tanto è vero che, per quanto mi riguarda, viaggio sempre ai trecento all'ora: se mi interessa un tipo, ci attacco subito discorso; se mi fanno incavolare, scatto immediatamente (va beh, lo ammetto, a volte anche troppo immediatamente). Quando cammino, corro. Quando corro, volo. E sono sempre stata così, infatti una delle poche cose che mi ricordo di quando ero piccola è che a nuoto ero la più veloce della mia squadra. E Sandra, l'allenatrice degli esordienti (cioè dei più piccoli), era entusiasta di me. Aveva detto ai miei genitori che neanche la Pellegrini faceva dei tempi come i miei da bambina (sì, a volte esagerava con l'entusiasmo) e che sarebbe stato un vero delitto lasciarmi mollare il nuoto, cosa che è successa circa sette anni fa.

Sì, più o meno è stato intorno ai nove anni che ho smesso di gareggiare e di allenarmi anche se, tanto per cambiare, non ne ricordo per niente la ragione. So soltanto che a un certo punto il solo andare in piscina mi faceva stare male. Che poi è stranissimo, perché al mare il bagno lo faccio. Anzi, sto anche pensando di prendermi il brevetto da bagnina prima di quest'estate, infatti sto seguendo delle lezioni di Primo Soccorso che fanno al pomeriggio nella mia scuola... ma ancora oggi non riesco a entrarci in una piscina e sono sette anni che non ci vado. Non sopporto l'odore del cloro, il caldo umido, le luci e il loro riflesso ondeggiante sull'acqua. Il suono delle voci al suo interno, quell'atmosfera ovattata che ti avvolge non appena esci dagli spogliatoi e ti avvicini a bordo vasca. Il tessuto del costume a contatto con la pelle, il freddo dell'acqua appena ti tuffi. Ecco, tutte queste sensazioni sono ancora molto presenti nel mio cervello anche se, per quanto riguarda il motivo che me le ha fatte odiare, che mi venga un accidenti se lo so. Comunque non importa se ho mollato il nuoto. Voglio dire, non ero questo gran fenomeno, alla fine. Anche se... beh, magari non c'entra niente con questo discorso, ma quando eravamo al campo un giorno è successa una cosa (cioè, ne sono successe tante in realtà, ma avrò modo di arrivarci).

Un pomeriggio abbiamo fatto una specie di caccia al tesoro o qualcosa del genere, dove il premio finale – "il tesorino", come lo chiamavano gli animatori... o "il tesoruccio" forse – era che ogni componente della squadra vincitrice poteva aprire la Bibbia e leggerne un pezzo a caso davanti a tutti (non chiedetemi perché, ne facevamo in continuazione di cose così senza senso). Ed è successo che, nonostante avessimo Disadattata che ce l'ha messa tutta per rendersi inutile (nel senso che per paura di perdersi nei boschi ha girato tutto il tempo intorno allo stesso albero), alla fine ha vinto la nostra squadra; così ci siamo messi in fila a riscuotere il nostro "premio", anche se quando è toccato a me ho precisato che avrei letto solo qualche parola e basta (intanto perché mi vergogno come un cane a leggere in pubblico, visto che leggo da schifo... e poi perché quelli che avevano già aperto la Bibbia prima di me, subito dopo li avevano mandati in salone a ricopiare su un foglio le righe lette ad alta voce, quindi ne ho dedotto che meno leggevo meglio era). Fortunatamente nessuno ha avuto niente da obiettare; anzi, uno degli animatori mi ha detto che magari Gesù mi avrebbe parlato ancora più chiaramente, se decidevo di soffermarmi soltanto su poche parole (e poi mi ha battuto il cinque con la Bibbia). Così ho aperto verso le ultime pagine e ho letto soltanto: "Gli fu data una corona e poi egli uscì vittorioso per vincere ancora". Dopodiché ho chiuso e me ne sono andata in salone. E quelle parole, mentre le ricopiavo su un foglio a quadretti, mi hanno fatto venire in mente... beh, immagino che non riguardassero in nessun modo il nuoto agonistico, anche se non ho mai verificato. Ma quelle parole mi hanno fatto pensare... sì, insomma... a quello. A me, da bambina. Al fatto che non ho mai perso una gara, finché ho nuotato. Al fatto che ho sempre vinto, sempre, ogni volta... perlomeno ogni volta in cui mi sono presentata ai blocchi di partenza. Quindi forse ero brava, mi sono detta davanti a quel foglio a quadretti. Forse Gesù, ho pensato, voleva ricordarmi proprio questo, ammesso che per parlare a dei ragazzi della mia età usi 'sto metodo della Bibbia aperta a caso, cosa su cui ho i miei dubbi (a uno è capitata la genealogia di non so chi, e siccome non è stato molto furbo se l'è letta tutta fino alla quarantaduesima generazione, credo stia ancora ricopiando nomi).

Comunque, a distanza di due mesi quella frase ogni tanto mi ritorna in testa, il che è sorprendente visti i miei problemi di memoria. Anche se collegarla al nuoto probabilmente non ha molto senso.

Ma scusate, sto divagando. Diciamo che al momento, purtroppo, ricordo benissimo (e vorrei non ricordarmelo) perché adesso, alle undici e mezza di sera di lunedì 14 ottobre 2019, mi trovo qui, a casa, confinata in una stanza che non è la mia. Circondata soltanto da libri, vocabolari di greco e latino, dvd di vecchi film e campioncini di creme per il viso di marche scadenti, probabilmente scarti di supermercato oppure omaggi di qualche rivista femminile della mamma.

A proposito, è appena entrata. Mi sta dicendo che ho preso il telefonino sbagliato e che devo consegnarle quello che ho in mano (che poi sarebbe il mio, tra parentesi – dopo un mese e mezzo di babysitteraggi me ne sono ricomprato uno uguale a quello che avevo disintegrato al campo). Allungo il braccio e glielo do senza voltarmi e senza guardarla in faccia, chiaramente. Tanto Rio non mi richiamerà mai più in tutta la sua vita, quindi per una settimana posso anche rinunciarci.

Lei posa sul letto un altro telefono ed esce dalla stanza, dopo aver detto: "Buonanotte… *Arianna.*" Con il suo solito tono di voce di quando ti ha afferrato per le palle e non ha nessuna intenzione di mollare la presa. Dopodiché chiude la porta.

Ecco, siamo al completo. Sembra di stare in una puntata del reality *Il Collegio*, solo che qui non ci sono le telecamere (almeno credo) e la preside è una pazza con evidenti problemi di nervi o di non so che altro. Per non parlare dell'unica compagna di classe che mi ritrovo, che possiede un cellulare da morta di fame e, a quanto sto vedendo, con la rubrica più vuota del mondo. Ci sono solo dieci contatti: Classico Segreteria, contessa Ottoboni, Emma Anselmi, Mamma, Nonna, Papà, Prof Antuori, Puttanella, Puttanella Secondo Numero e Servizio Clienti Vodafone. La mia uniforme per la notte è un pigiama di flanella pesante a quadri scozzesi, anche se siamo a metà ottobre e personalmente dormirei in mutande e maglietta. Solo che nell'armadio di questa camera le uniche magliette che ho trovato sono quelle intime in misto nylon e acrilico che compra mia nonna al mercato del giovedì, e che si ostina a regalare alle sue nipoti "per farci il corredo", dice. Roba talmente sintetica che se la indossi in Liguria mentre c'è un incendio in Piemonte, è sicuro che prendi fuoco. Ma siccome la vendono su quegli irresistibili banchetti con la scritta TUTTO A UN EURO, mia nonna ne compra a stecca e poi la mette da parte per regalarcela nelle grandi occasioni, perché il braccino corto ce l'hanno un po' tutti nella parentela di mia madre (tranne mia madre, che a essere sinceri non è spilorcia… ma fra mia nonna, mia sorella e lo zio Beppe, vi assicuro che è una bella gara).

Che poi lo so che la nonna ci vuole bene, però voglio dire: ma invece di riempirci di magliette "della salute", come le chiama lei, perché nella bustina per Natale o per il compleanno non ci mette due bei pezzi da venti invece che i soliti due da dieci? E magari, per una volta, non usa delle buste separate per me e mia sorella, invece di darci sempre la solita con su scritto: DIECI PER UNO NON FA MALE A NESSUNO? Così, giusto per cambiare... non dico mica che deve compensare il fatto che non abbiamo altri nonni da cui ricevere regali, anche se tempo fa ho provato a buttargliela lì per vedere la sua reazione e ancora adesso mi sdraio dal ridere quando ci ripenso (mi aveva risposto tutta incazzata che da quando è vedova vive solo di una piccola pensione, e che non è colpa sua se la nonna di Roma è morta prima di vederci nascere e il nonno paterno neanche mio padre lo ha mai conosciuto – fermo restando che secondo lei, per come si era comportato con la buonanima della nonna Adele, non è di sicuro una persona perbene o da cui aspettarsi regali).

Comunque, se adesso sono nella condizione assurda in cui mi trovo da qualche ora, lo devo solo alla mentecatta che di norma occupa questa camera, e che adesso sta beatamente dormendo nella mia. Sì perché quella famosa mattina che stavamo lavando per terra al campeggio, e lei non voleva assolutamente prestarmi il telefono, dalle parole siamo passate agli insulti. E dagli insulti alle mani. E dalle mani alle secchiate in testa. E dalle secchiate in testa alla lotta corpo a corpo sul pavimento della nostra camerata, finché qualcuno che casualmente stava passando in corridoio non ha provato a dividerci ed è finito gambe all'aria, scivolando e cadendo molto male sul fiume di acqua e detersivo che si era creato durante la fase delle secchiate. Oltretutto quella mattina, chissà perché, non si trovava più in giro il cavalletto di plastica giallo con la scritta EHI AMICO, STAI ATTENTO! STO LAVANDO IL PAVIMENTO!, che magari non avrebbe fatto nessuna differenza per il povero Don Guido, ma chi lo sa... però anche lui, accidenti, non poteva farci un po' caso che si stava buttando su una specie di lago saponato? Comunque, è stato orribile. Penso di non aver mai provato tanto rimorso come quando ho sentito l'urlo di dolore del vecchio Don Balzottini mentre si schiantava a terra... insomma, lo so bene che non lo abbiamo fatto apposta e che è stato solo un incidente, continuava a dircelo anche lui mentre lo caricavano sull'ambulanza... e ce lo ha ripetuto anche il mese scorso quando siamo andate a trovarlo all'ospedale con Disadattata dopo l'operazione... il tutto ovviamente di nascosto da nostra madre, che non sapeva niente della nostra rissa al campeggio, di Don Guido e del suo femore rotto... fino a stamattina.

Sì. Esatto.

Fino a stamattina.

Sapete una cosa? Forse non è vero, alla fine, che non c'è limite al peggio. Probabilmente un limite c'è sempre.

Solo che nel mio caso quel limite lo decide mia madre.

2

Il gioco dello specchio

Arianna, 14 ottobre 2019
E fu sera e fu mattina,
primo giorno

SCHEMA DI COMPORTAMENTO PER LA SETTIMANA DA SEDICENNE ~~TROGLODITA ANALFABETA~~ INCIVILE IGNORANTE

GLOSSARIO DA MEMORIZZARE

TI LOVVO (dall'inglese "to love"): per esprimere affetto anche fra amiche e/o amici, non soltanto fra persone che condividono un legame amoroso e/o provano una reciproca attrazione fisica e/o un mutuo trasporto sentimentale.

MUOIO: per commentare qualcosa che ha appena suscitato notevole ilarità (vedi anche: espressione che usa la

Moretti quando si siede sul banco di Traversi e lui le fa battute a doppio senso, ovvero le uniche battute che la sua mente malata riesce a partorire e quella limitata della Moretti a comprendere).

MUORI: per augurare il peggior destino possibile (vedi anche: parola usata dalla Sedicenne Ignorante quest'oggi all'ora di pranzo, prima di lanciare il mio piatto di pasta al pesto sul muro).

MUORI MALE: come sopra, con accezione peggiorativa (vedi anche: Sedicenne Ignorante oggi pomeriggio, durante la pulizia della parete in cucina).

FOTONICO: per indicare qualcuno e/o qualcosa che risulta particolarmente piacevole e/o appetibile e/o divertente e/o meritevole di sconfinata ammirazione (vedi anche: termine in uso presso le Amiche Stupide della Sedicenne Ignorante per qualificare cosmetici e/o tatuaggi e/o vestiti assurdamente costosi e/o finalisti di talent show di sesso maschile palesemente sprovvisti di talento, ma muniti di abnormi dilatatori ai lobi auricolari).

ADORO: versione snob di FOTONICO (vedi anche: intercalare fisso della Moretti).

SCIALLA: invito alla noncuranza.

BALZARE: disdire un impegno programmato o un'attività pianificata (tipo una giornata di scuola).

PERCULARE: schernire.

SCULATA: baciata dalla fortuna.

AVERE UNA CRUSH (dall'inglese "to crush"= frantumare o schiacciare): essere vittima di una potente infatuazione che si prevede non verrà mai corrisposta.

LOL (dall'inglese "laughing out loud"= ridere a voce alta): per definire qualcosa che non fa realmente ridere (vedi anche: battute a doppio senso di Traversi).

R.I.P. (dal latino "requiescant in pace"): per esprimere sincero cordoglio in occasione di una dipartita. Oppure per esternare, con pungente ironia, finto dispiacere per l'abbandono di un gruppo da parte di un membro non particolarmente gradito agli altri componenti (vedi anche: scritta trovata l'anno scorso sul mio banco il giorno dopo aver lasciato la chat della classe).

WHATSAPPARE/INSTAGRAMMARE/TWITTARE: intrattenersi sui corrispondenti social network.

MAIUNAGIOIA: per esternare profondo scoramento.

UN BOTTO: sinonimo di "molto".

A STECCA: sinonimo di "un botto".

TOP: mirabile in termini iperbolici.

ROITO: persona di aspetto tutt'altro che gradevole (vedi anche: Traversi).

È impossibile. Non ce la farò mai. Non riuscirò assolutamente, entro domani mattina, a diventare la Sedicenne Ignorante o anche soltanto l'Adolescente Media. E non è vero, come mi ha detto Puttanella oggi con malcelato sarcasmo, che basterebbe soltanto cercare di parlare come una persona normale. Intanto perché io *sono* una persona normale. E poi perché anche la Persona Normale, di certo, ha un linguaggio tutto suo di cui sarebbe umanamente impossibile appropriarsi in una notte. Inoltre io non amo i cambiamenti. Non li amo, soprattutto se sono improvvisi, ed è tutto un cambiamento improvviso questa orrenda situazione. Prima ho anche pianto, e non è affatto frequente che io pianga. Non mi sentivo così angustiata come dai tempi della quinta elementare, quando andammo in gita alla fabbrica del Parmigiano Reggiano. Comunque, eccomi qui. Devo cercare di asciugarmi le lacrime, farmi forza e dominarmi, anche se a ben guardare ho davanti una settimana in cui, per essere me stessa, dovrò diventare l'esatto opposto di ciò che sono, il che significa principalmente una cosa: zero autocontrollo. L'abbandono completo di ogni freno inibitore. L'indifferenza assoluta verso qualunque tipo di comportamento civile, cosa che includerà, temo, dover urlare, sbraitare, infrangere ripetutamente il secondo comandamento (sono tendenzialmente agnostica, ma non per questo è mia abitudine pronunciare invano il nome di Dio o dei suoi più stretti congiunti), ridere sguaiatamente, parlare e masticare cibo in simultanea, lanciare oggetti per manifestare disappunto nei confronti di qualsiasi divieto e biascicare parolacce di continuo, usando quella che inizia per "c" come intercalare preferito. Proprio io, che ho fatto della moderazione il mio stile di vita, e che detesto con tutto il cuore le parolacce (Puttanella è chiaramente un diminutivo). Ma dovrò dirle, se non vorrò essere scoperta negli ambienti che frequenterò da domani mattina.

Perché, se qualcuno si accorgerà dello Scambio – la mamma è stata molto chiara su questo punto – il Castigo potrebbe protrarsi non dico all'infinito, ma per un tempo sufficientemente lungo da condurmi a un crollo nervoso (e dire che avrei già i miei problemi, da questo punto di vista).

Tre mesi. Così ci ha detto la mamma. Tre mesi senza cellulari, computer, lettori dvd, kindle, tablet o qualsiasi altro strumento per navigare su Internet, leggere e-book, guardare film o andare sui social; più la disdetta immediata di tutte le piattaforme streaming a cui eravamo abbonate con la sua carta di credito. Nessuna eccezione, neppure per veri o presunti motivi di studio. Per la Sedicenne Ignorante, la reclusione pressoché totale in casa al di fuori dagli orari scolastici, con l'assoluto divieto di uscire o di ricevere visite dalle Stupide Amiche. E per me anche, con l'unica deroga di potermi recare settimanalmente dalla contessa Ottoboni per leggerle ad alta voce i suoi romanzi di Liala (che poi è l'unica attività che svolgo fuori di casa oltre alle mie sei ore giornaliere al Miglio Verde). Tre MESI così. Non tre o quattro giorni come succede di solito, dopo che ci ha requisito i cellulari e nascosto i supporti elettronici. Proprio tre mesi. Oppure…

Oppure, per una settimana, un castigo alternativo. Una specie di esperimento. Una cosa a cui nostra madre deve aver pensato tutto il pomeriggio, mentre meditava su come punirci per quella piccola *querelle* al campo estivo che io e Troglodita avevamo casualmente trascurato di riferirle in queste ultime otto settimane, e che ha scoperto solo oggi in tarda mattinata andando al colloquio con la Antuori, la mia professoressa di italiano… la quale, ironia della sorte, non sapeva proprio un bel niente della storia del campeggio. Ma, mentre parlava con la mamma, ha incrociato e salutato Don Daniele, il nuovo prof di religione che quest'anno sostituisce Don Balzottini al Miglio… già.

Beh, lascio alla vostra immaginazione tutto il resto (che, riassumendo in ordine cronologico, è stato il rovinoso avvicendarsi dei seguenti fatti: 1) domanda di mia madre sul perché Don Balzottini non insegnasse quest'anno; 2) suo dispiacere alla notizia della brutta caduta; 3) progressivo imbarazzo nell'apprendere giorno, luogo e presunte – ma comunque mai identificate con nomi o cognomi – colpevoli dell'infortunio e infine 4) collera crescente – tuttavia magistralmente controllata – di fronte all'ipotesi *assolutamente non suffragata da prove* che le protagoniste della rissa al campo fossero due sorelle gemelle). Peraltro l'averci trovato – rientrando a casa all'ora di pranzo – nel pieno di un colorito scambio di opinioni davanti a un muro appena tinteggiato di pesto genovese, deve in qualche modo averla convinta riguardo alla necessità di un inasprimento della pena. Qualcosa che, nella sua testa (e sospetto che in certi momenti sia un luogo alquanto tenebroso la sua testa) le è apparsa come l'unica soluzione agli occasionali contrasti fra me e Ignoranza Pura. "L'ultima spiaggia" come ci ha detto a un certo punto, poco prima di lasciarci sole a decidere se fosse meglio per noi vivere per i prossimi tre mesi come negli anni Ottanta (senza Internet, cellulari, pc portatili e cinema on demand) – e per mia sorella anche senza vita sociale – o per una settimana a fare quello che da bambine era uno dei nostri passatempi preferiti (ma sempre e comunque dopo giocare alle Winx o a Tomodachi Life): il gioco che, almeno una volta nella vita, hanno fatto tutti i gemelli identici.

Noi lo chiamavamo "il gioco dello specchio".

In casa nostra c'è uno specchio. È nell'ingresso, vicino all'attaccapanni, e c'è sempre stato, almeno fin da quando cominciano i miei primi ricordi; è uno specchio da terra ovale, sorretto da una piantana inclinabile, che in tutto sarà alto più o meno come me, quindi all'incirca un metro e settanta. Ha una cornice in ferro battuto, formata da motivi floreali in stile Liberty che culminano in alto con il disegno di un cuore, e nell'insieme dà all'ingresso un tocco molto chic, romantico e un po' rétro. È uno di quei classici oggetti che non esiterei a definire "senza tempo", perché è antico e moderno insieme, semplice eppure raffinato (non vi nascondo che ho un debole per le cose belle e dal sapore vintage, anche in fatto di abbigliamento). Nessuna meraviglia, dunque, che a mia sorella non sia mai piaciuto. In seconda media lo ha ribattezzato "lo specchio della matrigna di Biancaneve" e tutt'ora lo ritiene una specie di catafalco, ma la cosa non mi stupisce minimamente: le persone grossolane come lei, infatti, non hanno neppure una vaga idea di cosa sia il buon gusto. Tuttavia, non credo sia per questo motivo che almeno una volta all'anno finisce per ridurre il povero suppellettile a un ammasso di schegge. Sapete com'è, il vetro è un materiale frangibile. Se di tanto in tanto si trova nella traiettoria di un corpo contundente scagliato con particolare veemenza (sia esso un cellulare, una scarpa, un portapenne o una bottiglietta di profumo), può capitare che si frantumi. Succede, insomma. In casa nostra, ad esempio, succede con allarmante frequenza (e sempre per colpa della stessa persona, ma a questo punto è superfluo che ve lo dica).

A ogni modo, il gioco dello specchio nacque la prima volta che lo specchio si ruppe, circa una decina di anni fa, e a onor del vero quella volta non fu del tutto colpa di Terminator (diciamo che ci fu un concorso di colpa fra me, lei, una pallina da tennis e una partita di squash da corridoio, disciplina di nostra invenzione in cui all'epoca profondevamo grande impegno). Ricordo molto bene quel pomeriggio. Fu lo stesso giorno che conoscemmo il vetraio e suo nipote, che poi è il migliore amico di mia sorella: un caro ragazzo, inevitabilmente incolto, che le fa praticamente da schiavo, ad esempio accompagnandola ovunque con la sua moto (e senza mai chiederle un euro di benzina, perlomeno stando a quello che dice lei… anche se conoscendo Puttanella non escludo che possa avergli offerto qualche forma di rimborso alternativa al vil denaro, tipo dei pagamenti in natura). Era un bambino poco più grande di noi il giorno che venne a casa nostra insieme a suo nonno. Entrò senza salutare trascinando una borsa dei ferri equivalente al suo peso corporeo, preceduto da un signore corpulento e dall'aria mite che si mise a osservare lo specchio in frantumi con fare pensoso (scoprii poi nei minuti seguenti, origliando una conversazione a bassa voce fra mia madre e il vetraio, che suo nipote abitava con lui e la moglie fin da piccolissimo, avendo perso entrambi i genitori in un tragico incidente d'auto… una notizia che mi colpì molto e che comunicai subito a Adele, la quale reagì con il suo tipico sguardo vacuo di quando non capisce le cose alla prima).

Nel frattempo il vetraio, dopo aver preso a martellate gentili le schegge ancora attaccate all'intelaiatura dello specchio e averle quindi buttate nella spazzatura, disse che sarebbe tornato di lì a poco con il furgone per portarsi via la cornice; dopodiché se ne andò con il ragazzino, che uscì da casa nostra con la stessa giovialità con cui ci era entrato. Approfittando perciò del telaio privo di vetri, io e mia sorella iniziammo a passarci attraverso, lanciandoci in ardite acrobazie tipo i tuffi che fanno gli animali del circo dentro ai cerchi infuocati. Questo finché la mamma non ci urlò di piantarla, minacciando di toglierci il Nintendo per una settimana se non avessimo smesso di darci ai passatempi pericolosi (già allora amava i castighi multimediali). Fu allora che inventammo il gioco dello specchio.

L'idea ci venne da una scena del film *Johnny Stecchino*, che avevamo visto con i nostri genitori qualche tempo prima. All'epoca stavano ancora insieme, e il venerdì sera era dedicato alla proiezione di un dvd a scelta fra quelli che papà chiamava "i cult della mia infanzia": film la cui visione, a suo avviso, sarebbe stata imprescindibile per la nostra formazione culturale in ambito cinematografico (benché a oggi io nutra qualche perplessità sul livello educativo e intellettuale di un paio di quei titoli… anche se non dubito che *L'allenatore nel pallone* e *Il ragazzo di campagna* possano essere a loro modo formativi). Papà infatti ha sempre amato il cinema, il che è abbastanza scontato vista la sua professione, anche se in realtà gira soprattutto fiction e serie tv. Effettivamente fu proprio nello stesso periodo in cui guardammo insieme *Johnny Stecchino* che vendette per la prima volta una sceneggiatura originale, quella di una miniserie per famiglie che l'anno dopo, alla messa in onda, ottenne un vero e proprio boom di ascolti: un evento che avrebbe portato grande gioia e sconquasso nel rapporto fra papà e mamma (inaugurando il periodo dei successivi due anni in cui la gioia sarebbe progressivamente calata a favore dello sconquasso).

Comunque, la scena del film da cui nacque il gioco dello specchio è quella in cui Benigni, nel ruolo dell'autista Dante, apre l'armadio in cui si è nascosto Johnny, il boss mafioso di cui l'autista è l'ignaro sosia. E siccome lui è un po' ingenuo e l'altro è incredibilmente rapido a copiargli i movimenti, Dante non si rende conto di avere davanti una persona in carne e ossa, ma pensa invece di trovarsi di fronte alla sua immagine riflessa in uno specchio.

Erano già diversi giorni che io e mia sorella ci esercitavamo a copiare quella scena, utilizzando l'armadio delle scope in dispensa. E la cornice vuota dello specchio in corridoio ci sembrò un'ottima, seppur provvisoria, variazione scenografica. Così, approfittando del fatto che i nostri genitori erano appena scesi al piano terra (la mamma per l'apertura pomeridiana del negozio e papà per un caffè al bar dello zio, che è proprio accanto alla pasticceria) ci preparammo di tutto punto, vestendoci uguali dalla testa ai piedi.

La mamma non aveva, di norma, l'abitudine di vestirci nello stesso modo: proprio perché gemelle, ha sempre voluto che ognuna di noi sviluppasse i propri gusti e la propria personalità fin dai primi anni di vita, indipendentemente da quelli della sorella (obiettivo che ritengo sia stato pienamente raggiunto), ma per le occasioni speciali tipo feste o cerimonie le piaceva comprarci scarpe e abiti identici. Perciò indossammo i nostri scamiciati a quadri acquistati per il matrimonio di un cugino, infilammo le nostre ballerine di vernice rossa e ci piazzammo nell'ingresso: Adele con le spalle attaccate al muro, esattamente al centro della cornice, e io di fronte a lei. Cominciammo a mimare gesti e movimenti di ogni tipo, ovviamente in maniera speculare, eseguendoli con un sincronismo così perfetto che quando la nonna entrò in casa, mezz'ora più tardi, attraversando il corridoio salutò soltanto me, chiedendomi se mia sorella fosse andata in piscina e osservando in dialetto genovese che "U Giuvanni", brav'uomo, era stato molto rapido a sostituirci il vetro dello specchio (aggiungendo, in tono cospirativo, che da giovane era stato uno dei suoi innumerevoli spasimanti, informazione di nessuna importanza a cui risposi annuendo). Quando lasciò l'ingresso e se ne andò in cucina, mia sorella soffocò una risata e poi cominciò a gesticolare in maniera convulsa, facendomi notare con espressione incredula quello che avevo già intuito anch'io, senza ovviamente farmi trasportare come lei da alcun tipo di invasamento: Adele era stata scambiata per la mia immagine riflessa. Ora, per completezza di informazione dovrei aggiungere che la nonna aveva attraversato il nostro ingresso piuttosto frettolosamente, senza sostarvi, e dando giusto un'occhiata distratta alla cornice della specchiera. Diversamente, è lecito supporre che non avrebbe mai scambiato una delle sue nipoti per l'immagine speculare della sorella gemella. Ma quell'inaspettata illusione ottica, sul momento, ci fece sentire due consumate prestigiatrici, e subito decidemmo di approfittarne. Entrai in cucina dicendo alla nonna che in effetti Adele era andata in piscina con papà, come ogni mercoledì, e per le due ore seguenti facemmo a turno a spuntarle improvvisamente davanti o alle spalle, senza mai farci vedere insieme.

Per due ore diventammo un'unica bambina, finché la nonna non dovette andare in bagno a prendere una compressa per la labirintite e lì ci vide entrambe, nascoste dietro la tenda della doccia (un vero peccato, perché senza quella piccola svista avremmo potuto continuare tranquillamente fino a notte inoltrata).

Quella fu la prima volta che prendemmo coscienza del nostro potenziale di gemelle omozigote. Realizzammo, tutto a un tratto, che la nostra somiglianza fisica poteva essere sfruttata nei modi più svariati, come fingere di essere una persona sola, o ancora meglio: scambiarci l'una con l'altra. Passammo tre o quattro anni facendo ogni genere di scherzi, anche se con papà e mamma era sempre più difficile che con gli altri, perché in qualche maniera riuscivano sempre a distinguerci, dopo un po' di tempo (ma eravamo molto abili, posso assicurarvelo). Ora, mi rendo conto che tutto questo potrebbe apparirvi come l'inutile rievocazione di un'epoca, sotto molteplici punti di vista, definitivamente conclusa. Il fatto è che la mamma, purtroppo, da qualche anno a questa parte vive con l'idea fissa che Puttanella e io, una volta diventate adulte, ci separeremo definitivamente, diventando due complete estranee. E nonostante sia esattamente ciò che avverrà da qui a pochi anni per volontà di entrambe (in effetti, l'unico obiettivo in comune delle nostre vite), lei combatte contro quest'idea come se ciò fosse il male assoluto: un atteggiamento che, a quanto lessi una volta su un blog di psicologia, è un po' tipico delle madri in generale, ma più marcato nelle madri single (siano esse nubili, vedove, separate o divorziate) e scaturisce dal bisogno di tenere insieme una famiglia percepita come più fragile perché priva della presenza di un padre; un bisogno che, nel caso della mamma, non posso che ritenere comprensibile. Tuttavia... io non credo affatto che la soluzione ai nostri problemi possa mai essere, come ci ha proposto lei all'ora di cena con aria trionfante, fare il gioco dello specchio per una settimana. Non penso proprio che fingerci la nostra gemella da oggi fino a domenica sera possa mai portarci a un miglioramento nei nostri rapporti. Non ritengo assolutamente sensato, o ragionevole, o anche soltanto utile, scambiare le nostre vite per sette giorni solo per meglio metterci, come ci ha detto nostra madre, nei panni l'una dell'altra. Intanto perché, per quanto mi riguarda, quelli di mia sorella sono gli ultimi panni che vorrei indossare (e non solo per via della puzza di fumo, che a quanto sto notando è la fragranza dominante su tutti i giacconi del suo armadio). Ma anche perché – e lo dico da appassionata di cinema oltre che da figlia di un regista – la vita decisamente non è un film. E nostra madre non può pensare che, scambiando le nostre identità per una settimana, io e Puttanella metteremo a posto le cose fra di noi e in famiglia, come succede alle gemelle di quel film Disney degli anni Sessanta, *The Parent Trap* (un altro cult movie dell'infanzia di papà, in italiano inspiegabilmente tradotto *Il cowboy con il velo da sposa*).

Insomma, non sono assolutamente d'accordo con questa pensata assurda, che è talmente assurda da risultare tale anche per mia sorella. Però, ecco... tre mesi senza poter accedere a una piattaforma streaming, o senza poter usare un computer, un cellulare, un tablet o un lettore kindle, sono davvero tanti (per non parlare del fatto che quando Puttanella ha sentito le parole "e per tre mesi tu non esci" ha avuto una reazione a dir poco esacerbata). E quel che è peggio è che la mamma, quando si parla di punizioni, non è esattamente il tipo da fare sconti della pena (a noi figlie come a se stessa). Perciò, soppesando con maggiore calma il bilancio rischi/benefici di entrambi i supplizi a nostra disposizione, alla fine ci è sembrato più opportuno, o quanto meno più conveniente, scegliere il castigo dalla durata più breve (la fase dibattimentale, a dire il vero, non è durata molto: circa un'ora, al termine della quale, dopo cinquantacinque minuti di silenzio seguiti da un gemito di Troglodita, ci siamo guardate in faccia con muta disperazione). D'altra parte, come ho detto a mia sorella sentendola imprecare sottovoce contro l'assurdità di tutta la situazione: "L'abbiamo fatta grossa al campeggio... e lo sai com'è la mamma..."

Lei mi ha fissato qualche secondo, con il mascara che le colava lungo le guance, il naso rosso e gli occhi lucidi, iniettati di rabbia. Poi ha distolto lo sguardo, ha inspirato rumorosamente e mi ha risposto: "No. Non lo so com'è. E non me ne frega un cazzo di saperlo".

Una cosa è certa: sarà una settimana difficile per il nostro specchio.

3

Il lato positivo

Adele, 15 ottobre 2019
E fu sera e fu mattina,
secondo giorno

Ok, è ufficiale: mia sorella è la persona più problematica e mentalmente disturbata dell'universo. Ora ne ho le prove.

Sono le sei di mattina e mi sono appena svegliata di colpo con una musica inquietante nelle orecchie, sparata a tutto volume da quella specie di ferro da stiro che usa come cellulare: un pezzo da film dell'orrore – suonato da un organista quasi sicuramente strafatto, o perlomeno indemoniato – che dovrebbe essere la suoneria della sua sveglia, e che già da solo fa capire molte cose. Schiaccio un tasto a caso sul telefono, la musica si spegne, tiro su la testa dal cuscino e mi ricordo dove sono in questo momento. E perché ho dormito nella camera della mia gemella. E tutto a un tratto mi sento come il tizio di quel film che, per colpa di una strana magia, era costretto a rivivere sempre la stessa giornata, una giornata insulsa in cui si trovava in un paesino sperduto governato da una marmotta (o qualcosa del genere). Solo che nel mio caso il maleficio dovrebbe durare solo una settimana, o almeno si spera. Va beh, non pensiamoci. Mi alzo. Mi sento tutta appiccicata, ho dormito con questo pigiama di flanella che farebbe sudare anche un morto, penso che se mi annuso per sbaglio un'ascella finirò per uccidermi e devo avere una cicca alla fragola attaccata ai capelli. A parte questo tutto bene.

Devo parlare con Rio. L'ho pensato tutta la notte e ho deciso che basta, è lui quello giusto. Voglio mettere la testa a posto e smetterla di fare la stupida in giro. Quindi per prima cosa dovrò mollare Giorgio. E Davide. E Samuele (o Simone?) e lasciar perdere tutti quelli che mi messaggiano pensando di avere qualche speranza solo perché magari gli ho dato il mio numero. Poi potrò chiarire le cose con Rio che – ho riflettuto stanotte – se non si è fatto più sentire e nemmeno ha più risposto ai miei messaggi, è perché evidentemente ce l'ha con me, non c'è altra spiegazione. Come dice sempre Disadattata, elementare Wilson. O forse Winston… sì, mi sa che è Winston, come le sigarette. Non importa, devo parlarci. Mia sorella in rubrica non ha il suo numero, perciò stamattina dovrò chiederle di darmi il mio cellulare di nascosto dalla mamma, giusto per qualche minuto, il tempo di memorizzare un paio di contatti sul ferro da stiro. Anzi, mi conviene farlo subito: a quest'ora lei è giù di sotto in laboratorio che incarta le brioches per il bar dello zio Beppe, ma a minuti dovrebbe salire a casa per portarmi le treccine alla crema. Adoro le treccine alla crema della mamma. Ti fanno iniziare bene la giornata e poi me le porta su calde, croccanti di forno… solo al pensiero mi viene l'acquolina in bocca. Infilo un paio di Crocs blu che raccatto da sotto il letto e me ne vado in cucina a fare colazione, con il cellulare di Disadattata nella tasca del pigiama. Lei è già seduta a tavola. Sta scribacchiando su un foglio, come al suo solito.

"Mi spieghi" le chiedo tirando fuori dalla tasca il telefono "che accidenti di suoneria ti sei messa come sveglia?"

Neanche si volta, figuriamoci. Continua a scribacchiare mentre aspetta che il microonde finisca di scaldare la sua tazza e risponde: "È Bach, ignorantona. *Toccata e fuga in Re minore*, per la precisione".

La fisso. Si gira nella mia direzione per un attimo, senza guardarmi, e aggiunge: "Non che per te faccia alcuna differenza saperlo, sia chiaro. Probabilmente è un'informazione troppo complessa verso la quale il tuo cervello avrà una crisi di rigetto fra dieci o quindici secondi. Ma così, giusto per informarti. Sai, a volte è bello imparare cose nuove".

Il microonde inizia a suonare. Sono ancora in piedi e non mi costerebbe niente girarmi, dare una ditata al tasto Stop, aprire lo sportello e porgerle la tazza. Ma ovviamente non faccio nessuna di queste cose. Mi sono ripromessa di trattarla gentilmente per poter riavere un attimo il mio telefono, ma se già di primo mattino mi dà dell'ignorantona, direi che la tazza se la può prendere da sola (e magari infilarsela dove dico io).

"Ma scusa" le chiedo sedendomi a tavola "non è un po' angosciante come sveglia? Non ti fa venire la tachicardia tutte le volte?"

"Certamente" risponde alzandosi e spegnendo il microonde. "È la mia suoneria per i giorni feriali, infatti. Mi ricorda, fin dai primi battiti di palpebre al risveglio, che mi attende un'altra penosa mattinata da passare all'istituto Eugenio Montale. Serve a entrare nel giusto sconforto". Si gira, apre lo stipetto dove teniamo le tisane e allinea sul tavolo, come tutte le mattine, cinque scatole di tè in filtri di vari gusti, per poi scegliere, come tutte le mattine, quello aromatizzato al limone (perché è troppo difficile per lei farsi un tè normale e buttarci uno spicchio di limone dentro).

"Ho capito" annuisco. "E immagino che dovrò svegliarmi per tutta la settimana con questa suoneria, visto che fino a domenica devo fingere di essere te".

"Niente affatto" mi risponde, mentre tuffa uno dei filtri (di tè al limone, ovvio) nella tazza di acqua calda. "Per il sabato e la domenica ho impostato *The heart asks pleasure first*, dalla colonna sonora di *Lezioni di Piano*. Ma, fino a venerdì compreso, ti sveglierai con la *Toccata e Fuga*. Te l'ho detto, è la suoneria per i giorni al Miglio".

Il "Miglio Verde" è il modo in cui mia sorella chiama la sua scuola, anche se non so bene che cavolo significhi. Credo c'entri un film di carcerati, e sinceramente è un'altra delle ottocento milioni di cose che non capisco di lei: come fa a odiare tanto la scuola, se l'unica cosa che fa nella vita è studiare? Voglio dire, dovrebbe essere il suo posto preferito, fino a prova contraria. Invece no: odia la scuola, odia quasi tutti i suoi compagni e, se fosse per lei, credo che se ne andrebbe già adesso all'università, pur di non mettere più piede in classe. Chi lo sa, magari ci sta anche pensando e vuole diplomarsi tre anni prima, come quei bambini prodigio che all'asilo fanno le equazioni o suonano Mozart. Spiegherebbe come mai passa tutto il suo tempo sui libri.

"Oh, brave le mie bambine già belle sveglie!" dice la mamma entrando in cucina.

Merda. Pensavo che avrei avuto qualche minuto di margine per recuperare il mio telefono, prima che rientrasse in casa dal laboratorio della pasticceria. Va beh, mi inventerò qualcosa. Adesso voglio solo fare colazione: ho una fame da lupo e ho già sentito il profumo delle treccine alla crema, che da solo basta a mettermi di buonumore. Perché io non sono come mia sorella, che vive per autodeprimersi. Io il lato positivo, prima o poi, lo trovo sempre in tutto. Non per vantarmi, ma è la cosa migliore del mio carattere.

Anche la mamma è di buonumore stamattina. Probabilmente questa storia dello scambio le sembra una gran genialata, ed è contenta che ci siamo convinte a farlo (grazie tante, l'alternativa era non uscire per tre mesi... voglio dire, allora già che ci sei scioglimi nell'acido che soffro meno). Apre il pacchetto con le treccine e ne sistema due su un piattino. Dopodiché lo porge a mia sorella, che ha appena finito di tuffare contemporaneamente i suoi otto Plasmon nel tè (l'obiettivo è riempire completamente la tazza e creare quello che lei chiama "il mio porridge energetico", una zuppetta vomitevole che non farei mangiare al mio peggior nemico). Arianna sposta il piatto con le treccine verso di me.

"Cosa c'è... *Adele*" dice mia madre rivolta a Disadattata "non hai fame stamattina?" Mia sorella la fissa con espressione glaciale. "No, mamma" risponde in tono deciso. "Almeno a colazione, sono Arianna. E, come vedi, ho molto appetito". Abbassa la testa, incrocia le braccia e aspetta che i Plasmon si spappolino del tutto nel tè. Che schifo.

"Mi dispiace, tesoro" insiste la mamma togliendole la tazza e mettendole davanti il piatto con le treccine "ma dal momento che, come ho avuto modo di appurare ieri mattina dal tuo nuovo professore di religione, per colpa vostra un povero anziano due mesi fa si è rotto il femore – e fra l'altro è ancora in ospedale per via di un mucchio di complicazioni postoperatorie – direi che la punizione che vi siete guadagnate non ammette interruzioni di nessun tipo: né a colazione, né in nessun altro momento".

Arianna la guarda, impassibile: "E questo cosa dovrebbe significare? Intendimi, mi dispiace sinceramente per Don

Balzottini. È stata tutta colpa nostra, nessuno lo nega. Ma sarai d'accordo con me, mamma, che le complicazioni post-operatorie, statisticamente parlando, sono quanto di più comune può avvenire nel quadro clinico di un paziente anziano. Non vorrai incolparci anche per la sua pressione alta o la sua osteoporosi, mi auguro. Sarebbe quantomeno ingiusto".

"E poi, scusa" aggiungo io "diciamocela tutta: Don Balzottini è anche un po' rimbambito. Insomma, lo avrebbe visto anche un cieco che quella mattina, mentre ci stavamo pestando, per terra c'era il lago di Gardaland. Solo un pazzo ci avrebbe messo piede. E che Don Balzottini, con tutto il rispetto, sia rintronato perso, lo sanno tutti. Dovevi vedere gli animatori al campo, quando tutte le sante sere, davanti al fuoco, ci raccontava sempre la stessa parabola, quella del padre e dei due figli… hai presente, no? Quella che quando il figlio piccolo alla fine torna a casa, fanno baldoria, si ubriacano e ammazzano il maiale. Alzavano gli occhi al cielo e poi iniziavano a darsi gomitate a tutto spiano, come a dire: questo non ci sta più con la testa, ci ripete sempre la stessa storia dal primo giorno di campo. Quello che voglio dire, insomma…"

"Quello che vuoi dire non mi interessa per niente" mi interrompe la mamma, guardandomi come se fossi un pelo nella minestra. Odio quello sguardo. "Né, sinceramente, mi interessa quello che dice tua sorella. La punizione stabilisce che ognuna di voi, fino alla fine di questa settimana, dovrà vivere come la propria gemella. Il che vuol dire che dovrà parlare, mangiare, camminare, respirare e pensare come lei. Da ieri sera alle nove, Arianna è Adele e Adele è Arianna. E se Arianna non vorrà mangiare la colazione che di solito mangia Adele, vorrà dire che digiunerà. Siamo in un Paese libero, dopotutto".

Incrocia le braccia, si appoggia alla lavastoviglie e ci fissa. L'aria è tesa. In una qualunque altra famiglia governata dal buon senso, adesso, finirebbe tutto con una bella risata. Magari con una colazione al bar tutti insieme. Da noi no. Mai. In casa nostra, quando sbagli la devi pagare. È peggio che a Scampia, cazzo.

Disadattata sospira.

"E va bene" dice addentando una treccina alla crema "se però stamattina starò male per aver ingerito troppi carboidrati complessi, la colpa sarà soltanto tua, mamma. Dio, quanto ripieno... credo che fra poco soffocherò con tutta questa crema in bocca..."

La osservo. Sta masticando quella treccina con lo stesso entusiasmo con cui masticherebbe una compressa per l'acidità di stomaco, e mentre penso che vorrei soltanto tirarle un pugno, mi cade l'occhio sul piatto che la mamma mi ha messo davanti: al centro c'è la tazza di tè di mia sorella (con dentro otto Plasmon putrefatti). Le guardo entrambe.

"Io non la mangio la pappetta dei neonati, scordatevelo".

"Allora stamattina digiunerai... *Arianna.*" Risponde mia madre. Ha ancora lo sguardo odioso di poco fa, ma me ne sbatto: devo soltanto resistere fino a domenica, e poi questa manfrina del cavolo sarà finita. Non importa se dovrò uscire di casa per qualche mattina senza fare colazione (e poi ci saranno pur sempre delle macchinette per le merendine, lì al Classico). "A proposito" continua "avete già pensato a come fare per i capelli? C'è un po' di differenza fra le vostre lunghezze.... una differenza che potrebbe essere notata. Credo che una di voi dovrà spuntare un po' la chioma. Giusto sette o otto centimetri, non di più".

Non finisce di dirlo, che Disadattata inizia a tremare. Lo fa sempre, di fronte alle novità.

"M-m-ma, io…" inizia a balbettare "non me li v-v-voglio tagliare i c-c-capelli… m-m-mamma, t-t-ti p-p-prego…"

Gesù, quanto la odio quando fa così. E, cosa ancora peggiore, odio il fatto che nonostante tutto mi fa pena, sinceramente. Mia sorella è una fin troppo apatica in generale, ma i cambiamenti la fanno impazzire. Sbuffo, mi avvicino e le cingo le spalle con un braccio. Ha un sussulto, non ama essere toccata (sì, ha anche questa).

"Senti… non c'è bisogno che per fingere di essere me ti tagli i capelli. Fai un raccolto, e lo stesso farò io, per tutta la settimana. Con un bel raccolto, nessuno noterà quanto sono lunghi i tuoi capelli, o i miei". Mi volto in cerca di conferma dall'aguzzina, e vedo che annuisce. Neanche lei resiste al balbettio di Disadattata.

Arianna si gira. Mi guarda, stringe gli occhi a fessura e con la faccia più stravolta del mondo mi fa: "Un r-r-raccolto? C-c-che cos'è un r-r-raccolto? C-c-cosa c'entra l'agricoltura con i nostri c-c-capelli, adesso?"

Basta, non ce la faccio più. Vado verso la porta della cucina, la apro e, girandomi verso di lei che continua a guardarmi con quell'aria allucinata, le urlo: "Fatti un muccetto e non rompere i coglioni!" Dopodiché esco sbattendo la porta.

E io devo fingere di essere questa demente, rendiamoci conto.

La prova vestiti non va molto meglio: Arianna è piena di cose vecchie e strane. Va bene che devo vestirmi come lei, però il corpo è pur sempre il mio, mi dispiace mortificarlo… ma immagino che faccia tutto parte di questo castigo demenziale, perciò facciamoci coraggio. Guardiamo un po' cosa c'è in questi cassetti. Gli unici colori che vedo sono il grigio e il color cammello, e in parte si deve al fatto che molta di questa roba viene da un sacco pieno di vestiti di mia madre di quando era giovane, trovato da Disadattata a casa di mia nonna: tutta roba anni Novanta che presa singolarmente e abbinata a dei pezzi moderni non sarebbe neanche male... il problema è trovare dei pezzi moderni in questo armadio. Comunque, voglio dire: che mia nonna abbia tenuto tutta questa roba non mi stupisce per niente; ma che mia sorella, quando l'ha trovata, se la sia presa in blocco senza fare un minimo di selezione, un po' mi meraviglia, a dire il vero; va bene che è tirchia come mia nonna (che a sua volta è più tirchia di Zio Paperone), ma noi non abbiamo certo problemi economici: la mamma ha una pasticceria con due dipendenti, papà ci passa un assegno ogni mese (cioè lo passa alla mamma, che gestisce le nostre spese e decide eventuali mance o paghette). Non capisco perché non abbia buttato via almeno un paio di questi golfini, che oltre a essere brutti sono anche tutti infeltriti...o questi leggings con la riga e le staffe, che quando se li mette sembra una specie di cavallerizza... per non parlare di questa gonna di jeans lunga fino al ginocchio e senza nessuna forma, che mi ricorda quella di una nostra prozia morta che faceva la Testimone di Geova. Comunque... la cosa positiva è che Disadattata non si trucca, perciò per assomigliarle mi basterà lavarmi la faccia e mettermi una crema per il viso, anche se mi fa strano uscire senza trucco, mi sento nuda... uhm... quasi quasi potrei sgattaiolare in camera mia ora che lei è in bagno e mettermi la trousse dei cosmetici in cartella... giusto per darmi un po' di colore sulle guance... sì, ma poi lei cosa usa per truccarsi... e soprattutto... ci riuscirà a truccarsi nel mio stesso modo se non lo ha mai fatto una sola volta in vita sua?

Non faccio in tempo a pensarlo che dal bagno sento: "Mamma...? Non per allarmarti, ma credo di essermi lesionata una cornea... perché ho un gigantesco grumo di mascara infilato nell'occhio e proprio non riesco a toglierlo... accidenti, è davvero fastidioso... sarà meglio chiamare subito un buon chirurgo, prima che sia troppo tardi..."

Ecco, appunto.

Ci siamo: sono le sette e un quarto e più o meno siamo pronte per uscire. Con Disadattata ci siamo scambiate qualche informazione di base sulle rispettive scuole, ad esempio dove sono le aule e i laboratori, come si chiamano i nostri compagni di banco e quale potrebbe essere il comportamento più adatto per non svelare le nostre vere identità. Io le ho detto di fare la disinvolta ma senza tirarsela, la simpatica senza sembrare un pagliaccio e la socievole ma senza esagerare (alla fine non sono neanche una che dà proprio confidenza a tutti). Ho visto che prendeva appunti. E lei mi ha raccomandato tipo un milione di volte – onde evitare di tradirmi esibendo il mio... come l'ha chiamato? Ah, sì: "deserto culturale" – di non alzare mai la mano in classe e, se interpellata da qualche insegnante, di rimanere in assoluto silenzio o di fingere un improvviso mal di testa (che poi è la stessa cosa che faccio tutti i giorni anche nella mia scuola, quindi non vedo proprio quale sia il problema). Dei suoi compagni non mi ha parlato molto, mi ha solo consigliato di evitarne due: la bionda del terzo banco in seconda fila, Eva Moretti (pare che Disadattata non la sopporti, quindi probabilmente andremo d'accordo... fra l'altro il suo nome non mi è nuovo, mi sembra ci fosse una Eva Moretti che veniva in piscina con me da piccola, ma siccome ho la memoria di un pesce rosso ovviamente non ne sono sicura) e soprattutto Riccardo Traversi, secondo Arianna un pervertito senza speranza (a quel punto ho preferito non dirle che Riccardo Traversi, cioè il Professore, è nel mio stesso gruppo di amici e che da due anni mi rompe le palle perché vuole uscire con mia sorella ma non sa come chiederglielo).

Noto che si è messa i miei jeans a zampa di elefante e mi dice che li ha scelti perché sono gli unici senza prese d'aria sulle ginocchia (ovviamente non ama gli strappi, ci mancherebbe: tutto quel tessuto sprecato). Ci ha abbinato una cintura di cuoio e il mio maglioncino nero corto che arriva fino all'ombelico, le avevo ordinato di non metterci sotto nessuna canottiera intima e devo ammettere che mi ha obbedito (anche perché gliel'ho detto mentre la stavo truccando e minacciavo di accecarla con l'eyeliner, quindi non ha avuto scelta). Si è raccolta i capelli e ha mugugnato un quarto d'ora prima di infilarsi i miei Dr. Martens, lamentandosi che certe calzature uccidono proprio la femminilità. Beh, certo. Invece i suoi scarponcini di feltro (con chiusura a strappo) da elfo di Babbo Natale, mi fanno sembrare una gnocca da urlo, per fortuna. Ma vattene.

Mentre sono lì che mi osservo nello specchio dell'ingresso, la mamma mi arriva alle spalle. Fissiamo entrambe la mia immagine riflessa: ho uno chignon in testa, un golfino grigio a coste con bottoncini dorati, una gonna lunga fino ai piedi di ciniglia nera e, non avendo trovato né giubbini di jeans né giacche da mezza stagione, uscirò di casa con un cappotto peloso fatto di filetti bianchi e neri, che nell'insieme mi fa sembrare una specie di barboncino. La mamma mi mette le mani sulle spalle e dice: "Accidenti, è una cosa incredibile: vestita così sembri proprio tua sorella".

Mi volto: ha la faccia davvero convinta, perfino mezza compiaciuta. Mi rigiro verso lo specchio, mi osservo dalla testa ai piedi e rispondo: "No, mamma. Vestita così sembro proprio mia nonna. E l'unica cosa incredibile, qui, è che non so come mi hai convinto a farlo".

Scoppia a ridere. Quando ride penso che io e lei ci assomigliamo tanto, perché Arianna non ha quel modo di ridere (le due volte all'anno che ride) e che in fondo è una brava mamma, dopotutto. Che nessuno è perfetto, e che anche lei avrà i suoi motivi per incavolarsi o per andare fuori di testa, certe volte (anche se sfido chiunque a trovarmi un'altra madre di figli gemelli che, per punirli, si sia mai inventata quello che si è inventata lei ieri sera).

Il fatto è che mia madre non è cattiva, è soltanto un po' arrabbiata con la vita. Agli adulti succede. In più ultimamente deve avere una specie di menopausa precoce, perché a volte sclera in un modo allucinante per delle scemenze, oppure ha le classiche vampate di caldo che vengono alle donne di mezza età... o magari non ha il ciclo per tre mesi e poi ce l'ha due volte in un mese e sta malissimo, tipo che per un giorno e mezzo non esce dalla sua camera se non per andare in bagno, ha una faccia da far paura e deve telefonare giù in pasticceria per dire alle commesse che chiudano loro a fine giornata, perché lei non si regge in piedi... insomma "il bello di essere donna", come dice la mia amica Nairobi quando non ha voglia di fare ginnastica e si ricorda che ha la scusa del ciclo (questo mese lo ha già avuto quattro volte). L'unica cosa che mi dispiace è che quando la mamma ha questi attacchi di mal di pancia, mia nonna (che, con tutto il rispetto, a casa nostra ci viene anche troppo) improvvisamente sparisce... cioè, d'accordo che quando mia madre sta male non vuole vedere nessuno e ti ringhia solo se ti avvicini alla sua camera... ma mia nonna sembra proprio che se ne freghi, o addirittura che ce l'abbia con lei... assurdo, voglio dire... mica è colpa di mia madre se non può scendere in negozio, o magari deve tenere chiuso mezza giornata... mia nonna è veramente troppo attaccata ai soldi. Se fossi sua figlia, glielo avrei già detto.

Si sta facendo tardi, dobbiamo uscire. E mi è appena venuto in mente che la cosa bella di andare per qualche giorno al Classico, che è a meno di un chilometro da casa nostra, sarà evitarmi i due autobus che prendo tutte le mattine per arrivare al centro di formazione professionale dove faccio il corso da estetista, e che sono sempre pieni come carri bestiame. Quello mi rende proprio felice. L'ho detto, trovo sempre il lato positivo.

Disadattata mi passa accanto. Ha in mano il foglio su cui stava scarabocchiando a colazione e ha iniziato a percorrere il corridoio avanti e indietro, come fa di solito quando ripete la lezione prima di andare a scuola. Solo che qualcuno dovrebbe ricordarle che oggi non avrà nessuna interrogazione (le uniche materie del martedì, da me, sono religione e informatica, poi due ore di laboratorio che praticamente sono due ore di intervallo), ammesso che esista qualcuno che riesca a distoglierla da quello che sta facendo in questo momento: cammina su e giù per il corridoio, tutta concentrata, e ogni tanto butta gli occhi sul foglio, ripetendo a voce alta cose come: "Adoro... un botto... a stecca... fotonico..."

4

Con una sola piega

Arianna, 15 ottobre 2019
E fu sera e fu mattina,
secondo giorno

E va bene: cominciamo questa giornata da Sedicenne Ignorante.

Stiamo scendendo le scale con la mamma e Puttanella, che non la smette di biascicare in modo disgustoso la sua gomma da masticare: un'abitudine che io non ho di certo, ma che nostra madre le ha concesso giusto oggi per placare l'agitazione della sua prima uscita da persona civile (d'altra parte non l'ha mai fatto in sedici anni di vita, è normale che sia un po' tesa). Arrivate in fondo alle scale, le nostre strade si dividono: la mamma va verso la porta del laboratorio, che è proprio dal lato opposto al portone d'ingresso, e noi usciamo in strada per entrare nel bar dello zio Beppe, che si trova nello stesso edificio dove abitiamo e dove la mamma ha il negozio: una palazzina a due piani con quattro appartamenti e i locali al pianterreno adibiti a pasticceria e bar, comprata dai miei nonni materni all'inizio degli anni Settanta e trent'anni dopo suddivisa fra i loro due figli, Chiara e Giuseppe (attualmente titolari, rispettivamente, del negozio La Dolce Vita e del Bar Silvano, dal nome del suo primo proprietario nonché fondatore, ovvero nonno Silvano). Un microcosmo operoso dove l'espressione "casa e bottega" si adatta perfettamente sia alla nostra famiglia che a quella dello zio Beppe, entrambe residenti al primo piano della palazzina, proprio sotto all'appartamento della nonna e a una piccola mansarda vuota adiacente (dove mi rifugio a studiare quando Bifolca invita a casa nostra le sue amiche, che come lei sono persone diversamente civili).

L'edificio, a un primo sguardo, sembra un posto dove il tempo si è fermato agli anni Ottanta, impressione dovuta principalmente alla vetrina e all'arredamento del Bar Silvano (diciamo che lo zio Beppe non ha fatto del rinnovo locali la sua politica di marketing). Ed è proprio al bar-tabaccheria dello zio che fra pochi secondi io e Cavernicola faremo la prima apparizione nei nostri nuovi panni... o forse dovrei dire costumi di scena, visto l'abbigliamento pacchiano e teatrale di cui strabordano gli armadi di mia sorella e in cui a stento, stamattina, ho recuperato due capi senza parti volutamente sfilacciate e di colore sobrio (d'altronde che le piacessero le tinte accese era evidente già dai tempi delle medie: bastava guardare la pagina dei suoi voti sul registro elettronico, c'erano solo numeri rossi e arancioni).

Entriamo. Il bar è pieno, come sempre a quest'ora. E come sempre a quest'ora la zia Mari serve caffè a rotta di collo, completamente ignorata dallo zio Beppe che sta leggendo *La Gazzetta dello Sport* chino sul registratore di cassa. Certe mattine mi domando se respiri, da quanto è piegato.

Lo zio Beppe vive nel suo bar, praticamente da sempre. È una figura ai limiti del mitologico nel nostro quartiere e su di lui girano leggende di ogni tipo (ad esempio quella che abbia un gemello segreto o un clone artificiale, perché è umanamente impossibile passare tutte le ore che passa lui seduto ininterrottamente alla cassa del bar senza avere una paralisi; oppure quella che gli attribuisce la proprietà intellettuale del quesito che affligge ogni esercente ligure, ovvero: perché si chiama stagione dei turisti se non possiamo spararagli?). Se non sapessi la sua data di nascita gli darei un'età compresa fra i trentuno e i cinquantasette anni, probabilmente perché non ha accumulato, nel tempo, una quantità significativa di rughe di espressione (anche se c'è chi giura di averlo visto ridere una volta nel 1998, ma nessuno gli ha mai creduto). Comunque, ha quattordici anni in più della mamma. Di certo non si può dire che siano cresciuti insieme, ma credo che lo zio le voglia bene almeno quanto odia la maggior parte dei suoi clienti, anche se non è tipo da dimostrarlo attraverso esternazioni o manifestazioni d'affetto: si narra che con la zia Mari abbiano avuto un solo contatto fisico dal quale è nato mio cugino Claudio, pare forse una stretta di mano o uno sfregamento di gomiti... naturalmente sono soltanto simpatiche burle (a ogni modo, condivido l'avversione dello zio per gli eccessi di smancerie).

Troglodita si avvia verso il bancone e io la seguo. Lo zio solleva gli occhi dal giornale e, guardando nella mia direzione, chiede: "Innanzitutto?" come se si aspettasse una risposta prestabilita. Ultimamente con Adele hanno una specie di parola d'ordine o di espressione gergale che fra di loro funge da saluto, ma che in questo momento non mi ricordo. Nel dubbio, rispondo "Buongiorno", mentre mia sorella prova a suggerirmi sottovoce delle parole che non riesco a capire, cosa che la indispettisce nel suo solito modo esagerato (mai quanto indispettisce me, comunque, vedere come sta indossando malamente il mio cappotto di finto peluche, indumento che entro la fine della settimana, ne sono certa, verrà ridotto a una specie di mocio Vileda). Lo zio si toglie gli occhiali da lettura e mi osserva. Poi riprende a leggere il giornale e mi dice: "Lo vedi che a frequentare certa gente ci si dimentica delle buone maniere? Diglielo al tuo amico con la moto, che sampdoriani in famiglia non ne vogliamo".

Troglodita mi dà una gomitata, e indica una foto appesa a sinistra del registratore di cassa: c'è Papa Francesco appena arrivato all'aeroporto di Genova, con una mano alzata in atto benedicente e un fumetto che gli esce dalla bocca con dentro la scritta INNANZITUTTO: DORIA MERDA!! Ora capisco.

Quella del Papa è una new entry fra le foto e i manifesti appesi nel bar. Ce ne sono a decine: dai poster delle formazioni del Genoa dal 1988 al 1992, ai vari disegni di Lupo Alberto con Enrico La Talpa che esclama: "Ehilà Beppe!", alle istantanee sbiadite con il nonno Silvano che da dietro il bancone sorride soddisfatto all'obiettivo. Poi c'è la sezione dei cartelli, che sono tutti opere autografe dello zio: dai due nel bagno degli uomini, entrambi dietro al gabinetto (quello con la scritta NON VI DICO DI FARLA AL CENTRO, MA ALMENO DENTRO e l'altro con le istruzioni passo-passo per tirare correttamente lo sciacquone) a quello nel bagno delle donne, che raccomanda di non gettare nel wc assorbenti o salviettine (e nemmeno braccialetti o foto di ex). Si prosegue con gli avvisi alla clientela abituale che campeggiano nella parte antistante al bancone, fra cui spiccano il cartello CHI TIENE IL GIORNALE PIÙ DI DIECI MINUTI È PREGATO DI LEGGERLO A VOCE ALTA e soprattutto l'insegna IN QUESTO LOCALE, UN GIORNO SÌ E UN GIORNO NO SI FA CREDITO. ATTENZIONE: OGGI È IL GIORNO NO. Tempo fa ce n'erano molti altri, ma di recente la zia Mari, con la scusa di imbiancare la parete, ne ha fatto sparire qualcuno (in effetti ricordavo anche due scritte dietro al flipper che ora non vedo più, quella a destra CI DISPIACE MA IL SERVIZIO INFORMAZIONI È SOSPESO PER SEMPRE e quella a sinistra riferita al posteggio per i motorini davanti al bar, che mi pare recitasse: SI PREGA DI PARCHEGGIARE GLI SCOOTER A LISCA DI PESCE, NON A BELIN DI CANE).

Devo rimediare alla mia risposta sbagliata di poco fa, perciò mi schiarisco la voce ed esclamo: "Ma no, zio! Volevo solo darti il buongiorno, ma soprattutto dirti: innanzitutto, Doria..."

Non riesco a dirlo. Ho una repulsione innata per le parolacce, non ce la faccio. La volgarità è sempre indice di un vocabolario gretto e tristemente limitato, di conseguenza mi si blocca la lingua se sono in qualche modo costretta, come adesso, a pronunciare scurrilità. Non che mi succeda di frequente di essere obbligata a dire sconcezze. L'ultima volta fu in prima media a casa di una mia compagna di classe, durante la sua festa di compleanno: a un certo punto ci mettemmo tutti in cerchio a fare un gioco di carte il cui scopo era conquistare i mazzi degli altri ululando trivialità, e quando provai ad aggirare l'ostacolo usando delle locuzioni medico-scientifiche, fui presa in giro ed esclusa dalla partita. Un brutto colpo per la mia autostima di preadolescente, non posso negarlo. Tuttavia, tornando a casa qualche ora dopo, riflettei che non ci tenevo affatto alla compagnia di persone dal linguaggio così immiserito; e interiormente rassicurai me stessa, ripetendomi più e più volte che di quella gente, a conti fatti, non me ne importava un beneamato organo sessuale maschile.

Lo zio mi guarda, mentre mi sforzo a tutti i costi di finire la frase. Temo che fra poco mi chiamerà Arianna e mi chiederà perché stamattina ci siamo scambiate i vestiti con mia sorella, se non tiro fuori quella maledetta parolaccia. Ma è più forte di me, non ci riesco. Credo che ci riuscirei soltanto con una buona dose di rabbia in corpo, ma la rabbia è un sentimento che decisamente non mi appartiene… tanto è vero che, non di rado, la mia imperturbabilità esteriore mi fa apparire fin troppo fredda e distaccata rispetto alle avversità della vita (a questo proposito stavo pensando di diminuire gradualmente la mia assunzione di Kava Kava, blando ansiolitico naturale che prendo di tanto in tanto, e che malgrado il suo nome non ha alcun legame con il commercio degli stupefacenti). E comunque è meglio così: l'ultima volta che sono stata assalita da uno sporadico attacco di rabbia, cioè ieri, ho provocato nella mia interlocutrice il lancio di un piatto di pasta al pesto (e la volta precedente ho contribuito ad azzoppare un anziano pastore di anime, evento di cui sto giusto pagando le conseguenze). D'altronde è cosa nota fin dai tempi di Omero, che l'ira sia un sentimento dalle conseguenze talora funeste. Meglio tenerla a bada, finché si può.

Lo zio distoglie lo sguardo, richiamato dal rumore di una brusca frenata proprio fuori dal bar. Fissa la porta di entrata, aggrotta le sopracciglia e si avvia sbuffando verso il marciapiede, mugugnando qualcosa contro la zia Mari e la sua ostinata abitudine di togliere i cartelli riguardanti il corretto posteggio dei ciclomotori. Forse non si è accorto del mio impasse, meglio così. Nel frattempo Bifolca, con la rapidità di una pantera e al grido di: "Cambio un pezzo da dieci, eh zio!" si precipita verso il registratore di cassa e, dopo essersi accertata di non avere addosso sguardi indiscreti, arraffa dallo scaffale dei tabacchi un pacchetto di sigarette che subito fa sparire in tasca, incurante del mio severo sguardo di disapprovazione (come fa molte altre mattine, del resto…

solo che oggi lo ha fatto con addosso i miei vestiti, e ammetto che avrei gradito una maggiore prudenza... ma temo che aspettarsi un cambio di comportamento, da certe persone, sia come credere di poter arginare un fiume in piena, o frenare una cascata... una mera illusione, insomma).

Mi giro verso la zia Mari, che non si è accorta di nulla perché troppo indaffarata a servire i clienti. Mi porge il solito cappuccino da portar via per la mamma, stamattina accompagnato da un biglietto con su scritto un numero di telefono. "È per quella cosa che mi dicevi domenica, Adele... è un'ottima ginecologa, e proprio stamattina ho ritrovato il suo numero, lo avevo perso... te lo do subito prima di perderlo di nuovo. Parlane con la mamma, mi raccomando..."

La ascolto, fingendo di sapere di cosa parla. Annuisco un paio di volte confidando nel fatto che Ignorantona mi spiegherà tutto una volta uscite dal bar, ma non sono affatto sorpresa che mia sorella abbia bisogno di un buon ginecologo e contemporaneamente si vergogni a parlarne con nostra madre, preferendo invece confidarsi con la zia Mari: dev'essere imbarazzante, infatti, per un'adolescente dalla vita promiscua come lei, ammettere davanti a un genitore di aver contratto una malattia venerea, o di avere in corso una gravidanza inattesa.

Usciamo dal bar ed entriamo in pasticceria passando dal laboratorio, lascio il bicchiere con il cappuccino vicino alla planetaria e torniamo in strada, camminando verso la fermata dell'autobus che è nello stesso viale alberato che porta al Miglio. Lì mostro a Adele il bigliettino, spiegando di chi è il numero di telefono. Non resisto alla tentazione di chiederle se sto forse per diventare zia (un colpo basso, lo riconosco, ma considerando che ieri ho pranzato con un piatto rotto in testa, direi che ci può stare).

"Ma sei scema?!" esclama. "Guarda che il numero è per la mamma, stordita. Ne parlavamo con la zia l'altro ieri, che c'è questa dottoressa esperta di menopausa, e magari può darle qualcosa per quei disturbi che ha sempre con il ciclo... che ne so, una cura, degli integratori..."

"Ah, ok" rispondo mettendo il bigliettino in tasca "di sicuro le sarà utile".

"A proposito di numeri di telefono" mi dice "dammi un attimo il mio iPhone, che devo controllare se mi sono arrivati dei messaggi da ieri sera".

La guardo, scuotendo la testa. E le dico che non ho alcuna intenzione di darle il suo telefono, perché la mamma è stata molto precisa in merito: niente scambi di cellulare, che verranno requisiti e controllati senza preavviso – non da lei, che è allergica alla tecnologia, ma da una persona altamente competente di sua fiducia, che rimarrà comunque all'oscuro dello scambio, probabilmente nostro cugino Claudio (ventottenne esperto di videogiochi senza impiego fisso, nel tempo libero aiuto-barista svogliato... o, come direbbe lui: "futuro magnate della tecnologia prestato al settore della ristorazione", perifrasi massimamente sintetizzata dallo zio Beppe con l'espressione: "fancazzista e perdibraghe").

Quindi niente messaggi sibillini su Instagram o accessi ai propri profili abituali: per una settimana dobbiamo essere la nostra gemella, e fare la sua vita. Senza che gli altri se ne accorgano. "L'hai sentita, no?" la ammonisco in tono categorico. "Ci ha ordinato di non dirlo a nessuno... e se ora ti do il cellulare, lo so già, lo scriverai a mezzo mondo, oppure ti farai scoprire, e non ho alcuna intenzione di andare incontro ad altri problemi... piaccia o non piaccia, abbiamo un accordo e ora dobbiamo rispettarlo, fino a domenica. Ok?"

Prova a protestare, ma ribatto che questa situazione è pesante anche per me, perciò la prego di lasciarmi in pace e di non chiedermelo più: l'ultima volta che mi ha rotto le scatole per avere un telefono, le ricordo, abbiamo quasi ucciso un ministro di Dio (e pare che Dio non l'abbia presa molto bene, stando a come sono poi andate a finire le cose). Inoltre, se non la smette di tormentarmi, dirò allo zio Beppe che tre volte alla settimana gli ruba un pacchetto di sigarette con la complicità di quella sua amica debosciata con i capelli fucsia (che di proposito posteggia male lo scooter davanti al bar, per far alzare lo zio e allontanarlo dallo scaffale dei tabacchi).

"E in ogni caso" concludo, "di messaggi te ne sono arrivati quarantanove su WhatsApp e ventisette su Instagram, da ieri sera. Anche se ora ti dessi il telefono, non faresti comunque in tempo a leggerli tutti, prima di arrivare a scuola".

Proseguiamo a camminare, io in silenzio e lei brontolando contro la vita, il destino infame e gli orrendi castighi di nostra madre, che farebbe meglio a preoccuparsi dei suoi problemi ginecologici invece di tormentarla con le sue assurde punizioni (tipo quest'ultima, che a quanto mi pare di capire dal borbottio indistinto di mia sorella, ha come peggiore conseguenza qualcosa che c'entra con una città del Brasile). Le rammento che se ieri a pranzo non mi avesse provocato nel suo solito modo irritante, forse adesso non saremmo in questa situazione (perché d'accordo che la mamma era già arrabbiata per la storia di Don Balzottini, ma averci sorpreso nel pieno di un incontro di wrestling sul pavimento della cucina, di sicuro non l'ha aiutata a distendere i nervi).

"Ma io non ti ho provocato!" sbotta. "Ti ho solo detto che non stavo capendo un tubo di quello che stavi dicendo!

Parli come una specie di oracolo, mi ci vuole Google traduttore quando apri bocca!"

La osservo. Ha la stessa espressione confusa e sottilmente derisoria di quando ieri a tavola rispondevo alle sue domande, di cui la prima era stata: "Perché la tua prof di italiano ha convocato urgentemente la mamma, che siamo all'inizio dell'anno e tu sei la regina dei secchioni? Cosa hai fatto, hai dato fuoco alla scuola?" Seguita dalla seconda domanda: "E cosa vuol dire che hai fatto un tema? Cioè... pensi veramente che la tua prof abbia convocato la mamma solo perché hai fatto un tema? E che cosa ci avrai mai scritto in questo tema, "scemo chi legge"? Ahahahahha!"

Normale che dopo queste scempiaggini io avessi parzialmente perso la calma, che mi ha del tutto abbandonato dopo essermi sentita dire che non sono proprio capace a spiegarmi, quando parlo (incredibile detto da una che ignora totalmente non solo l'uso corretto, ma l'esistenza stessa dei congiuntivi).

"Cioè..." continua in tono più calmo, "lo so che io non sono intelligente come te... ma cosa dovevo capire quando mi hai risposto: 'il tema era necessario, anche se non diceva completamente la verità'? Oppure: 'bisogna fare qualcosa, perché sta accorciando gli intervalli'? Voglio dire, Arianna... se la tua prof di italiano accorcia gli intervalli, voi dovete dirlo al preside, o agli altri professori... perché la ricreazione è un sacrosanto diritto, sono d'accordissimo... però, scusa se te lo dico, ma non serve a niente scrivere un tema con delle mezze bugie, non ha senso..."

La guardo. Faccio ancora fatica, dopo tanto tempo, a credere che io e lei siamo sorelle, per di più gemelle omozigote. Se non fosse un assurdo scientifico, giurerei che abbiamo padri diversi. Rallentiamo il passo fino a fermarci, siamo arrivate alla fermata dell'autobus. La fisso per un'ultima volta prima che prosegua verso il Classico, e i nostri sguardi si incrociano: senza trucco Adele sembra una bambina, abbiamo entrambe il viso rotondo, i lineamenti regolari e gli occhi piuttosto grandi, dal taglio particolare. Ha cambiato atteggiamento, e adesso mi sta guardando con un'espressione indulgente, benevola e vagamente preoccupata (uno sguardo che ho visto qualche volta anche negli occhi della mamma, non so perché... non sono certo io la figlia di cui si deve preoccupare). E tutto a un tratto ci rivedo piccole, sul tappeto in salotto. Stiamo giocando ai Pirati dei Caraibi con papà: io sono Will Turner, Adele è Jack Sparrow e papà fa Barbossa. Ci ha comprato dei cappelli e delle bende da pirata, e lui ha anche la barba finta. Ha poco più di trent'anni, è magro e ha ancora i capelli con il ciuffo, che gli fa risaltare gli occhi azzurri (mentre adesso è sovrappeso e sembra un sosia calvo di Philip Seymour Hoffman, come gli dico sempre quando ci vediamo e facciamo il nostro gioco delle somiglianze con le celebrità di Hollywood). Stasera ci ha promesso che andremo tutti e quattro al cinema a vedere *I Puffi*, e non importa se faremo tardi, perché il negozio è chiuso per ferie (come sempre la prima settimana di ottobre). In più è sabato e domani non c'è neanche scuola, così dopo il cinema ce ne andremo al Burger King ad abbuffarci con le crocchette di pollo, gli hot dog e gli anelli di cipolla, quelli che quando papà li mangia non può più dare bacini alla mamma perché gli puzza l'alito... e il pensiero del cinema ci elettrizza, e rende speciale tutta la giornata... e quasi non riusciamo a fare niente perché siamo troppo impegnate a esaltarci pensando al film, e al Burger King dopo, e a quanti popcorn mangeremo, e se prendiamo la Coca-Cola subito, o quando c'è l'intervallo...

tutto è bello, tutto è allegro. Tutto è semplice. Semplice, dal latino *simplex*: con una sola piega.

Rimaniamo così, per qualche secondo, a fissarci in silenzio con mia sorella. Poi veniamo distolte dall'avviso di un messaggio sull'iPhone, e un secondo dopo anche sul mio cellulare. Prendo l'iPhone dallo zaino e leggo: "Ciao, sono arrivato in albergo ieri sera e pensavo di pranzare insieme, se vi va bene anche oggi, o quando volete voi. Devo fare dei sopralluoghi per un set a Camogli e vado via venerdì. Fatemi sapere quando preferite".

Noto che anche Adele ha preso il cellulare, e probabilmente sta leggendo lo stesso messaggio che ho appena letto io. Fissa lo schermo per qualche secondo, poi mette il telefono in tasca. Le domando chi le ha scritto (o meglio chi *mi* ha scritto) e bofonchia: "Nessuno". Poi si mette a fissare per terra, con il viso improvvisamente indurito. Sì, di solito Nessuno manda lo stesso messaggio a tutte e due, quando passa dalle nostre parti. Ma solo una di noi gli risponde.

Adele fa per proseguire verso il Classico, e le auguro buona fortuna per la Via Crucis. Mi scruta interdetta. Beh, forse quest'espressione potrebbe effettivamente risultarle un po' ermetica. Le spiego che è l'ultimo tratto del viale alberato che porta all'Istituto Montale (e alle altre due scuole superiori che si incontrano lungo la stessa strada) dove di solito, a quest'ora, si riversa la maggior parte degli studenti del Tigullio, raggruppata in capannelli di varie dimensioni, costituiti da ragazzi e ragazze a piedi, in bicicletta o in motorino. Il mio calvario di tutte le mattine.

Continua a guardarmi, ovviamente senza capire, ma per una volta non è colpa sua. Le dico di lasciar perdere. "Guarda che non sono proprio del tutto idiota" ribatte "lo so benissimo che cos'è una Via Crucis, poi dopo il campeggio di quest'estate... beh, perlomeno adesso so perché cammini in quel modo, quando esci per andare a scuola... cioè, voglio dire... quando esci in generale".

"Perché, scusa..." le chiedo un po' stupita "come camminerei, io?"

"Come una che sta reggendo sulle spalle tutto il peso del mondo, o almeno un peso troppo grande per lei... ma è colpa di queste scarpe, cavolo: oltre a essere brutte, non aiutano proprio a migliorare l'andatura... sono così basse... e poi ci scommetto che la suola non è neanche impermeabile, perché mi sembra proprio di essere scalza, lo sai?"

Lo ammetto, mi ha spiazzato questa risposta. Non tanto la parte sulle scarpe, che fra l'altro sono le mie pantofole da casa (che non capisco proprio come possa aver scambiato per delle calzature da passeggio, ma pazienza...). Ma la parte sul mio portamento, perché... forse per la prima volta in vita sua... posso dire che mia sorella ha ragione. È stupefacente.

"Beh, immagino sia la sensazione che si prova camminando per strada in ciabatte" replico in tono sarcastico "in effetti ho notato che stamattina hai fatto colazione con le mie Crocs da piscina, ma non pensavo proprio che avresti scambiato le mie pantofole di feltro per delle polacchine..."

Mi interrompe, improvvisamente agitata: "Che cazzo dici?!? Tu vai in piscina? E da quando?"

"Da fine settembre" rispondo "da quando la professoressa di ginnastica ci ha fatto fare un paio di lezioni di nuoto per la gara fra scuole che ci sarà domenica... ma non preoccuparti, lo so che hai un blocco psicologico per le piscine: e la buona notizia è che non sono nella squadra che gareggerà per il Classico, anche se i concorrenti della staffetta mista li hanno presi nella mia classe..."

La vedo tranquillizzarsi, mentre le spiego che non c'è alcuna possibilità che domenica, essendo il nostro ultimo giorno di punizione, debba nuotare al mio posto: non sono fra i titolari. Mi chiede di giurarglielo. Su quanto ho di più caro al mondo.

"Te lo assicuro" le ripeto, "ho fatto lezione in piscina solo perché era l'ora di ginnastica, e fra l'altro agli allenamenti si è visto. Non mi hanno scelta per la gara, figuriamoci!" Mi sorride, già più rassicurata... perciò evito accuratamente di dirle che, in realtà, sarei la riserva della Moretti (non c'erano volontarie e sono stata vittima di un sorteggio pilotato) perché non voglio crearle inutili allarmismi: uno dei due maschi che faranno la mista-mista è Traversi, e la Moretti non si farà certo sfuggire l'occasione di stare in costume vicino a lui per un intero pomeriggio... dovesse anche rompersi una gamba, nuoterebbe con le stampelle, piuttosto (mah, de gustibus...).

"Ok" mi dice, "io vado, fra poco arriverà il mio autobus... cioè, volevo dire il tuo... io sono a piedi, oggi..." Si volta e fa per avviarsi, poi si gira nuovamente: "Ah, scusa... una cosa, solo per curiosità: perché tieni un'immaginetta di Sant'Antonio nella cover del telefono?"

"Non è Sant'Antonio" rispondo, "è San Giuseppe da Copertino, patrono degli studenti. Me l'ha data Don Balzottini al campo, un giorno che abbiamo parlato un po' da soli... della scuola, sai... e di altre cose... io non credo in Dio, sono su posizioni direi affini allo stoicismo moderno... ma una parte di me a volte si chiede se, nonostante la schiacciante evidenza del contrario, non esista invece realmente un essere superiore, amorevole e presente nelle vite degli uomini… un'entità a cui non so dare un nome, per il momento. Quanto all'immaginetta, è un regalo di Don Balzottini e la tengo per affetto, suppongo".

"Certo. Voglio dire, ci sta".

"Immagino c'entri anche il senso di colpa per avergli causato la rottura di un femore".

"Ci sta anche quello".

"Ok" le dico "farai meglio ad avviarti… la Via Crucis è lunga da fare a piedi".

"Sì, hai ragione… senti Arianna" mi dice Adele, guardandomi nello stesso modo vagamente preoccupato di poco fa "prima ci siamo interrotte, ma volevo dirti che… se nella tua scuola hai qualche problema, tipo quello della prof che accorcia l'intervallo, o altre cose, ecco… io ci sono. Ci sono, davvero. In fondo questa settimana siamo nella stessa barca, e se possiamo darci una mano… alla fine, Don Balzottini l'abbiamo fatto cadere in due".

Le sorrido, davvero grata e sorpresa per questa sua disponibilità: non è frequente che mia sorella mi parli con gentilezza, o che addirittura mi offra il suo aiuto. Mi chiedo se siano bastate le poche ore trascorse da ieri sera nei miei panni, per fare di lei una persona più empatica, sensibile, riflessiva e, perché no… anche profonda. Sì, profonda… la osservo allontanarsi, camminando ridicolmente ingobbita (sa che la sto guardando e fa finta di imitarmi, ah ah molto divertente). Metto la mano in tasca, prendo il bigliettino con il numero della ginecologa per la mamma e lo fisso qualche istante; poi lo butto in un cestino dei rifiuti accanto all'orario degli autobus. Dopo qualche minuto mi arriva una notifica di WhatsApp sul cellulare (il mittente è una certa Disadattata, probabilmente una delle amiche di Adele). Apro il messaggio vocale e ascolto: "E comunque il santo patrono degli studenti non è San Giuseppe da Copertino… è Santa Botta di Culo! Ahahah! Ciao sfigata, fai la brava… però non fare la suora, se no ci fai beccare subito, eh?… A proposito di beccare, mi sa che ho appena pestato una merda… ma porca di una putt…"

Fine del messaggio vocale.

Niente, è come frenare una cascata.

5

Non dirlo a nessuno

Adele, 16 ottobre 2019
E fu sera e fu mattina,
terzo giorno

Ragazzi, è proprio come sospettavo:
1) mia sorella fa veramente una vita orrenda;
2) sono davvero una grandissima attrice.

Ieri è stato il mio primo giorno da "finta Arianna", e devo dire che me la sono cavata benissimo. Le ho copiato tutto: il modo di camminare, il modo di parlare, il modo di guardare la gente (anzi, di non guardare la gente) e nessuno – e sottolineo, *nessuno* – si è accorto che c'ero io al suo posto (il che un po' dovrebbe preoccuparmi, forse).

La giornata, a dire il vero, non era iniziata nel migliore dei modi: dopo esserci salutate alla fermata dell'autobus con Disadattata, avevo accelerato il passo per arrivare alla sua scuola in anticipo, giusto per prendermi una merendina dal distributore e fumarmi una sigaretta da qualche parte (ma no che non mi sarei fatta beccare, non sono una stupida... lo so che mia sorella non fuma, però anch'io ho le mie esigenze... non posso mica reprimere tutti i miei bisogni solo perché lei è una monaca tibetana...). Giustamente, accelerando il passo con le sue fantastiche ciabatte da elfo, sono mezza scivolata e, per non affrassarmi a terra come un sacco di patate, ho spostato il piede destro un po' indietro, proprio nel punto in cui c'era una cosa che avevo appena scavalcato, una cosa su cui di certo non avrei mai voluto mettere il piede... (che poi, dico io: ma se hai un San Bernardo o un cavallo con problemi intestinali, ma per quale motivo gliela fai mollare in mezzo a una strada che già alle sette del mattino è piena di gente? Cioè... capisco bene che non puoi raccogliere la sua roba da terra perché invece della paletta ti ci vorrebbe una ruspa con il rimorchio, ma a maggior ragione, santo cielo... portalo in una strada secondaria, o comprati un water chimico e insegnagli a usarlo, insomma cerca di organizzarti, porco di un mondo...). E così, mi è toccato fermarmi proprio poco prima del Classico, dove c'è una fontanella con un rubinetto. Mi sono dovuta togliere la ciabatta, sbatterla un bel po' sul marciapiede, usare mezzo pacchetto di fazzoletti per pulire la suola e sentire dietro di me un quarto d'ora di risatine, provenienti da vari gruppetti di gente fuori dallo Scientifico e dall'Artistico, che sono proprio a pochi metri dal Montale. Tutte persone che più o meno conosco, di vista o di fama, o che comunque ho incontrato in giro, che invece di aiutarmi se ne sono stati lì a ridere come dei veri bastardi... va beh, ammetto che lo avrei fatto anch'io: la cacca sotto le scarpe, infatti, è sempre il top delle brutte figure (che non per niente si chiamano figure di m...) e se ti tocca, purtroppo devi pagarne le conseguenze (poi c'è ancora chi dice che porta fortuna, chissà perché).

L'unica cosa che non ho capito è una parola che continuavano a bisbigliare sottovoce fra di loro, e che suonava simile a "sperghe" o qualcosa del genere, tipo: "Hai visto? Oggi Sperghe ha le ciabatte da tirolese", oppure "Sperghe si è messa le scarpe di Heidi ed è andata a mungere le capre, stamattina... solo che Fiocco di Neve le ha lasciato un regalino sotto la suola!" Il tutto condito da sghignazzate varie, ma ripeto: in certi casi ci sta. Però devo ancora chiedere a mia sorella che cos'è questa parola "Sperghe" con cui si fa chiamare (sarà il nome di qualche scrittore famoso o cervellone come lei). Tutto sommato, è carino come soprannome. La chiamerò anch'io così: Sperghe o Sperghy, con la y... a ogni modo, ripulita la scarpa e salutati con la mano i miei spettatori (che mi hanno guardata quasi più schifati quando gli ho fatto "ciao" che mentre sbattevo la ciabatta... magari avevo la mano sporca, oddio speriamo di no) ho proseguito verso il Classico praticamente di corsa, anche perché ormai erano le otto meno cinque.

Sono entrata come un fulmine cercando disperatamente la Terza C, che non mi ricordavo più se era la prima aula a destra al secondo piano o la seconda a sinistra al primo piano... in ogni caso, alla fine ce l'ho fatta. Una volta entrata ho cercato la mia compagna di banco Emma Anselmi, a quanto mi ha detto Arianna l'unica persona con cui scambia qualche parola in classe, e devo dire che non mi è stato difficile trovarla (anche se mi sembrava assurdo dover cercare una che, standο alla descrizione di Disadattata, avesse gli occhi ai lati della testa come Sid, il bradipo dell'Era Glaciale... invece devo ammettere che aveva ragione). Da lì è stato tutto più o meno in discesa: mia sorella mi ha detto che dal triennio fanno le interrogazioni programmate, quindi non c'erano rischi di essere beccata in nessuna materia, e poi effettivamente siamo ancora all'inizio dell'anno e i quattro professori che sono entrati (quella di greco, quello di filosofia, quella di matematica e quello di scienze) hanno tutti e quattro spiegato (non vi dico che rottura... a un certo punto devo pure essermi addormentata perché ho visto Sid che mi metteva uno specchietto sotto il naso per vedere se si appannava, avrà pensato che ero svenuta). E poi niente, finita la sesta ora me ne sono andata a casa.

Ho pranzato con la mamma, ho mandato un vocale a mia sorella per ricordarle che mercoledì (cioè oggi pomeriggio) deve andare a fare la baby-sitter da dei tizi che abitano vicino alla mia scuola (e lei, non so perché, mi ha scritto: "I cuccioli sono due o più di due? Portano guinzaglio o museruola?"... mi sa che ha capito dog-sitter, non baby-sitter... comunque le ho risposto che non lo sapevo perché è gente nuova, non ci sono mai andata a lavorare da loro). Dopodiché ho dormito due ore, ho guardato tre puntate di una sitcom sul tablet di Disadattata (che se la tira da esperta di cinema e serie tv, ma intanto non ha mai visto *La Casa di Carta*) ho ridormito mezz'ora, ho fatto una doccia, ho cenato e sono tornata a letto (ah no, prima mi sono fatta spiegare filosofia da mia sorella).

Non mi è arrivato né un messaggio, né una telefonata in tutto il giorno. Praticamente per il mondo ero morta... ma come si fa a vivere così? D'accordo che lei il tempo se lo occupa quasi tutto studiando e scribacchiando sui suoi bloc-notes... (a proposito, ieri pomeriggio rovistando fra le sue cose ho scoperto che tiene una specie di diario fin da quando era piccola, un quadernone viola ad anelli pieno di fogli scritti a mano e al computer, ritagli di giornale e temi fatti alle elementari) però un minimo di relazioni sociali le dovrebbe avere, se non vuole rimbambirsi completamente (e secondo me per certi aspetti è già tardi). Insomma, siamo solo alle otto di mercoledì mattina e non vedo l'ora che sia lunedì per ritornare alla mia vita di prima dello scambio, che di certo non era perfetta ma era molto meglio di questa... anche perché sono almeno ventiquattr'ore che cerco di mandare un messaggio a Rio o di chiamarlo e ancora non ci sono riuscita, visto che ieri Disadattata non ha voluto che ci scambiassimo i cellulari... neanche per un minuto, perché nostra madre le ha messo il terrore che se ci facciamo scoprire da qualcuno chissà che cosa succede (roba da matti, continuava a ripetere: "Non dirlo a nessuno... non dirlo a nessuno..." come un robot, l'ha blaterato tante di quelle volte che stanotte quella frase me la sono perfino sognata). Avevo anche pensato di chiedere a Traversi, con una scusa qualunque e ovviamente senza farmi scoprire, se durante l'intervallo mi dava un secondo il suo telefono (perché oltre a essere un mio amico lo è anche di Rio e di sicuro ha il suo numero), solo che ieri il Professore ha saltato... in effetti tempo fa diceva che quest'anno si farà bocciare e lascerà la scuola, non so come mai... bah, comunque fatti suoi. Spero solo che oggi venga, perché ho bisogno di parlare con Rio, ho voglia di sentire la sua voce... mi manca tanto... non pensavo che mi sarei mai presa una sbandata del genere, e in più per il mio migliore amico. Mi manca il suo sguardo serio, il suo vocione, le sue mani forti... che quando mi accarezzano mi mandano fuori di testa e gli farei un po' di tutto, anche se poi devo trattenermi perché mi ha detto che secondo lui non siamo ancora pronti per farlo... il che a volte mi fa pensare che non gli piaccio molto, o forse non vuole rovinare la nostra amicizia... va beh, prima o poi cambierà idea, spero (anche perché, non per dire... ma i nostri soprannomi sono Tokyo e Rio, e Tokyo e Rio della *Casa di Carta* trombano sempre, anche sotto le raffiche di mitra, insomma non ci chiamiamo mica Bianca e Bernie o Minnie e Topolino...). Mi manca il suo sorriso, il suo bel fondoschiena quando è vestito con i jeans da lavoro e si piega per tagliare il vetro, il modo in cui insulta suo nonno quando non prende le medicine per il cuore (che poi mi fa ridere perché non lo chiama mai nonno, ma sempre Giovanni... oppure Iron Man, da dopo che gli hanno messo il pacemaker). Il modo che ha di guardare la foto dei suoi genitori che ha sul comodino... il suo modo di ricordarmi, quando sono incazzata con mia madre e gli dico che non le parlerò mai più per tutta la vita, che è lui che non parlerà mai più con sua madre per tutta la vita... e così mi rimette con i piedi per terra, e mi fa capire che non sappiamo per quanto tempo avremo vicino quelli che ci stanno vicino... e che non è il caso di prendersela per delle cose che, alla fine, se ci pensiamo bene sono solo stronzate... Dio, quanto mi manca. Devo chiamarlo. Se anche stamattina il Professore non viene a scuola, giuro che vado a prenderlo a casa sua e lo riempio di calci, quell'imbecille viziato... ah no, eccolo.

È arrivato in ritardo e si sta beccando un cazziatone dalla Antuori, che dev'essere quella di italiano, quella che ha convocato la mamma l'altro ieri per quel misterioso tema di Arianna, la professoressa che accorcia gli intervalli... infatti si vede lontano venti chilometri che è una carogna, guarda che faccia da repressa che ha... che poi, dico io, per cinque minuti di ritardo...il Professore comunque è impassibile, come suo solito (cioè, io a scuola non l'ho mai visto, ma è la stessa reazione che ha con suo padre tutte le volte che lo sgrida perché ne ha combinata qualcuna delle sue). Quando fa così la sfinge mi viene da pensare che starebbe proprio bene insieme a Disadattata, se soltanto lei si ricordasse di essere una femmina, ogni tanto – ma non credo l'abbia mai saputo.

Finito il cazziatone, Traversi va a sedersi nel banco rimasto vuoto in seconda fila, accanto a una biondina che appena lo ha visto gli ha fatto un sorriso a cinquantasei denti e lo ha guardato con un'espressione da micetta che fa le fusa, che mi sembra lui abbia gradito e ricambiato (mi sa che ha capito che con mia sorella non ha speranze, quindi ha cambiato mire). La biondina, fra l'altro, è proprio quella Moretti che sta sulle ovaie a Disadattata... e già ieri mattina, osservandola, mi sembrava di averla incontrata da qualche parte... ma solo adesso, vedendola sorridere in quel modo a Traversi, ho avuto la certezza che sia la stessa Eva Moretti che faceva nuoto nella mia squadra quando ero piccola. Una piuttosto brava, ora che ci penso (ma non come me, io non per vantarmi ero imbattibile). Sento battermi su una spalla, e mi volto. Il Professore mi sta facendo una specie di inchino da seduto con una mano sul petto, mentre sussurra: "Ciao Guidi bella, ti sono mancato ieri?" Scoppio a ridere, mentre con la coda dell'occhio noto che la biondina accanto a lui ha spento il sorriso da gattamorta, e ci sta guardando tutti e due come una iena a digiuno. "Guidi bella" dev'essere uno dei tanti modi in cui Traversi chiama Disadattata nella speranza di farsi notare da lei, e secondo me è molto tenero e dolce... anche se, conoscendolo un po' e stando a quello che mi ha detto Arianna ieri mattina prima di andare a scuola, poi rovina tutto aggiungendoci subito dopo delle parole tipo "porca" o "maialina" (e poi si domanda ancora come mai mia sorella non lo consideri minimamente).

La lezione è abbastanza noiosa, ma dopo ieri non è che mi facevo molte illusioni. Alzo la mano e chiedo di poter andare in bagno. La prof mi indica la porta come a dire "vai pure" e prosegue a spiegare una poesia su Napoleone che non solo mi sta fracassando le palle... ma soprattutto, non so perché, mi ha messo una voglia esagerata di fumare: infatti, una volta fuori dall'aula, corro in fondo al corridoio del piano, spingo il maniglione rosso di un'uscita di emergenza e in tre secondi arrivo in cima alle scale antincendio, da dove mi godo il panorama con una bella Winston accesa in mano. Aspiro avidamente le prime boccate, ne avevo proprio una gran voglia. Ah, che goduria. Me ne sto lì, un paio di minuti. Forse anche qualcuno di più, perché dopo un po' mi sento chiamare da una voce femminile, leggermente acuta, che in tono di domanda pronuncia il mio cognome. Mi volto, ho ancora il mozzicone in mano. Dietro di me c'è Eva la gattina, con una smorfia sulla faccia che non riesco bene a definire, ma direi che è fra il sorpreso e l'incredulo. Sgrana gli occhi e mi chiede: "Guidi... ma tu... fumi?" come se stesse chiedendo a un pesce se vola o a un insetto se nuota. Effettivamente, sarei nei panni di mia sorella e lei non è certo il tipo che fuma... non le piacciono neanche le sigarette di liquirizia... fisso la biondina, gettando il mozzicone oltre la ringhiera delle scale antincendio. Soffio via dalla bocca l'ultima nuvola di fumo, mi metto un indice sulle labbra e le rispondo: "Non dirlo a nessuno". Si volta e mi dice di tornare in classe, che la Antuori è già alterata stamattina. Rientriamo. La seguo lungo il corridoio, mentre mi rimbombano in mente le parole che le ho appena detto (e che casualmente sono le stesse che continuavo a sognarmi stanotte, *non dirlo a nessuno*, pronunciate però da una voce che non era quella di mia sorella).

Improvvisamente, ho una fitta alla testa. Mi succede quando la mia memoria da schifo ripesca qualche ricordo a caso indietro nel tempo, ma neanche sempre. Solo a volte. Come adesso, in cui vedo Arianna da bambina, avrà nove anni, nella vecchia Fiesta dei nostri genitori. È seduta vicino a mia madre che sta guidando, mentre io sono dietro e stiamo cantando la sigla di *Mia and me*, un nuovo telefilm che ci piace molto. Siamo alla fine della strofa, stiamo canticchiando: *Sogno o fantasia, inganno o verità, oppure è solo un'altra faccia della realtà...* quando la macchina improvvisamente inchioda, slitta sull'asfalto bagnato, fa un testa coda... è una domenica pomeriggio... la mia borsa della piscina cade dal sedile vuoto a fianco a me, stiamo roteando alla velocità della luce e lì per lì non capisco se nostra madre lo ha fatto apposta per farci uno scherzo oppure se ha davvero perso il controllo della macchina, e quindi per un attimo sono indecisa se ridere o spaventarmi, finché non mi assale la paura... ma è un attimo: il testa coda finisce e l'auto esce dalla careggiata, fermandosi in un campo a lato della strada. Siamo in una zona di campagna, piuttosto isolata. Non sta passando nessuno da queste parti, e non ci passerà per altre due ore. Arianna è pallida e si sta toccando la testa, è tutta intera ma ha preso una botta in faccia e le sanguina il naso... la mamma piange piegata sul volante, vedo la mia mano che la accarezza e sento la mia voce che la consola, che le dice che non importa se non faremo in tempo per la mia gara...

Non dirlo a nessuno...

"Guidi, arrivi o no? Ma... ti senti male?" Mi risveglio, distolta a forza da quel ricordo. Non so nemmeno dire se sia qualcosa di realmente accaduto, tanto sembra lontano. Ma dev'essere reale, sento che lo è. Questa memoria a intermittenza è la mia croce, non per niente le mie amiche mi chiamano Dory... la fitta alla testa comunque è sparita. Guardo Eva, le dico che sto bene e torniamo in classe. Prima di rientrare in aula si gira e mi sussurra: "Tranquilla, non lo dico a nessuno che hai fumato... e poi ogni tanto fumo anch'io a scuola, lo sai? Sarà il nostro piccolo segreto..." mi dice lanciandomi uno sguardo malizioso, che forse vorrebbe essere complice... ma a dire la verità non saprei. Spero non abbia capito che non sono Arianna, mi sembra una che è sospettosa a prescindere... ma probabilmente no, sono solo mie paranoie. E poi, come ho detto, ieri me la sono cavata piuttosto bene nella parte di mia sorella. Insomma, sono molto credibile come attrice.

Le due ore di italiano sembrano interminabili, ma per

fortuna non lo sono. La Antuori esce ed entra una tipa di mezza età con i capelli crespi e degli strani occhiali bianchi, a quanto intuisco la professoressa di inglese, che inizia a distribuire fogli in giro per la classe e chiede di staccare i banchi: faremo una verifica di grammatica a sorpresa, per punizione (pare che, dopo l'ultima volta che la classe è stata in aula video, il dvd con *L'attimo fuggente* in lingua originale sia stato sostituito con un porno ucraino).

"Siccome non ho speranze di sapere chi è il colpevole direttamente dalla sua bocca" dice la professoressa, "non ho altra scelta che quella del castigo a tutta la classe: Traversi, scambiatevi i posti con la Guidi, così non avrai la tentazione di sbirciare nel suo foglio... e se poi ci spieghi cos'è che ti fa tanto sganasciare, magari ci divertiamo anche noi..."

Mi giro: il Professore sta ridendo come un matto, insultato sottovoce da tutta la classe che gli dice di confessare. Si alza in piedi e giura solennemente con una mano alzata che non conosce assolutamente l'autore della sostituzione in aula video, ma che quell'uomo è un fottuto genio. La prof gli urla di sedersi e gli mette una nota sul registro, mentre cominciamo la verifica. Dal fondo, qualcuno bisbiglia: "Traversi, sei il solito coglione".

Prendo il mio foglio. È un test a crocette con una cinquantina di domande. Le consegne degli esercizi sono in inglese, ma anche fossero in italiano dubito che ci capirei qualcosa. Mi metto le mani nei capelli e resto così per una buona mezz'ora, finché non mi arriva il tappo di un evidenziatore sulla testa: è Traversi, dal banco davanti. Mi fa segno che la prof è girata verso la lavagna e mi mostra il suo compito, così prendo la penna e inizio a copiare il più possibile. Speriamo solo che il Professore sappia l'inglese meglio di quanto sa l'ucraino (è ovvio che lo ha sostituito lui il dvd).

A differenza delle due ore di italiano, quella di inglese passa anche troppo velocemente, e arriviamo all'intervallo. Vado a darmi una sciacquata al viso, sono sudata fradicia: i compiti in classe mi agitano a morte, quelli a sorpresa ancora di più e quelli a sorpresa nei panni di una secchiona al liceo non ne parliamo. Resto in bagno a guardarmi allo specchio, anche se la campanella di fine ricreazione è già suonata e non c'è più nessuno nei corridoi. Ha ragione mia madre: senza trucco e con i suoi vestiti sono davvero uguale ad Arianna. Oggi mi sono messa un maglioncino color cammello e dei leggings marroni, dei mocassini bordeaux con le nappine e un cerchietto nei capelli raccolti. Faccio abbastanza pietà, ma lo scopo era diventare uguale a lei, perciò obiettivo raggiunto. La mia abilità interpretativa ha fatto il resto (oddio, non che sia così difficile passare tutto il tempo senza parlare con nessuno, ma in effetti è quello che fa mia sorella). A ogni modo, ribadisco il concetto: sono davvero un'ottima attrice.

Mi allontano dallo specchio e mi volto per tornare in classe. A fine mattinata devo inventarmi una scusa per chiedere a Traversi il suo telefono, così se Dio vuole posso copiarmi il numero di Rio in rubrica e chiamarlo. A proposito di Traversi, mi è appena comparso improvvisamente davanti, senza che me ne accorgessi. Cavolo, mi ha quasi spaventato. Mi sta fissando con un sorrisetto strano sulla faccia, mentre si chiude la porta del bagno alle spalle e controlla che non ci sia nessun altro, qui dentro, oltre a noi due. Poi avanza verso di me, guardandomi in un modo misterioso e, a quanto mi sembra, anche un po' arrapato (e comunque: va bene che questa settimana devo fingere di essere mia sorella. Ma se fa tanto di mettermi le mani addosso, giuro che reagirò alla mia maniera: un bel calcio ai piani bassi e una testata in mezzo alla fronte). Continua ad avanzare verso di me fissandomi, mi sa che ho capito le sue intenzioni. Indietreggio più che posso, ma ormai ho le spalle attaccate al muro, perciò preparo la ginocchiata nelle biglie – che funziona sempre con i tipi troppo affettuosi – mentre lui inclina la testa di lato e, socchiudendo gli occhi, mi chiede: "Mi spieghi che cosa ci fai qui… Tokyo?"

E va bene, forse non sono poi questa grande attrice.

"Quindi, ricapitolando" mi dice il Professore facendomi segno di ripassargli la sigaretta (la mattinata è finita e stiamo dividendo una Camel fuori da scuola) "a quanto mi hai raccontato in bagno, per tutta questa settimana tu verrai a scuola qui al Classico e tua sorella invece se ne andrà al corso per estetista… giusto?"

"Esatto".

"E… per quanto riguarda il tempo libero?"

"Te l'ho detto: fino a domenica, ognuna dovrà fare la vita della sorella. Il che significa che io dovrò fare la suora di clausura e lei dovrà uscire con i miei amici… ma non ti gasare, Professore: lei non uscirà mai con voi, neanche vi conosce… passerà le prossime cinque sere in casa, esattamente come ha fatto ieri e l'altro ieri. Scordati che la vedrai in giro travestita da Tokyo… anche se sta proprio bene truccata e con i miei vestiti, sai? Beh, voglio dire… in fin dei conti siamo uguali…"

"Non ne dubito. Anch'io c'ero cascato, all'inizio".

"È stato per il compito in classe, vero? Ti sei accorto che non ero mia sorella perché stavo lasciando il foglio in bianco, giusto?"

"No, a quel punto lo avevo già capito che non eri Arianna".

Lo guardo sorpresa. "E da che cosa, scusa? Neanche ci siamo guardati, prima dell'ora di inglese…"

"Non è vero. Ti ho salutato dopo essermi seduto al banco, e lì hai fatto i tuoi primi due errori".

"E quali?" chiedo incuriosita.

"Hai risposto al mio saluto. E hai riso quando ti ho chiesto se ieri ti sono mancato. Tua sorella non si sarebbe nemmeno girata, avresti dovuto fare lo stesso... la conosci davvero poco per essere una che ci vive insieme. E comunque, pensavi davvero che non me ne sarei accorto? Mi meraviglio di te, Tokyo. Bene, adesso... pensiamo alle cose serie..."

Prende il cellulare e se lo mette davanti alla bocca: "Nairobi? Domani sera siamo già d'accordo con gli altri che ci vediamo a casa mia, i miei sono a quella riunione di cadaveri giù al Lions Club... fammi un favore: costringi Tokyo a venire. Inventati qualunque cosa, buttala in macchina con Helsinki e portatevela dietro... perché non vorrà assolutamente uscire, non chiedermi perché, lo so e basta... ok? E non rispondere a questo vocale con i tuoi soliti pipponi di venti minuti perché non li ascolto. Ciao, a domani".

Rimette il telefono nello zaino e spinge indietro gli occhiali con l'indice. Da quando lo chiamiamo Professore fa lo stesso identico gesto che fa il personaggio della *Casa di Carta,* con la differenza che lui non è Alvaro Morte ma solo un sedicenne sfigato come tanti altri (e per di più con qualche problema mentale, visto che la sua crush è una come Disadattata). Scoppio a ridere e gli dico che non ce la faranno mai a portare fuori mia sorella domani sera. Poi gli chiedo di darmi il cellulare. Devo assolutamente parlare con Rio.

"Beh, se ci riesci salutamelo" mi risponde Traversi, "sono tre giorni che provo a chiamarlo ma non mi risponde. Guarda". Mi porge il telefono. "Non riceve neanche più i messaggi su WhatsApp... e non credo che mi abbia bloccato. Anche gli altri hanno provato a scrivergli o a telefonargli, niente da fare. È sparito. E a casa sua non c'è nessuno... mi sa tanto che è stato di nuovo male suo nonno, il negozio del vetraio è chiuso da venerdì..."

Spegne il mozzicone per terra, mentre sento salire le lacrime: Rio è molto affezionato a suo nonno, è la sua unica famiglia. "Ma perché non ha detto niente a nessuno?" mi chiedo "non è da lui non farsi sentire... non avvisare..." Mi sto mettendo a piangere: non posso pensare che sia successo qualcosa di brutto a Giovanni... (proprio questa settimana, poi). Prendo il telefono del Professore e faccio il numero di Rio, ma il cellulare mi dice che il numero selezionato è inesistente. Non so cosa pensare. È vero che potrebbe avermi scritto o chiamato in questi ultimi due giorni, cioè da quando il mio iPhone ce l'ha Arianna. Ma non posso credere che lei non mi avrebbe avvertito, se il nonno di Rio fosse stato male. Anche lei lo conosce da una vita.

"Senti Tokyo" mi dice il Professore, "mi è appena venuta in mente una cosa: se vuoi, posso chiedere a mia madre se di recente ha operato qualcuno con lo stesso cognome di Giovanni... lui ha problemi al cuore, no? Se è in ospedale, mia madre sicuramente lo ha visto, o magari lo ha anche affettato... cioè, voglio dire, operato. Dai, non piangere... vedrai che non sarà niente di grave".

Annuisco, mentre mi asciugo le lacrime. Ha ragione Traversi, non devo pensare cose negative, non so neanche cos'è successo... nel frattempo mi arriva una notifica sul cellulare. Sarà la mamma, sono in ritardo per pranzo. Leggo il messaggio, il mittente è mio padre: "Ciao Arianna, Adele come al solito non mi risponde, ma ormai ci sono abituato. Tu hai voglia di pranzare insieme? Magari domani? Ho pensato molto a una cosa che mi hai detto quando siamo andati a Bologna e te ne volevo parlare, di sicuro è un po' prematura, ma chi lo sa... potrebbe darsi che fra qualche anno, in famiglia, di registi ce ne saranno due..."

Fisso il cellulare, pensando che mia sorella qualcosa gli risponderebbe. Ma adesso proprio non ne ho voglia, sono troppo preoccupata per Giovanni. E poi, sinceramente mi ha dato fastidio quel "ormai ci sono abituato". Come se fosse solo colpa mia se non abbiamo un rapporto. Sento riaffiorare le lacrime, e so che questa volta non sono per il nonno di Rio, ma tiro su con il naso e le ricaccio indietro a forza: non ricordo di preciso perché ho smesso di vedere mio padre. Ma qualcosa, dentro di me, mi dice che non vale la pena di piangere per questo.

Mi volto verso Traversi. "Se però riesci a sentire Rio mi chiami subito, eh, Professore? Ma non sul mio telefono, aspetta. Ti do il numero di Arianna..."

"Ce l'ho. Era nella chat della classe, l'anno scorso. Poi si è tolta".

"Già. Molto tipico suo. Un'asociale nata, proprio".

Il Professore ride. "Beh, un po' sì, ma sai... alla fine si scrivono anche un sacco di cattiverie nelle chat di classe... comunque... stavo pensando una cosa: domani la Antuori, che odia le programmate, interroga su *Il cinque maggio*, che è da studiare a memoria. Se ti becca cosa fai, ti giustifichi? Tua sorella non lo farebbe mai... solo che, senza offesa Tokyo, ma non ti ci vedo a imparare una poesia così lunga a memoria per domani... perciò stavo pensando che, in caso ti interrogasse quella di italiano, o un prof di qualche altra materia..."

Mi spiega che cos'ha pensato, e gli rispondo che non funzionerà mai, ma potrebbe essere divertente. "Li porti tu gli auricolari Bluetooth? Io non ce li ho".

"Sì, non c'è problema. E tu, in cambio, convinci la finta Adele a uscire con noi domani sera".

Scuoto la testa. "Sei un illuso, Professore… e ci scommetto quello che vuoi che non succederà mai. Ma, in caso, ti prego: andateci piano con lei. Arianna non è abituata a uscire e sembra un cactus all'esterno, ma dentro…"

"Lo so" mi risponde Traversi, "è un fiore delicato. È per questo che mi piace. Infatti, volevo chiederti… c'è qualcosa che per caso la infastidisce, o… non lo so… la turba in maniera particolare?"

Ci penso un po'. Beh, a parte quel milione di cose tipo la gente, i luoghi affollati, essere toccata, i cambiamenti improvvisi e le parolacce direi che non c'è nulla che la infastidisce in modo particolare. "Ah, una cosa ci sarebbe, però…" rifletto a voce alta, "ha paura del formaggio. Cioè, le fa talmente schifo che non lo può neanche vedere… e dai, non ridere adesso…lo so, è assurdo…"

Sghignazziamo per un po', poi prendo lo zaino e mi incammino verso casa. "Mi raccomando, Professore" gli dico, "lo so che ti piacciono gli scherzi, ma… non fare lo stronzo con mia sorella, ok?"

"Ma certo, Tokyo" mi risponde, "passeremo una tranquilla serata a casa mia con tutti gli altri, intrattenendoci con musica classica, conversazioni elevate e…" sogghigna, "qualche innocente gioco di carte. Sarò un vero gentiluomo, te lo garantisco".

Lo guardo. Nonostante tutto Disadattata gli piace davvero, è proprio la sua crush. Ci salutiamo quando arriva il suo autobus, è mezzo vuoto ma lo vedo salire e appiccicarsi a una tizia che puntava quest'estate, un'oca con le tettone e le ciglia finte anche in spiaggia. Che affamato allucinante.

È ovvio che farà lo stronzo con mia sorella, è più forte di lui.

6

Incastrata nel personaggio

Arianna, 16 ottobre 2019
E fu sera e fu mattina,
terzo giorno

D'accordo, lo ammetto: non sono assolutamente in grado di fingermi mia sorella. E sono pronta, fin da adesso, ad ammettere il mio totale e completo fallimento. Ma andiamo con ordine.

È mercoledì pomeriggio. Da lunedì sera alle nove vivo nei panni di Troglodita e diciamo, per usare una metafora cinematografica, che non è un ruolo adatto alle mie corde, o che potrebbe mai farmi vincere un Oscar (anche se siamo solo al terzo giorno di questa interminabile settimana, perciò ho ancora molto tempo per entrare nella parte, purtroppo). A differenza di Bifolca, che vive tutto alla leggera e con una superficialità sconcertante, io ho preso molto sul serio questo scambio di identità fra di noi: non solo perché lo ritengo un interessante – seppur svolto in maniera empirica e casalinga – esperimento di carattere sociologico; ma anche perché, pur non avendo aspirazioni di carriera in ambito attoriale, lo considero comunque un utile esercizio per mettere alla prova le mie abilità recitative, o comunque la mia capacità di gestire ed eventualmente esternare, fingendole, emozioni a me estranee quali l'euforia o l'eccitazione smodata (stati d'animo su cui, mi sono resa conto in questi due giorni, ho ancora parecchio da lavorare… ma non è colpa mia se, al contrario delle amiche di Troglodita, ieri non sono riuscita a esagitarmi per un selfie fatto da una di loro insieme a un rapper dai denti argentati, incontrato per caso il giorno prima alla stazione di Genova Brignole).

Non ultima, vi è un'ulteriore ragione che mi ha spinto a aderire senza indugi a questo scambio: sono stata costretta da un diabolico ricatto (tre mesi senza pc e piattaforme streaming non sono certo uno scherzo). E non è da me adempiere a un obbligo senza impegnarmici a fondo, in qualunque modo io lo abbia contratto.

La cosa più difficile, in realtà, nel fare la vita di un'adolescente come mia sorella che è una persona piuttosto popolare fra i nostri coetanei, è gestire tutta la parte relativa alla comunicazione e all'interazione sociale, sia di persona che in ambito telematico: come decidere, infatti, nel mare di notifiche che mi sono arrivate in questi due giorni sul suo iPhone, a quali messaggi rispondere e quali cancellare? Quali chat archiviare e quali no? Quali contatti considerare importanti e quali ignorare? Un esempio su tutti: ieri mattina ci eravamo appena salutate con Troglodita ed ero da poco salita sull'autobus diretto al capolinea, dove sarei scesa per prendere la coincidenza che mi avrebbe portato, circa venti minuti dopo, proprio davanti alla sua scuola. Ora, tralasciando le dolorose considerazioni circa la qualità degli spostamenti su entrambi gli autobus, praticamente due viaggi della speranza (al termine dei quali mi sono chiesta quali requisiti occorrano per diventare autista di bus di linea... cioè, oltre all'incapacità di guidare, la maleducazione e l'indifferenza verso i limiti di carico di un veicolo chiaramente deputato al trasporto di esseri umani, e non di polli da allevamento), ero appena arrivata davanti alla scuola di mia sorella quando ho ricevuto il seguente sms (da un numero non salvato in rubrica): "Ciao Tokyo ho provato a chiamarti ma non mi rispondi, volevo dirti che sono a Genova in ospedale. Mi hanno fregato il telefono in reparto e ora sto usando quello di Iron Man che non ha Internet, posso solo chiamare e mandare sms. Come avrai capito ci siamo fatti la nostra solita gita al pronto, solo che stavolta ho avuto paura perché all'arrivo mi hanno detto che il cuore era messo male. Ora comunque va meglio e forse domani si torna a casa. Mi manchi, non so nemmeno se mi sono ricordato bene il tuo numero o se invece ho cannato qualche cifra e ora sto scrivendo a uno sconosciuto :). Se questo non è il numero di Tokyo e sei uno sconosciuto, fai finta di niente. Se sei la mia Tokyo, richiamami".

Ecco. Da questo messaggio, palesemente non indirizzato a Troglodita (*Tokyo* è certamente un nomignolo, ma Bifolca non ha nessun legame con questa città, non ne parla mai... almeno, non come parla sempre di Rio de Janeiro, ad esempio) ho dedotto che il mittente era una persona con seri problemi cardiaci, che lo affliggono già da diverso tempo. E Iron Man, l'amico o il parente che gli ha prestato il telefono, probabilmente lo sta assistendo nel corso della sua ultima e sfortunata degenza (e comunque non dovrebbe mai succedere a nessuno di subire un furto in ospedale proprio mentre si è ricoverati, davvero non c'è limite alla disonestà di certe persone...). Ora, partendo dal presupposto che questa Tokyo di sicuro non è Adele, non me la sono sentita, ieri, di far finta di niente: chiunque fosse stato il mittente di quel messaggio, infatti, meritava almeno una risposta gentile, se non altro per le sue precarie condizioni di salute. Quindi ho preso il telefono e ho scritto questo sms: "Buongiorno, credo che Lei abbia sbagliato numero. Vorrei poterla aiutare in qualche modo, ma dubito di riuscirci. Spero comunque possa rintracciare al più presto la sua amica Tokyo, e nel frattempo le faccio i miei più sinceri auguri per una completa ripresa. Per quanto riguarda invece il furto del suo cellulare, se posso permettermi, le consiglierei di rivolgersi alla caposala del reparto, o comunque di sporgere denuncia. Se domani la dimettono, buon rientro a casa".

Ma quello dell'anonimo cardiopatico è stato un messaggio fin troppo facile da classificare: chiaramente, un errore in buona fede fatto da un estraneo alle prese con problemi certamente più seri di quelli che affliggono i contatti di mia sorella (che, a quanto ho potuto appurare in questi ultimi due giorni, non fanno altro che tempestarla di messaggi contenenti dichiarazioni d'amore più o meno sgrammaticate, inviti a feste di compleanno o pigiama party, rivelazioni scottanti circa insospettabili tresche fra altrettanto insospettabili persone, e altre amenità di questo tipo).

In tutta onestà, confesso di aver già rinunciato a guardare tutte le notifiche che arrivano su questo iPhone: sono troppe, e poi non mi interessano; anche se questa settimana dovrò fingermi mia sorella, non ho alcuna intenzione di frequentare i suoi amici, né di accettare inviti a bisbocce o festicciole varie: va bene immedesimarsi nel ruolo, ma meglio non esagerare. Anche perché, a quanto ho potuto constatare sia ieri che stamattina, ho già le mie difficoltà a impersonarla durante le ore di scuola, benché per adesso nessuno si sia accorto del nostro scambio, o almeno così spero... (e se così non è, stanno tutti recitando meglio di come ci stia riuscendo io, questo è certo).

Comunque, a proposito della difficoltà di gestire la parte relativa alla comunicazione e all'interazione sociale di mia sorella, ieri mattina avevo appena finito di rispondere all'anonimo cardiopatico, quando mi si è parata davanti una delle amiche di Troglodita, non quella con i capelli fucsia (ovvero la sua complice nei furti di sigarette al bar dello zio, che ho ribattezzato mentalmente Catwoman) ma l'altra, quella bassa di cui non ricordo mai il nome... che ha il piercing al naso e gli occhi perennemente contornati di rimmel sbavato, che la fanno assomigliare vagamente a un lemure o a uno di quei piccoli primati asiatici, tipo il Loris lento della Sonda. Lei e Catwoman sono le uniche amiche di Bifolca che conosco, anche perché le uniche che frequentano regolarmente casa nostra (un'opprimente assiduità a cui ho finito per rassegnarmi, ormai). Sono sempre state tutte e tre molto amiche, sin dai tempi delle medie e del primo anno di liceo artistico, che hanno iniziato nella stessa classe per poi abbandonarlo in blocco dopo la triplice bocciatura a giugno (e qui, se mi concedete un po' di facile sarcasmo, vorrei solo commentare che in quella sezione, alla ripresa delle attività scolastiche a settembre, di sicuro avranno lamentato un certo vuoto intellettuale, dopo cotanta fuga di cervelli...).

A ogni modo, mi stavo avviando verso l'entrata della scuola quando il lemure (che, non so per quale ragione, ieri chiamava se stessa come la capitale del Kenya, benché non credo affatto sia il suo nome di battesimo), dopo essersi piazzata davanti a me ha iniziato a blaterare in modo sconnesso, dicendo qualcosa che suonava più o meno così: "Oh Dory, non ci crederai mai... ieri siamo usciti con Helsinki come al solito, cioè... a farci un giro, a bere una cosa... oh, ma lo sai cos'è successo? Si è dichiarato! Ha detto che sono la sua crush da una cifra di mesi e che non ha mai avuto il coraggio di dirmelo, perché pensa che lo consideri un ciospo esagerato... cioè, dai, che cucciolo... che poi un po' è vero, infatti lì per lì non sapevo che cosa dirgli, anche perché con lui mi ci sono sempre svarionata un sacco, ma... come dire... da amica, no? Beh guarda non so neanch'io com'è successo, dopo un po' che parlavamo alla fine ci siamo baciati... e ora non so cosa fare, capisci? Perché non lo so neanch'io se me ne frega qualcosa oppure no... e lui che dopo il bacio continuava a dirmi: 'Sto volando, Nairobi, sono troppo felice...' e adesso che cacchio faccio? Dory, ma mi stai a sentire?"

"Aspetta un attimo" le ho risposto, prendendo in mano il mio schema di comportamento e immergendomi nella consultazione del glossario, "allora, vediamo un po': *adoro, un botto, a stecca, fotonico*... non capisco... non c'è né *una cifra*, né *un ciospo*, né la voce del verbo *svarionare* ... accidenti, eppure quella pagina di neologismi giovanili su quel sito di linguistica mi sembrava abbastanza aggiornata... va bene, non importa. Dicevi, scusa?"

Mi ha fissato, lievemente disorientata. Poi ha invocato in modo colorito la divinità di almeno due religioni monoteiste, accusandomi di essere sempre sovrappensiero e poco attenta alle sue storie, soprattutto da quando sto insieme a un tizio di nome Rio (ora capisco perché mia sorella continuava a nominare quella città...). Quindi mi ha chiesto se avevo studiato quella cosa difficilissima di religione e se me la ricordavo, dopodiché si è risposta da sola scuotendo la testa in segno di diniego. Infine, siamo entrate in classe (la cosa difficilissima, comunque, erano i Dieci Comandamenti). Abbiamo fatto tre ore di lezioni teoriche (due di informatica e una di religione, appunto) dopodiché siamo andate in laboratorio per fare due ore di esercitazioni pratiche. E da lì in poi, come dire… temo che la mia scarsa capacità interpretativa sia stata oltremodo palpabile (tuttavia, come ho già detto, pare che nessuno abbia nutrito sospetti sulla mia reale identità, incredibilmente).

La lezione pratica si svolgeva a coppie, e a quanto pare mia sorella e Nairobi il lemure hanno l'abitudine di fare le esercitazioni insieme, esercitazioni che ieri mattina sarebbero state senz'altro valutate, o almeno così ci ha detto l'insegnante: una donna dalla pelle ambrata sui cinquant'anni, con liscissimi capelli lunghi e un vistoso ideogramma giapponese tatuato sull'avambraccio sinistro, un simbolo grafico di cui ovviamente ignoravo e tutt'ora ignoro il significato… che è esattamente il motivo principale per cui non mi farò mai un tatuaggio, perlomeno non uno con un ideogramma (ne esistono infatti a migliaia, e come essere sicuri che il tatuatore riprodurrà sulla nostra pelle esattamente il simbolo che noi vogliamo, e non si sbaglierà invece con qualche altro concetto, magari simile a livello grafico, ma totalmente diverso come significato? Insomma, sarebbe davvero spiacevole pensare di essersi tatuati le parole "Forza Vitale" o "Luce dell'Universo" e avere invece impresso sul corpo: "Sono sempre terribilmente costipato").

In ogni caso, l'insegnante aveva sorteggiato per ogni coppia due prove pratiche da eseguire, lasciando poi scegliere a ciascun membro di ogni coppia quale esercitazione fare e quale invece "subire" come modella della nostra compagna (il verbo subire non è affatto casuale, e invece che "modella" avrei forse dovuto dire "cavia", considerando come è finita la lezione…). Io e Nairobi dovevamo fare una pedicure e una ceretta all'inguine. Mi sono offerta senz'altro per farmi fare la pedicure (non amo molto essere toccata, tantomeno nelle mie parti intime e da una semi estranea...). A onor del vero, non è stato niente male. Nairobi mi ha immerso un piede in una bacinella con acqua piacevolmente tiepida, mentre con una spatola rivestita di pietra pomice sfregava alacremente il tallone del piede asciutto. Si è poi messa d'impegno a tagliarmi le unghie, chiedendomi se ho sempre avuto quelle degli alluci così incarnite, perché non lo aveva mai notato, nemmeno d'estate con le infradito... (a quel punto ho colto la palla al balzo e le ho detto che, evidentemente, non sono l'unica fra noi due a non prestare attenzione ai discorsi dell'altra, visto che da sempre mi lamento delle mie unghie incarnite... un'innocente bugia per fugare eventuali dubbi sulla mia identità, magari causati dall'aspetto dei miei alluci...). Quindi, una volta messo a bagno e asciugato anche l'altro piede, mi ha spalmato una crema idratante e messo uno smalto color ciliegia, che mi ha fatto subito sentire come una pin-up degli anni Cinquanta (non sono solita mettermi lo smalto sulle unghie dei piedi, la mia innata sobrietà esteriore me lo impedisce... tuttavia, devo riconoscere che mi dona molto). Poi è stato il mio turno di farle la ceretta all'inguine. Che Dio mi perdoni, fatico perfino a raccontarlo.

A poco più di ventiquattr'ore di distanza, posso solo dire che il motivo principale che mi ha condotto all'unico, ma decisivo errore della mia performance, è stato il fatto che in generale io non sudo, nemmeno d'estate e sotto il sole a picco: una mia peculiare caratteristica, acuita indubbiamente dal mio notevole autocontrollo, che ieri mattina mi ha però tradito: nell'accingermi infatti a depilare l'inguine della sfortunata Nairobi, che mi guardava fiduciosa sdraiata su un lettino pieghevole, ho totalmente dimenticato di metterle il borotalco sulla parte da trattare, dove invece, per prima cosa, ho immediatamente spalmato una copiosa quantità di cera al miele, aiutandomi con una spatolina di metallo. Fin qui tutto bene, o almeno così pensavo. Il problema è che prima di ieri non avevo mai fatto una ceretta all'inguine, nemmeno a me stessa... (generalmente uso costumi da bagno poco sgambati, oppure mi reco in spiaggia al tramonto) e così, beh... si è svolto tutto nel tempo di un fatale, tragico, istante: ho attaccato una striscia di tessuto non tessuto allo strato di cera, ho teso la pelle verso il basso e infine, con gesto vigoroso, ho strappato via la striscia in senso opposto, quando...

"AHIAAA!!!" ha urlato Nairobi. "Ma che cacchio fai, mi vuoi scorticare?!?"

L'ho guardata: aveva sul viso un'espressione di autentico dolore, la stessa che mi si è dipinta in faccia quando ho posato lo sguardo sul suo inguine (che non descriverò, ma fidatevi: l'urlo era pienamente giustificato). A quel punto, scusandomi profondamente per averle ridotto una parte del corpo alla stregua di una bistecca al sangue, non ho potuto fare altro che spalmarle una crema lenitiva... o meglio, quella che io credevo fosse una crema lenitiva, almeno inizialmente... e che invece, purtroppo, si è rivelata molto più simile a una pomata esfoliante (a ogni modo una cosa è certa: da oggi, terrò bene a mente che la parola inglese *scrubs* non è soltanto il titolo di una sitcom americana dei primi anni Duemila). Povera Nairobi. Non se l'è presa neanche troppo, considerando che finita la lezione camminava come una ballerina che ha sbagliato una spaccata, o come una puerpera con delle brutte emorroidi (anche se continuava a chiedermi di che cosa mi ero fatta per aver sbagliato in quel modo una cera all'inguine, che di solito è la mia specialità). Devo ammetterlo: in quel momento ero praticamente certa di essermi fatta scoprire, stavo quasi per mettermi a piangere – e Nairobi fra l'altro lo ha molto apprezzato, credendo che fossi così affranta solo per il suo inguine tumefatto (cioè... non che non lo fossi anche per quello, naturalmente).

Comunque, stamattina è andata decisamente meglio: ci siamo esercitate nella manicure e lei mi ha fatto sanguinare tre dita tagliandomi le pellicine, quindi direi che siamo pari (che fatica però, queste scuole professionali... non credevo proprio che sarebbe stata così dura... non vedo l'ora di tornare ai miei esercizi di greco antico sull'aoristo primo asigmatico, decisamente più facili e alla mia portata).

Nairobi mi ricorda un po' Penelope, un'amica che avevo alle medie. Finite le elementari la mamma aveva deciso di mettere me e Adele in sezioni diverse, perché ognuna di noi potesse avere il proprio mondo e le proprie amicizie, non necessariamente legate a quelle della sorella. Ripensandoci adesso non so se fu una scelta giusta o un errore, perché in quegli anni, inevitabilmente, molte cose cambiarono sia in me che in Adele, sia fuori che dentro: lei non ebbe alcuna difficoltà a socializzare subito con i suoi compagni, mentre io (che ho sempre preferito il rapporto uno a uno) legai praticamente solo con Penelope, all'interno della mia classe. Ci eravamo ritrovate per caso a essere vicine di banco, e mi era molto simpatica. Inoltre, condividevamo un'istintiva e sincera insofferenza per tutto quel mondo di coetanee cosiddette "popolari", di cui anche mia sorella aveva iniziato a far parte: ragazzine che, a nostro avviso, emergevano dalla massa principalmente a causa di comportamenti volutamente immaturi, oppure tramite abbigliamenti provocanti e di dubbio gusto. Avevamo addirittura fondato un nostro club segreto di cui eravamo gli unici membri, il cosiddetto club delle "A.P." (dalle lettere iniziali dei nostri nomi): il fronte delle Anti-Popolari. Naturalmente l'esclusività del nostro club e il nostro fermo proposito di non omologarci in alcun modo alla schiera dei seguaci delle Popolari (né in termini di atteggiamento, né tantomeno in termini di vestiario), ci aveva reso le cose un po' difficili a scuola, soprattutto in fatto di vita sociale… e quando in terza media Penelope si trasferì negli Stati Uniti con la sua famiglia, da un giorno all'altro mi ritrovai sola (oltretutto, un paio di mesi dopo, guardando una foto sul suo profilo Instagram vidi che i suoi capelli biondo cenere erano diventati color platino, indossava un top scollato a balconcino ed era avvinghiata a un tizio che portava una maglietta con su scritto: PENNY IS MY FUCKING GIRL. Era passata al Lato Oscuro, probabilmente senza neanche accorgersene).

E così, rimasi l'unica esponente del fronte delle Anti-Popolari. Un'appartenenza che non ho mai rinnegato, e che tutt'ora mio malgrado mi definisce, benché a volte non nego che mi pesi, soprattutto quando mi dimentico di chiudere gli occhi di fronte alla stupidità, e sono tentata di dare ragione a chi mi umilia: a chi mi ride dietro quando passo per strada, o lungo i corridoi a scuola… giudicando il mio modo di camminare, di parlare, di vestirmi… chiamandomi Asperger come chi soffre di quella sindrome, proprio perché non ho quella sindrome. E allora è più divertente dare dell'autistica a chi non lo è, altrimenti sarebbe bullismo… perché è così che la pensa chi è cattivo. E cattivo non in senso morale, ma etimologico, cioè *captivus*, prigioniero. Ingabbiato nei suoi pregiudizi.

Ma forse sono io ad avere torto. Perché il fatto è che non so fingere. Forse so mentire, forse so tacere la verità (anzi, di sicuro so tacere la verità… o perlomeno alcune verità), ma non so fingere, nel modo più assoluto. Infatti non so neanche fingere di essere diversa da ciò che sono, nemmeno quando mi converrebbe molto. Un'incapacità che sarei tentata di scambiare per onestà o per coerenza, se non fosse per quei brevi, ma intensissimi momenti in cui mi venderei l'anima al diavolo pur di non essere più me stessa... o pur di non essere più e basta... chiudere gli occhi, spegnere la luce... ma, semplicemente, non ci riesco. Non riesco a uscire dalla mia parte, la parte che la vita, la mia natura o tutte e due mi hanno cucito addosso: quella dell'anima solitaria, della persona introversa, della compagna di classe chiusa, della figlia che si rende conto...

Sono incastrata nel personaggio, come quegli attori di cui a volte parlo con mio padre, che nella loro carriera hanno incarnato così tanto bene un ruolo, che il pubblico ha finito per giudicarli poco credibili in qualsiasi altro. E allora, per usare un'altra metafora cinematografica, resto nelle pagine del mio copione abituale: non invento, non improvviso... ma, in fondo al cuore, desidero il talento degli interpreti camaleontici: quelli che si adattano ai più diversi caratteri perché sono particolarmente duttili, o semplicemente più abili... perché le circostanze mutano, le situazioni si modificano, le persone si trovano e si perdono... e bisogna avere il coraggio di cambiare, se non vogliamo che quell'unico ruolo finisca per soffocarci. Chissà che mia madre, dopotutto, non abbia avuto un incredibile colpo di genio nel dare a me e a mia sorella questo castigo, che insieme ai suoi tanti aspetti surreali ci sta offrendo per qualche giorno la più rara delle occasioni: l'opportunità di vivere un'altra vita. E di guardare dall'esterno la propria (e poi, se non altro, questa settimana sto capendo quanto maledettamente scomodi siano tanga, perizomi e slip brasiliani, e su questo difficilmente cambierò idea).

Per questo amo il cinema. E le serie tv, quelle fatte bene. E la letteratura, specialmente la narrativa: perché narrare storie è come vivere altre vite, creare altri mondi... ed è per questo che scrivo racconti. Non li ho mai fatti leggere a nessuno perché mi vergogno, mi sembrano così ingenui... l'unica a cui li ho dati è Laura, la moglie di mio padre; il fatto che sia una brava sceneggiatrice mi ha spinto a sottoporgli qualche mio scritto, e spero che il suo giudizio possa essere il più possibile obiettivo... anche se, di certo, essendo io giovane e alle prime armi sarà quantomeno indulgente (ma so già che avrò bisogno di esercitarmi molto per affinare lo stile, su questo non ci sono dubbi). Però, ecco... ho cominciato. Cominciare è sempre una cosa importante, o almeno credo. Per ora sto coltivando un genere molto simile a quello dei romanzi di Jane Austen ma anche delle sorelle Brontë, di cui adoro le storie: chi l'avrebbe detto, sono una scrittrice dell'Ottocento imprigionata nel corpo di una millennial, e la cosa mi piace.

E poi, a giugno mi è successa una cosa: mio padre mi ha portato a Bologna al Festival del Cinema Ritrovato, dove ho assistito a una lezione della regista neozelandese Jane Campion (lo abbiamo deciso all'ultimo ed erano finiti i biglietti, ma un suo amico dello staff ci ha fatto entrare lo stesso). Io non me ne sono accorta, ma mio padre mi ha detto che non ho quasi respirato per due ore... e la stessa cosa mi è successa il giorno dopo, quando hanno proiettato la versione restaurata del film più famoso della Campion, *Lezioni di Piano*... bello da togliere il fiato, appunto. Potente, raffinato, romantico... in sintesi, il film più bello che io abbia mai visto (e ne ho già visti parecchi, per una della mia età). Non lo conoscevo, e quando sono tornata a casa me lo sono subito scaricato sul tablet, insieme alla colonna sonora di Michael Nyman. In quel film c'è tutto quello che amo: l'ambientazione nel diciannovesimo secolo, la storia d'amore proibita ma tenace, la protagonista femminile che è forte e vulnerabile insieme, Ada McGrath, una donna scozzese, muta dall'età di sei anni, data in sposa dal padre a un ricco neozelandese che lei neppure conosce e che la costringe, non appena sbarcata in Nuova Zelanda, a separarsi dal suo amato pianoforte, che egli cede a un suo socio in affari di nome George Baines; un uomo che Ada considera rozzo e incolto, e a cui impartisce controvoglia lezioni di musica, durante le quali accetta malvolentieri di ricevere carezze e contatto fisico da parte sua: Baines le ha promesso infatti che, in cambio, potrà riavere gradualmente il piano, un tasto a ogni visita. Tuttavia, ormai innamorato di Ada e consapevole di non essere ricambiato, George interrompe bruscamente i loro incontri, restituendole lo strumento. Sarà allora che lei si renderà conto di amarlo a sua volta e tornerà da lui, non senza pagarne le conseguenze... però non voglio spoilerarvi nulla. È un film troppo bello per essere soltanto raccontato. Bisogna vederlo.

E poi, c'è un'altra ragione per cui mi sento intimamente legata a quest'opera, per cui sento che la mia stessa vita, in qualche modo, è iniziata con questo film: la prima volta infatti che i miei genitori si incontrarono, mio padre si rivolse a mia madre dicendole di essere un giovane ma promettente regista – in realtà, uno studente al Dams di Roma che arrotondava facendo video ai matrimoni, come lei ebbe modo di scoprire pochi minuti dopo – che stava cercando dei volti nuovi adatti al cinema ed era appena rimasto folgorato dal suo viso, che fra l'altro gli ricordava moltissimo quello di Holly Hunter, la protagonista di *Lezioni di Piano*... un approccio, più che da promettente regista, da consumato playboy... anche se, a quanto racconta la zia Mari che assistette al loro primo incontro, mia madre reagì a quel commento con espressione assolutamente glaciale; espressione che, da sola, sintetizzava la tipica risposta della fanciulla ligure ai corteggiatori senza speranze, ovvero: "Piuttosto che dartela, mi ci pianto il basilico" (in seguito cambiò idea, evidentemente).

Mi è arrivato un messaggio. È mia sorella che mi ricorda, per la seconda volta in ventiquattr'ore, che devo andare esattamente dove sto andando adesso, cioè da una famiglia che l'ha cercata la settimana scorsa perché aveva bisogno di una dog-sitter o di una baby-sitter, sinceramente non l'ho ancora capito (ma non importa, l'importante è che io non debba più depilare l'inguine di nessuno, almeno per i prossimi quattro giorni). Le scrivo che non mi sono dimenticata e che sto quasi arrivando all'indirizzo che mi ha dato, ma che lei in cambio deve andare alle quattro dalla contessa Ottoboni, un'anziana nobildonna genovese che vive in riviera, da cui mi reco a pagamento una volta alla settimana per leggerle dei libri ad alta voce e farle un po' di compagnia, e che ama molto i romanzi di Liala e la letteratura francese... (tanto è vero che spesso mi bacchetta per il mio accento scolastico, ma d'altronde l'ho studiato solo per tre anni alle scuole medie, e ho sempre preferito di gran lunga l'inglese...).

Mi risponde con un vocale confusionario e incomprensibile, poi mi scrive: "Ma tu lo sai, vero, che io leggo come una cazzo di analfabeta dislessica? Ma come cazzo faccio a far finta di essere te??Va beh, se butta male le racconto qualche barzelletta alla nonnina, ma magari ride di più se mi sente leggere... comunque ce l'ha la badante, vero? Non è che devo accompagnarla al cesso o cose del genere..."

D'accordo, devo riconoscerlo: forse non sono l'unica, in questi giorni, ad avere qualche difficoltà a interpretare un nuovo ruolo. Ma, come ho detto, siamo solo a mercoledì pomeriggio.

C'è ancora tempo per entrare nella parte, purtroppo.

7

Il brutto del giovedì

Adele, 17 ottobre 2019
E fu sera e fu mattina,
quarto giorno

E come dice sempre la mia amica Stoccolma: il brutto del giovedì, è che non è venerdì.

È iniziato un altro bel giorno da Disadattata, deprimente come i tre che lo hanno preceduto; mi sono svegliata con la sua solita suoneria da film dell'orrore (la Toccata e sfiga in Re minore), dopodiché mi sono dedicata alla scelta dell'outfit per andare a scuola: oggi, ad esempio, sono andata in crisi di brutto perché non sapevo se mettere il gilet di velluto con la gonna di jeans al ginocchio, oppure il poncho a uncinetto con i pantaloni di lana cotta (nel senso, dovevo capire con che cosa avrei fatto meno schifo). A ogni modo, ieri mattina non ho resistito alla tentazione e, dopo aver truccato mia sorella che da sola non è proprio in grado, le ho grattato la trousse dei cosmetici (che poi sarebbe la mia) e me la sono infilata in cartella, giusto per darmi un po' di fondotinta prima di arrivare a scuola, perché davvero senza trucco mi sento nuda, peggio che se non portassi le mutande (e lo so per certo, perché una volta me le sono dimenticate ed ero meno a disagio). Il che tra l'altro è stata un'ottima scelta, non tanto perché il fondotinta cambiasse di molto il mio aspetto esteriore (in effetti per farlo avrebbe dovuto coprirmi non solo le imperfezioni della pelle, ma tutto il resto del corpo dal collo in giù, specialmente il cappottone con gli alamari...) ma più che altro perché, avendo la pochette dei trucchi a mia disposizione per tutto il giorno, ho potuto spostarla dalla cartella al sacchetto di stoffa che usa Disadattata per uscire, le rare volte che lo fa (e comunque ho deciso che a Natale le regalo una borsa da essere umano, così butta via quello straccio con la scritta CENTRO ESTIVO COMUNALE).

Sì perché ieri, tanto per fare qualcosa di diverso dal dormire tutto il pomeriggio, alle quattro mi è toccato andare da una tizia di ottantasette anni che abita in una frazione in collina, in una mega villa abbastanza vicina a quella dove abita Traversi. Una tipa che, a quanto mi aveva scritto mia sorella, la paga per farsi leggere dei libri una volta alla settimana, perché lei ormai è mezza orba e non ce la fa più... e qui sono iniziati i problemi. Cioè, io sapevo che Arianna andava da questa contessa, ma credevo che ci andasse solo a chiacchierare, a farle compagnia, a prendere il tè con i Plasmon (perché, a quanto ho capito ieri, Disadattata è riuscita a convincerla che sono i biscotti migliori in assoluto, soprattutto per gli anziani come lei che hanno problemi con la dentiera... bisogna dirlo, per le cose che le convengono è veramente un genio del male). Insomma, non pensavo assolutamente che avrei anche dovuto leggere ad alta voce, proprio io che leggo come un bambino dell'asilo... e ci sono andata sperando con tutto il cuore che la tizia, ieri, magari avrebbe avuto solo voglia di parlare ... invece indovinate un po' qual è stata la prima cosa che mi ha chiesto, appena la cameriera filippina mi ha fatto entrare in casa (un villone enorme arredato come una specie di museo, pieno di orologi a pendolo, medaglie incorniciate, quadri grandi come mezza parete, sedie imbottite con i braccioli di legno e mezzibusti di gente morta, più una cinquantina di tappeti per terra e centrini ovunque, anche sulle poltrone – già dopo due minuti volevo scappare, ero troppo inquietata). La nonnetta, oltretutto, ieri aveva invitato anche due amiche della sua età, anzi una era la cognata, mi pare, e l'altra un'amica della cognata (entrambe vedove, e probabilmente evase da un sarcofago egizio) e tutte e tre aspettavano con ansia che iniziassi a leggere ad alta voce un nuovo libro: la contessa, infatti, aveva detto alle altre due che si sarebbero letteralmente *incantate* ad ascoltarmi... beh, da un certo punto di vista ha avuto anche ragione, se consideriamo la mezz'ora che ho passato con quel libro in mano: ci siamo proprio incantate tutte e quattro sulla prima pagina, soprattutto io mentre la leggevo... ci ho messo tipo un quarto d'ora a finire dieci righe, e dopo l'undicesima avevo le ascelle putrefatte dall'agitazione (e comunque la trama del libro mi pareva piuttosto scontata: c'era questo Ennio Ederle che era la crush di tutte le ragazze all'uscita della Messa grande, e lui sembrava starci un po' con tutte... e poi va beh, non sono più andata avanti, anche se mi è rimasta la curiosità di sapere chi era questa Abigaille del titolo per cui non crescono fiori..) Mentre mi asciugavo la fronte, e mi preparavo a girare pagina, mi è caduto l'occhio sulle tre mummie, sedute sulle poltroncine di fronte alla mia: una dormiva (cioè, spero che dormisse... perché ha continuato a farlo per tutto il tempo che sono stata lì e nessuno l'ha controllata, visto che la badante ha detto che era la sua ora di pausa e doveva guardare una replica di *Don Matteo*) e la contessa e sua cognata mi fissavano come due barbagianni impagliati. Ve lo giuro, mi sono sentita morire. Soprattutto quando la contessa, dopo aver scatarrato per qualche secondo (mia sorella mi aveva detto che è da sempre un'accanita fumatrice, anche se accanita fumatrice secondo me è dire poco... diciamo che ha la classica tosse di chi, nella vita, si è fumato una mezza ciminiera) mi ha chiesto se per caso stavo male, o se avevo bisogno di un bicchiere d'acqua... perché, senza offesa, le sembrava che non avessi mai letto così alla belin di cane (alla faccia della contessa, aggiungerei). Poi mi ha osservato un attimo in silenzio, quindi mi ha indicato la faccia facendomi notare che mi ero messa il belletto (lì per lì non ho capito, poi ho realizzato che era il fondotinta). Ho annuito, leggermente confusa. Lei mi ha guardato sorridente, aggiungendo che forse era per quello che sembravo diversa dal solito. Poi mi ha posato una mano rugosa sulla guancia e mi ha chiesto: "Dimmi un po', *bambin*... ce l'hai il fidanzato?"

Beh, ragazzi, vi assicuro che ancora adesso non capisco perché, ma sono scoppiata di colpo a piangere... non lo so, sarà stata la vergogna per il mio modo di leggere, o lo stress per la paura di essere smascherata, o tutta la tensione accumulata in questi ultimi giorni, o la mancanza di Rio, che ancora adesso non so che fine ha fatto... ma sono esplosa come un idrante, ve lo giuro. Mi sono coperta il viso con le mani e ho iniziato a singhiozzare, mentre rispondevo, fra un lamento e l'altro, che ce l'avevo un fidanzato, ma che non mi chiamava da quasi una settimana e avevo paura che non mi amasse più, o che peggio non mi avesse mai amato... il tutto mentre la contessa e sua cognata mi davano pacche sulle spalle e mi dicevano di non disperarmi, che sono tanto giovane e bella... poi la contessa mi ha fissato molto seriamente; dopodiché, con fare circospetto, mi ha chiesto a bassa voce: "Ma tu, a questo Rio... glielo hai mai suonato il piffero?"

L'ho guardata. Non sapevo se mettermi a ridere o continuare a piangere, mentre le facevo di no con la testa. A quel punto si è inserita la cognata che ha sbottato: "Brava! Così si fa! Gambe strette fino al matrimonio, è così che ci si tiene un uomo!", immediatamente zittita dalla contessa che mi si è avvicinata a un orecchio e mi ha sussurrato (con l'alito che sapeva di mentina): "Parla lei, che prima di sposarsi ne ha suonata un'orchestra, di pifferi... tutta la filarmonica di Chiavari, come minimo..." Così sono scoppiata a ridere, mentre la contessa annuiva soddisfatta e sua cognata mi passava un fazzoletto per soffiarmi il naso. Poi hanno chiesto alla filippina di portarci tre tazze di tè, con un piattino di Plasmon e dei biscotti danesi, che ho finito tutti da sola perché erano una vera squisitezza (i biscotti danesi, intendo). Bevuto il tè, ho guardato il libro e ho chiesto alle signore, se non era un problema, di poter rimandare la lettura alla prossima settimana (non hanno avuto niente da obiettare, ovviamente). Siamo rimaste lì, per qualche minuto, in un silenzio abbastanza imbarazzante. Poi la contessa, indicandomi nuovamente la faccia, mi ha detto che stavo proprio bene con un po' di belletto, aggiungendo che comunque, alla mia età, si sta bene anche con una scopa in testa. "Eh..." ha sospirato, "sono passati i bei tempi in cui facevo girare la testa a tutti... la contessa Ottoboni, non per vantarmi, ma era una sventola che non ce n'erano tante in circolazione... e adesso sono solo una cariatide...ah, maledetta vecchiaia..."

L'ho guardata. Mi sono ricordata del sacchetto di stoffa

che mi ero portata dietro. Ed è stato un attimo: mi sono alzata in piedi, ho fissato la contessa e le ho detto: "Mi permetta, madame: vorrei dirle che lei, con tutto il rispetto, non è per niente una cariatide. È ancora una bella donna, e glielo dimostrerò!" Mi ha scrutato basita, mentre prendevo dal sacchetto di stoffa la mia pochette con i trucchi. L'ho guardata facendole l'occhiolino e ho aggiunto: "Si fidi di me".

È stato un successone: ho truccato la contessa, sua cognata e anche l'amica della cognata, tutte e tre da sola (mi sono solo fatta aiutare dalla filippina a tenere chiusa la bocca di quella che dormiva, mentre io le mettevo il gloss prugna con i brillantini). Alla contessa ho applicato un trucco da sera, tutto sui toni del blu e del grigio fumo, alla cognata un trucco da sposa con del beige e del rosa pallido, e all'amica della cognata ho fatto un trucco da discoteca così carico, che se fosse stata in un vicolo buio a mezzanotte, come minimo l'avrebbero scambiata per un trans (infatti spero proprio che qualcuno l'abbia struccata, prima di riportarla a casa sua). La contessa e sua cognata erano letteralmente entusiaste: continuavano a passarsi lo specchio dicendosi a vicenda che assomigliavano a questa o a quella nuova attrice giovane e appena uscita sugli schermi, che non si ricordavano più se era Sofia Loren o Gina Lollobrigida... in ogni caso, è stato bello. Forse, per la prima volta in vita mia, ho capito perché il corso che faccio non si chiama semplicemente "scuola per estetista" ma "corso per operatore del benessere"... perché è questo che ho portato nella giornata di quelle donne, anche se solo per un'oretta: una sensazione di benessere, e magari anche di felicità... e poi se non altro abbiamo fatto passare il pomeriggio, infatti in un attimo sono arrivate le sei... e quando, a fine visita, la contessa mi ha accompagnato alla porta, mi ha fatto una carezza, raccomandandomi di non preoccuparmi per il mio fidanzato Rio: "Se ci tiene veramente a te, *bambin*, vedrai che si farà sentire... e se no..."

"Se no...?" le ho chiesto.

"Mandalo a cagare e suona il piffero a qualcun altro. Ci vediamo mercoledì prossimo?"

"Sì, contessa" le ho risposto sorridendo, "ci vediamo mercoledì prossimo... tornerò con molto piacere, mi creda". E, mentre lo dicevo, ho sentito che era proprio vero (anche perché, prima di salutarci, mi ha allungato una bella banconota arancione). Comunque ci ritorno di sicuro prima della fine della settimana, è stato divertente...

E poi cinquanta euro alla volta sono cinquanta euro, cavolo.

Insomma, alla fine ieri pomeriggio mi è piaciuto fare la vita di mia sorella. Purtroppo però, adesso sono le undici e mezza di mattina e mi tocca stare a scuola, che se già non mi piace normalmente, figuratevi in un liceo dove studiano una materia assurda come filosofia, che non serve veramente a niente, solo a farsi venire il mal di testa... ne parlavo proprio martedì sera con Disadattata, che mi ha dato una mano a studiarla perché il suo professore (un tizio basso e pelato che sembra Yoda di *Guerre Stellari*), pur facendo le interrogazioni programmate, ha l'abitudine di fare qualche domanda così, in generale, sulla spiegazione della volta prima. Tra l'altro devo dire che Arianna, bisogna ammetterlo, è proprio brava a insegnare; ad esempio, per farmi memorizzare a quale elemento i primi filosofi greci attribuivano *l'arché*, cioè l'origine del mondo, mi ha fatto un paragone con le Winx; ognuna di loro è la fatina di qualcosa: Musa è quella della musica, Flora quella della natura, Techna quella della tecnologia, Stella quella degli astri, e via dicendo. Ecco, mi ha spiegato Disadattata, con i primi filosofi greci è lo stesso: Talete è la fatina dell'acqua perché vede nell'acqua l'origine di tutte le cose, Anassimene invece è la fatina dell'aria, Democrito quella degli atomi e Anassimandro quella di una cosa che si chiama àpeiron (per ricordarmela mi ha detto di pensare a quella bevanda arancione col nome uguale). Insomma, bisogna riconoscerlo: è stata in gamba, se penso che questa roba me l'ha spiegata martedì sera e me la ricordo ancora dopo quasi due giorni.

Devo dirvi la verità: forse non sono stata sempre gentile, con mia sorella, negli ultimi tre o quattro anni… ma lei è… come dire… complicata, ecco. Difficile da apprezzare al primo impatto. Però questo non significa, ad esempio, che sia giusto fare come quei tizi che pascolano fuori dalla sua scuola o da quelle vicino, che le ridono dietro tutti i santi giorni quando gli passa davanti… me ne sono resa conto ieri mattina e oggi, che si sono messi a sghignazzare appena mi hanno vista (e non perché, come pensavo martedì mattina, avevo pestato un regalino di cane). Insomma, giuro che mi sto trattenendo perché non voglio incasinare la vita a mia sorella, ma vi assicuro che mi prudono le mani, quando li sento… soprattutto perché molti di loro li conosco, e hanno ben poco da ridere, per certi versi… hanno anche loro degli scheletri nell'armadio, o dei motivi per essere presi in giro (ma Disadattata non può saperlo, visto che sta sempre chiusa in casa)… fra l'altro sembra che si conoscano un po' tutti, fra di loro, quelli che la perculano… magari sono nella stessa compagnia, o si ritrovano nello stesso locale… boh, non riesco ancora a trovare l'elemento in comune di questo gruppo di persone… anche se molti di loro mi pare facessero nuoto negli stessi anni in cui lo facevo io da bambina, forse nuotano ancora e sono compagni di squadra... assieme a quella Eva Moretti... sì, mi pare che siano tutti suoi amici... comunque, non è che qui in classe vada molto meglio: l'unica che mi ha rivolto la parola in questi giorni, oltre a Traversi, è stata Emma, la sua vicina di banco (quella che assomiglia a Sid dell'era glaciale)... gli altri sembra che abbiano tutti un po' paura di avvicinarsi, come se ci fosse una nuvola di scalogna sopra la mia testa... o come se, facendolo, si attirassero l'odio di qualcuno... non lo so.

È tutto molto ambiguo, non so perché. All'apparenza sono tutti educati, nessuno mi dà rispostacce. Ma diciamo che la simpatia è un'altra cosa. Emma Anselmi invece è molto cara. Mi passa gli appunti, mi offre i suoi crackers al gusto pizza, mi fa leggere dal suo telefono i messaggi sulla chat della classe e mi chiede se sto poco bene quando vede la mia faccia durante le spiegazioni (devo avere l'aria non molto sveglia). Beh, anche il Professore mi aiuta molto, ovviamente. Stamattina mi ha portato degli auricolari Bluetooth che ha collegato al mio cellulare per suggerirmi le cose di nascosto, in caso qualcuno dei prof mi interrogasse... l'idea è che, se mi chiamano alla cattedra, lui alza la mano e chiede di andare in bagno. Poi, una volta uscito, fingo di ricordarmi improvvisamente che non ho spento il telefono, prendo il cellulare e, invece di spegnerlo, in realtà chiamo Traversi... un sistema un po' incasinato, lo so, e che sicuramente non tiene conto del fatto che il telefono di mia sorella ha la batteria mezza andata, oppure che non possiamo fare questo giochetto troppe volte, o anche solo due volte con lo stesso insegnante... oppure che, per nascondere gli auricolari, non posso più tenere i capelli raccolti come ci eravamo dette con Disadattata l'altro ieri... e allora, per non scioglierli del tutto, stamattina mi sono tirata giù solo due ciocche grosse ai lati della testa per coprirmi le orecchie, e in effetti sembro un po' un cocker... beh, comunque.

È appena entrata quella di italiano, l'odiosa Antuori, che neanche a farlo apposta mi chiama interrogata per ripetere a memoria *Il cinque maggio*. Mi alzo, vado alla cattedra. Con la faccia più innocente del mondo, mi scuso per aver lasciato il telefono acceso, torno come un fulmine al mio banco, prendo il cellulare e faccio partire la chiamata a Traversi (che, appena la prof mi ha nominato, è scattato in piedi come una lince fingendo un attacco di dissenteria violenta). Speriamo che dal bagno mi risponda subito.

"Allora" mi dice la Antuori, "sentiamo *Il cinque maggio*, Guidi. Ma non dall'inizio: te ne cito un pezzo da un punto a caso all'interno della poesia e tu prosegui, d'accordo?"

Rispondo di sì, mentre Traversi mi sussurra nell'auricolare che ha il testo davanti, e di spostarmi più vicino che posso alla porta, così lo sento meglio. Cosa che faccio immediatamente, mentre la prof mi guarda come se fossi pazza (la pettinatura da cocker non aiuta, in effetti). Dopodiché comincia: "Fu vera gloria? Ai posteri... ora vai avanti tu, Arianna". Traversi parte sparato: "L'ardua sentenza: nui chiniam la fronte al Massimo Fattor, che volle in lui del creator suo spirito..." fatico a stargli dietro, ma ripeto tutto. La Antuori mi guarda impenetrabile, finché non arrivo a "più vasta orma stampar". Da lì in poi, per dirla con parole mie, il segnale va a puttane, e perdo completamente Traversi. Cerco di ricordarmi la strofa successiva, mentre mi sto letteralmente imperlando dalla testa ai piedi. Poi, torna la voce del Professore. Ma probabilmente capisco male quello che mi sta leggendo, perché la prof mi chiede di correggere il verso che ho appena recitato, facendomi notare che dice: "la procellosa e trepida gioia", non "la porcellosa e tiepida noia" (e va beh, capirai...).

Grazie al cielo mi interrompe poco dopo, mi manda a posto e chiama alla cattedra un tizio della terza fila su cui si accanisce per tutta l'ora come un rottweiler, così posso starmene tranquilla per un po' e Traversi può guarire dalla sua dissenteria e tornare in classe (cosa che fa, dopo una mezzoretta abbondante). Che fatica... a ogni modo, visto che non voglio sembrare la più tonta di tutti, ho deciso che adesso, che è appena iniziata l'ora di filosofia, ogni tanto alzerò la mano: in fin dei conti martedì sera ho studiato, e non mi va proprio di fare scena muta, per una volta che so la lezione... ecco, ad esempio: Yoda ha appena chiesto qual è l'elemento che, secondo Talete, dà origine a tutte le cose. Alzo la mano, mi dà la parola e rispondo senza esitazione: "È l'acqua, professore! Talete è la fatina dell'acqua!"

Scoppia una risata in tutta la classe, mentre mi correggo e dico "Cioè, intendevo filosofo, logicamente... non fatina..." Arrossisco, incespico e non riesco a continuare. Da dietro, la Moretti fa un risolino, mentre sussurra maligna: "Quella era Aisha, la Winx dei Fluidi... ogni tanto spegnilo Rai YoYo, Guidi..." Che battona. Giuro che entro la fine della settimana la massacro di botte. Il professore mi rassicura: ha capito benissimo, e la risposta è corretta. Mi chiede quindi qual è l'*arché* secondo Anassimandro... e qui mi manda in confusione... perché non mi ricordo più se Anassimandro era la fatina dell'aria o di quella cosa che si chiama come l'aperitivo... ma mi pare fosse il filosofo dell'aperitivo... quindi rispondo decisamente "Aperol!", suscitando di nuovo una sghignazzata generale. Non era Aperol, era àpeiron, cazzo. Sono un'idiota totale. La Moretti fa un'altra risatina, e questa volta ride anche Traversi vicino a lei (me ne ricorderò, comunque... aspetto solo che mi chieda di nuovo aiuto per uscire con mia sorella...).

Dopodiché, Eva mi sussurra: "Non è che te ne sei fatta una damigiana, di Aperol, stamattina? Mi sembri un po' confusa, Guidi... ma d'altra parte, nella vostra famiglia..." e poi bisbiglia una cosa che non riesco a sentire chiaramente ma che, per quel poco che capisco, mi manda il sangue al cervello. Chiedo di poter andare in bagno, esco di corsa e, una volta in fondo al corridoio, inizio a stare male: mi sento soffocare, non respiro. Mi manca completamente il fiato. Arrivo alla ringhiera delle scale, mi ci aggrappo... vorrei scendere dalla bidella, o chiamare aiuto... ma ho le vertigini, e sono totalmente irrigidita, come se fossi diventata una statua. Ho caldo e freddo, mi sento immobile eppure tremo. Non mi è mai successo niente di simile. Sono panico allo stato puro. Tutto questo dura trenta secondi, un minuto al massimo. Mi siedo su uno scalino, inspiro forte, metto la testa in mezzo alle ginocchia. Resto così per un bel po', finché non mi calmo.

Mentre sono lì rannicchiata, penso che devo aver avuto un attacco d'ansia, o qualcosa del genere... e il motivo è chiaro: è stato per quello che mi ha detto la Moretti... che forse ho capito male, perché è talmente assurdo... anche se, pensandoci bene, assomigliava a una cosa che ho letto durante l'intervallo in un messaggio sul telefono della Anselmi, scorrendo una vecchia chat della classe (e il mittente era Eva Moretti, guardacaso). Dopo quel messaggio, Arianna aveva abbandonato il gruppo.

Rientro in aula, l'ora di filosofia è finita e quella dopo di arte passa abbastanza in fretta. Usciamo da scuola con Traversi, che è già agitato per stasera: si è illuso che mia sorella andrà a casa sua con tutti gli altri amici della nostra compagnia, solo perché ha detto a Nairobi di costringerla in tutti i modi possibili. Figuriamoci, Nairobi è buona come il pane, piuttosto che costringere qualcuno a fare qualcosa si ammazza... lo sto giusto dicendo al Professore uscendo dal cortile della scuola, quando mi fa notare che qualcuno è venuto a prendermi in auto. Sul momento ho un sussulto perché penso che sia Rio, ma poi mi ricordo che lui non ha la macchina e, oltretutto, non sapendo dello scambio di questa settimana di certo non verrebbe a prendermi qui al Classico... in ogni caso, ho un altro sussulto quando vedo chi mi sta aspettando in un'auto sportiva nera: l'ultima persona che vorrei vedere alla fine di una mattinata come questa, o anche l'ultima persona che vorrei vedere in generale.

Mio padre.

Mi blocco dove sono, paralizzata dalla sorpresa e, nello stesso tempo, da un senso atroce di disagio: se già di solito non mi va di frequentarlo, oggi è proprio il giorno peggiore per incontrarmi con lui. Per cui faccio finta di niente e accelero il passo, mentre il Professore insiste che forse non me ne sono accorta, ma c'è mio padre che mi sta aspettando davanti a scuola (anche se dovrei essere cieca per non aver visto una Porsche Cayman, aggiunge). Mi giro e gli rispondo che quello è solo il padre di mia sorella, non il mio. Scoppia a ridere. "È scientificamente impossibile: non potete essere figlie di padri diversi" obietta. Lo guardo allontanarsi per salire sull'autobus, mentre lo imploro di non andarsene (ma è troppo in botta per stasera, e non si gira neanche). Mi volto, la macchina è ancora lì ma il suo proprietario è sceso, e ora mi sta venendo incontro sorridente: mi saluta e si scusa per l'improvvisata, ma siccome riparte domani mattina ci teneva tanto a pranzare con me. Sono impietrita, non so cosa dire. Mi fa cenno di salire in auto: vuole andare al Nettuno, che è il ristorante di pesce più buono della nostra città... a meno che io non abbia altre preferenze... è allegro e affettuoso, certamente pensa di parlare con mia sorella. Vorrei rispondergli che non mi va e che non ho fame, ma non so perché non ci riesco (forse perché invece ho molta fame, o forse perché al Nettuno si mangia da Dio, ma di certo non ci vado tutti i giorni, visto che è caro come il sangue...). E va bene, mi dico fra me e me: facciamolo spendere, tanto è ricco. Mangerò, ascolterò i suoi stupidi discorsi sul cinema e poi me ne andrò a casa. Lui penserà di aver pranzato con Arianna e io saprò, se mai ce ne fosse stato bisogno, che non mi perdo niente a non frequentarlo. Perciò lo guardo e gli rispondo che no, non ho altre preferenze. Andiamo pure al Nettuno.

"Ottimo!" esclama aprendomi la portiera, "è tanto tempo che volevo stare un po' insieme... mi sembra un secolo che non ci vediamo, eh? Sei sempre più grande, bella de papà... ma come stai?"

Resto in silenzio, mentre salgo in macchina e penso che avrei potuto evitarmi tutto questo, se soltanto lui fosse partito un giorno prima, o se fossimo già a domani. Ha proprio ragione Stoccolma: il brutto del giovedì, è che non è venerdì.

"Bene" rispondo, "sto bene, grazie... hai ragione..." gli dico, mettendomi la cintura e voltandomi verso il finestrino "è tanto tempo che non ci vediamo".

8

Come dice il proverbio

Arianna, 17 ottobre 2019
E fu sera e fu mattina,
quarto giorno

"In generale, io ho una regola quando scrivo un tema argomentativo: comincio molto spesso con una citazione. Potrebbe essere un motto, un proverbio, una frase celebre di qualche persona famosa o di un anonimo pensatore. Non sempre, è chiaro, ne esistono di appropriate per ogni tipo di argomento. Ma Internet, da questo punto di vista, è davvero una miniera d'oro: insomma, solitamente basta googlare una parola qualsiasi preceduta dal termine 'aforismi' per ritrovarsi con un buon incipit per il proprio tema... ma questo, è ovvio, quando il testo da svolgere è un compito per il giorno successivo, perché in classe naturalmente non sarebbe consentito fare ricerche in rete... tuttavia, già solo svolgendo questo tipo di lavoro per gli elaborati da scrivere a casa, ho memorizzato parecchie citazioni interessanti sui più svariati argomenti, che non di rado mi sono state utili durante i temi in classe... ehi, ma mi stai ascoltando?"

Ecco, siamo alle solite: sono le sette di sera, sto aiutando

Troglodita con i suoi compiti (o meglio, con i miei) e lei tanto per cambiare ha la testa fra le nuvole, oppure, come adesso, appoggiata sulla scrivania. Oggi pomeriggio, ad esempio, doveva fare un tema argomentativo come compito di religione per domani, e mi sono offerta di darle una mano... cioè, in realtà mi ero offerta di scriverglielo io, giusto per evitare di prendere un'insufficienza di religione... ma quando la mamma ci ha sentito poco fa rientrando in casa, ha detto che questo non era assolutamente nei patti del nostro scambio, e che quel tema doveva svolgerlo interamente mia sorella, io al massimo avrei giusto potuto aiutarla con la grammatica o con la sintassi (che, per i livelli di alfabetizzazione di Ignorantona, è stato come se mia madre mi avesse detto che potevo aiutare un tetraplegico soltanto nel salto con l'asta, o tutt'al più nell'arrampicata libera). Detto questo, siamo qui da quasi mezz'ora e lei non dà segni di vita, quindi credo che fra poco la abbandonerò al suo destino (magari sperando che Don Daniele, domani, abbia un'improvvisa amnesia e si dimentichi di farsi consegnare i compiti, eventualità che l'anno scorso, con Don Balzottini, si verificava di frequente).

Una cosa è certa: oggi deve avere, non so come, incontrato quel tizio di nome Rio con cui esce, o qualcun altro dei suoi corteggiatori... perché non è tornata a casa all'ora di pranzo (approfittando, forse, del fatto che la mamma sarebbe stata tutto il giorno all'Ikea con la zia Mari) e poi, quando è rientrata, aveva gli occhi rossi e si vedeva che aveva pianto, anche se faceva finta di niente... e ora è praticamente in catalessi, con la faccia appiccicata al tappetino del mio mouse, la bocca semiaperta e l'alito che sa di cozze alla marinara. Un vero problema, e non solo per il suo tema ancora da scrivere; il punto è che anch'io avrei urgente bisogno di una mano, e di qualche consiglio da parte sua... Nairobi, infatti, continua a tempestarmi di messaggi vocali perché stasera esca con lei e altri amici di mia sorella: pare che vogliano andare a casa di un loro insegnante che – inspiegabilmente, a mio parere – non soltanto frequenta assiduamente la loro compagnia; ma, da quanto ho potuto cogliere dai messaggi che mi sono arrivati, ne è anche uno dei membri più carismatici (sicuramente per un fatto anagrafico, se è un docente avrà almeno venticinque o ventisei anni, se non di più... solo che non ho ancora capito come si chiama e che materia insegna, Nairobi continuava a chiamarlo "il professore" e basta...). Comunque, ho deciso che se Bifolca non si sveglia dal suo coma vigile declinerò gentilmente l'invito: già non mi attirava l'idea di passare la serata fra sconosciuti (per quanto Nairobi abbia insistito parecchio, dicendo che il professore richiedeva espressamente la mia presenza... cioè, quella di Adele, è chiaro, non la mia). Ma, in aggiunta, non posso fare a meno di pensare che, trattandosi di amici di mia sorella, siano persone con il suo stesso grado di inciviltà, e di conseguenza c'è il rischio concreto che io passi la serata assistendo a gare di rutti o di peti, per ben che vada. E poi, a dire il vero sono piuttosto stanca; ieri pomeriggio sono andata a lavorare da una famiglia che abita vicino alla scuola di Adele, ed è stato tremendamente faticoso: non solo perché, dovendo essere lì per le due, ho dovuto pranzare appena finita l'ultima ora di lezione, sbocconcellando un tramezzino unticcio preso da una delle macchinette in cortile; ma anche – anzi, direi soprattutto – perché mentre mangiavo seduta su una panchina, le amiche di Troglodita (Nairobi e Catwoman, la ladra di sigarette con i capelli fucsia) si sono volute fermare a tutti i costi a farmi compagnia, raccontandomi cose di cui non mi importava assolutamente nulla (tipo che adesso, udite udite, i filler alle labbra costano solo trecento euro a iniezione e sarebbe, per dirla con parole loro, "una vera ficata avere il grano per farsene un paio").

A ogni modo, grazie al cielo si sono fatte le due meno un quarto e sono potuta scappare al lavoro, non sapendo ancora, mentre mi avviavo verso l'indirizzo che mi aveva dato mia sorella, se una volta arrivata avrei dovuto portare a passeggio dei cani oppure badare a dei bambini... un dubbio che Adele non mi aveva chiarito, in effetti (mi aveva soltanto detto che era gente nuova per cui non aveva mai lavorato) e che mi ha spinto a portarmi dietro sia un pallone da calcio che un osso di gomma, giusto per essere pronta a qualunque evenienza. Giunta a destinazione, ho suonato al primo interno di una palazzina verde chiaro. Sono stata ricevuta da una donna sui trentacinque anni, con profonde occhiaie e capelli visibilmente sfibrati, che mi ha aperto la porta sorridendomi amichevolmente, e mi ha subito invitato ad accomodarmi nell'ingresso (un corridoio con scarabocchi e segni di pedate sulle pareti, dove sono stata freddata da un tanfo di piedi sporchi misto ad aroma di bambino sudato). La donna si è poi presentata dicendo di chiamarsi Alice, e mi ha ringraziato per essere arrivata così puntuale. Dopodiché mi ha portato a conoscere quelli che ha definito essere i suoi cuccioli – appellativo che non sapevo se attribuire ai due cani dalmata addormentati in salotto o ai tre bambini urlanti che si stavano rotolando sul pavimento in cucina – quindi mi ha sorriso nuovamente, fissandomi con irragionevole entusiasmo. Devo ammetterlo: se in quel momento avessi potuto scegliere quali dei cinque cuccioli accudire, avrei senz'altro optato per i cani (erano gli unici, infatti, che non stavano abbaiando). Ma, sfortunatamente, di lì a poco ho intuito che invece avrei dovuto tenere i tre bambini, visto che la loro madre, dopo essersi infilata un paio di scarpe da ginnastica infangate, ha afferrato due guinzagli chiamando a gran voce i dalmata (che, complice un probabile vuoto di inventiva da parte dei loro proprietari, rispondevano ai nomi di Pongo e Peggy). "Allora, Adele" mi ha detto poi con aria trafelata, "la mia amica Gloria che mi ha dato il tuo numero, mi ha assicurato che sei una bravissima baby-sitter, quindi non devo insegnarti niente... ti dico solo dove sono le cose di Topetto per cambiarlo..." dopodiché mi ha accompagnato nella stanza da cui, con ogni probabilità, si originava il fetore che mi aveva raggelato nell'ingresso: una cameretta dipinta con colori allegri e impregnata di effluvi malsani, con un letto a castello, un fasciatoio pieno di pannolini aperti e – si sperava – ancora inutilizzati, un armadio interamente ricoperto di adesivi e un tappeto strabordante di macchinine, animali di gomma, album di stickers, pezzi di merendine al cioccolato, calzini antiscivolo sporchi, brick di succhi di frutta accartocciati e frammenti di biscotti sparsi ovunque: un ambiente frettolosamente sdrammatizzato dalla padrona di casa come "un posticino un po' da riordinare", eufemismo che avrei trovato più appropriato per definire luoghi molto meno caotici di quella camera (tipo Haiti dopo il terremoto, o la centrale di Chernobyl in seguito all'esplosione del reattore numero 4). A ogni modo, la mamma dei bambini mi ha indicato il fasciatoio, dicendomi che lì avrei potuto trovare tutta la roba per cambiare il figlio più piccolo, Ferruccio (anche detto Topetto), in caso di sue probabili evacuazioni semiliquide (inquietante eventualità che mi ha indotto a supplicare mentalmente qualunque entità divina in ascolto, affinché per almeno tre ore si bloccassero i moti intestinali del frugolino – non sono stata esaudita, comunque). Dopodiché ha salutato i due bambini più grandi: quello di sette anni, Franco (anche detto Topone), e quello di cinque, Fausto (anche detto Topino), raccomandando loro di comportarsi da ometti nel tempo in cui lei avrebbe portato i cani dal veterinario (vaga esortazione che, personalmente, avrei integrato con almeno un caloroso invito a non ispezionarsi continuamente le cavità nasali). Infine ha risposto alle insistenti domande del figlio maggiore sull'orario del suo rientro a casa, dichiarando di ignorare quanto tempo ci avrebbe messo il dottore a visitare Pongo e Peggy; e concludendo, quindi, che sarebbe tornata quando sarebbe tornata (affermazione, quest'ultima, che ha scatenato un improvviso attacco di rabbia in Franco – anche detto Topone – evidentemente frustrato dall'utilizzo di quell'inutile forma tautologica). In tutta sincerità, stavo quasi per simulare un malore improvviso e darmi alla fuga, quando la mamma dei bambini, prima di andarsene, mi ha avvisato che sul tavolo in cucina aveva lasciato un po' di merenda. "Tè alla pesca, tre fette di crostata e qualche Plasmon da sgranocchiare verso le quattro, ok?"

"Eccellente" ho risposto accompagnandola alla porta. Ed ero talmente rinfrancata che non le ho neppure chiesto se aveva anche provveduto alla merenda per i suoi figli, o se invece avrei dovuto pensarci io. Comunque, anche volendo, non avrei fatto sicuramente in tempo a chiederglielo: infatti Pongo e Peggy – spinti forse da qualche impellente urgenza idraulica – subito dopo essersi fatti allacciare i guinzagli, l'hanno trascinata giù per le scale a rotta di collo, in un modo che mi ha ricordato certe scene di film ambientati nell'antica Roma con le corse dei carri, e i cocchieri brutalmente strattonati lungo le piste dei circhi. In ogni caso, alla fine me la sono cavata con un po' di sano istinto pedagogico: ho cercato di immaginare quale tipo di spuntino pomeridiano avrebbe preparato una brava baby-sitter per tre vivaci maschietti di sette, cinque e quasi due anni... e così, una volta bevuto il mio tè con i Plasmon e mangiate tutte e tre le fette di crostata (il tramezzino del pranzo mi aveva lasciato un terribile vuoto allo stomaco), mi sono messa a curiosare in dispensa, cercando qualcosa di adeguato da far mangiare ai bambini, che, grazie alla riproduzione in loop sul computer di casa di alcuni video tutorial di giocattoli, erano stati fino ad allora sorprendentemente tranquilli.

Mi sono ritrovata a pensare che me la stavo cavando piuttosto bene per essere la prima volta che facevo la baby-sitter, e che avevo avuto una felice intuizione a non arrivare a mani vuote: i due grandi avevano apprezzato moltissimo il pallone da calcio (mai quanto aveva apprezzato il piccolo, comunque, l'osso di gomma). L'unico momento di non facilissima gestione, paradossalmente, è stato proprio quello della merenda: infatti Franco (anche detto Topone) e Fausto (anche detto Topino) reclamavano a tutti i costi biscotti spalmati di nutella oppure patatine fritte, che a mio parere non costituivano uno spuntino sufficientemente sano e bilanciato. Quindi ho optato decisamente – non avendo trovato, in dispensa, nient'altro che snack stracolmi di grassi idrogenati – per una merenda molto più gustosa e salutare, che poi è la stessa che ci faceva sempre la nonna quando io e Adele eravamo piccole (e non voleva rimpinzarci di dolci della pasticceria, giustamente): pane, olio e un pizzico di sale (e talvolta un'acciuga salata con dei fiocchetti di burro). Una proposta alimentare di gran lunga migliore di frollini ipercalorici ricoperti di nutella, senza ombra di dubbio... infatti Ferruccio (anche detto Topetto) ne è andato letteralmente pazzo (anche se temo di aver ecceduto con l'olio, a giudicare dal volume delle sue feci di un paio d'ore più tardi) mentre i suoi fratelli non l'hanno evidentemente gradita, perché assaggiato il primo boccone – che hanno entrambi sputato – non hanno più voluto mangiare le loro fette di pane (avrei dovuto usare l'acciuga salata, immagino). Comunque Alice, la mamma dei bambini, è rincasata verso le sei e mezza, senza cani e con una vistosa fasciatura al piede: mi ha spiegato di essersi infortunata dal veterinario, inciampando in un gradino sconnesso davanti allo studio medico. Impossibilitata a muoversi, ha telefonato al marito perché andasse a prenderla appena uscito dall'ufficio, e caricasse i cani in macchina mentre il veterinario le applicava un bendaggio contenitivo. Una spiacevole disavventura, indubbiamente... tenendo conto anche del fatto che, dopo aver pagato il medico per la visita ai cani, si è vista presentare dalla sua segretaria anche una parcella per il bendaggio del piede (peraltro dichiarato in fattura come "assistenza al parto cavalla"). Un vero paradosso, se consideriamo che l'infortunio è avvenuto a causa di un gradino sconnesso davanti all'ambulatorio, per cui sarebbe stato quantomeno doveroso, da parte del veterinario, se non indennizzare la vittima, perlomeno non addebitarle la prestazione medica (non amo i modi di dire troppo abusati, ma mai come in questo caso mi sentirei di affermare: oltre il danno, la beffa).

In ogni caso, ritornata la mamma dei bambini ho potuto finalmente andarmene, con la soddisfazione di aver svolto al meglio il mio lavoro. Ho anche regalato ai due grandi il pallone da calcio, mentre il piccolo non smetteva di sorridermi, grato e felice per l'osso di gomma (anche se sospetto che avrà dovuto contendericelo con i due dalmata, dopo il loro rientro a casa). Insomma, un pomeriggio gratificante ma impegnativo, tanto è vero che ne sento ancora la fatica a distanza di ventiquattro ore. Perciò, dal momento che mia sorella non riemerge dal suo stato catatonico, penso che scriverò a Nairobi che, esattamente come ieri e l'altro ieri, anche stasera non me la sento di uscire. Solo che non faccio in tempo a inviare il messaggio che suonano al portone, ed è proprio lei: dice di scendere, perché sono venuti a prendermi in macchina (lei e non ho capito chi altri). Non so che fare. Preferirei uccidermi piuttosto che uscire con gente che non conosco (o anche che conosco), ma la mamma ieri sera mi ha detto che entro la fine della settimana devo passare almeno qualche ora fuori casa con gli amici di mia sorella, altrimenti non sto vivendo veramente la sua vita (come se non bastassero tutti i sacrifici che ho già fatto in questi giorni, tipo fingere di non sapere i congiuntivi quando parlo). In più, Nairobi ha appena usato un'arma micidiale: mi ha urlato al citofono che per colpa mia sono due giorni che cammina a gambe larghe perché ha l'inguine ancora tutto scorticato, e che il minimo che posso fare per farmi perdonare, adesso, è muovere il mio culo piatto e scendere giù, magari anche con due *ciospe* già che ci sono, visto che una certa Stoccolma è a secco anche lei, stasera.

Alzo gli occhi al cielo. Mi volto verso la mamma, che è appena passata in corridoio e sono abbastanza certa che abbia sentito tutto (inclusa la parte dell'inguine scorticato). La guardo e mormoro che ci sono delle persone che sono venute a prendermi, e che quindi, se non è un problema, io uscirei, ora (sperando con tutto il cuore che non mi dia il permesso di farlo). Mi risponde che posso andare e che devo tornare entro le undici, perché domani c'è scuola. Poi mi dà venti euro, mi saluta e se ne va in cucina, bofonchiando fra sé e sé: "Era ora".

Scendo. C'è una station wagon amaranto posteggiata davanti alla pasticceria, con le quattro frecce accese. Mi avvicino e vedo Nairobi che mi saluta dal posto del passeggero davanti, mentre da uno dei sedili dietro Catwoman continua ad agitare una mano nella mia direzione, con l'indice e il medio uniti, che sposta avanti e indietro dalle labbra chiuse mimando l'atto di fumare. Salgo dietro e mi siedo vicino a lei, che è abbracciata a un tizio basso e mingherlino con i capelli a spazzola che, non appena la station wagon riparte, inizia a sbaciucchiarle con veemenza il collo. Mi volto verso il finestrino, concentrandomi sul panorama.

"Ehi Dory" mi dice Nairobi dal sedile davanti, "sgancia un po' quattro *ciospe*, che qui siamo tutti a digiuno". *Ciospe*. Una parola che, stando al glossario che porto sempre in tasca in questi giorni, sarei tentata di tradurre come "persone di sesso femminile dall'aspetto sgradevole", ma non mi sembra adeguata al contesto. Apro la borsa di mia sorella e, superando il momentaneo disgusto per l'ammasso di rifiuti organici e inorganici ivi contenuto, cerco qualcosa da mangiare (se sono tutti a digiuno magari ciospe significa caramelle, o gomme da masticare) ma non trovo nulla... solo un portamonete di stoffa, dei fazzoletti di carta usati, quattro biglietti per l'autobus, un accendino scarico e due cioccolatini sciolti. Mi scuso con gli occupanti della macchina, dicendo che non ho ciospe con me. Il conducente, un tizio a dir poco robusto con una felpa di Batman e – temo – fresco neopatentato, mi guarda dallo specchietto retrovisore, chiedendomi se almeno ho dei soldi per comprarle. Rispondo di sì, porgendogli la banconota da venti euro che mi ha dato la mamma, mentre Catwoman (che Nairobi, non so perché, continua a chiamare Stoccolma) ha una reazione euforica e dice che sono la migliore. Ci fermiamo qualche minuto dopo davanti a un distributore di tabacchi, e lì apprendo un significato di *ciospe* che prima non sapevo. Interessante. Ho appena stanziato venti euro per diminuire l'aspettativa di vita dei miei compagni di viaggio (e sospetto anche la mia, se non la piantano di fumare tutti e quattro contemporaneamente in macchina con i finestrini chiusi). A ogni modo, ho urgente bisogno di parlare con Adele. Le mando un messaggio su WhatsApp sperando che non sia più appisolata sulla mia scrivania, e chiedendole di rispondermi il prima possibile: sono uscita con i suoi amici, non li conosco e ho bisogno di qualche dritta (tipo di sapere perché mai continuano a chiamarsi fra di loro con nomi di città e di capitali, ad esempio). Mi scrive che avrei dovuto guardare *La Casa di Carta,* così lo saprei da sola senza bisogno di romperle le scatole. Le rispondo che non amo le produzioni spagnole (la recitazione è sempre troppo enfatica, finta, da telenovela...). Mi invia un emoji con gli occhi ruotati, poi mi manda un audio con la voce impastata dal sonno (che cerco di ascoltare a volume minimo, per non farlo sentire agli altri in auto con me) dove bofonchia: "Ci chiamiamo con i nomi delle capitali che usano i personaggi di quella serie, tutto qui... io sono Tokyo, poi c'è Nairobi... quella con i capelli fucsia è Stoccolma, che sta con Denver... poi ci sono i cugini di Denver, Oslo ed Helsinki... ma Oslo il giovedì ha sempre allenamento, quindi stasera non c'è... però se siete in auto c'è di sicuro suo fratello Helsinki, perché è l'unico che ha la patente... a proposito, state attenti che a casa del Professore non si prenda qualche piomba, che poi deve guidare... sai, ci terrei molto che ti riportasse a casa tutta intera, visto che ti sei messa i miei jeans preferiti...

beh, comunque stavo dicendo (sbadiglia)... ah, sì: volevo parlarti un attimo di Rio, che tu conosci benissimo perché è... scusa un secondo... e arrivo, mamma! E ho capito che è pronto, però che palle!"

A quel punto il vocale si interrompe e non mi arrivano altri messaggi, non capisco perché. Devo aver finito i Giga. Una cosa però almeno l'ho capita, cioè che il soprannome di mia sorella è Tokyo. E questo vuol dire che lo sconosciuto che le aveva mandato un messaggio l'altro ieri, dicendo di essere in ospedale, non aveva sbagliato numero... voleva proprio scrivere a lei... che sia lui, fra tutti i vari fidanzati di mia sorella, il famoso Rio? Che sia l'anonimo cardiopatico? No, tenderei decisamente a escluderlo: Adele mi ha appena detto che Rio lo conosco benissimo, anche se non ha fatto in tempo a dirmi chi è... viceversa non conosco nessuno, fra i nostri coetanei, che abbia seri problemi cardiaci (al massimo ne conosco qualcuno che ha seri problemi mentali, benché non sempre diagnosticati come Traversi...). In ogni caso, domani le parlerò: mi sembra giusto farle sapere che il suo fidanzato cardiopatico l'ha cercata. Bene... a questo punto, comprate le sigarette per tutti, ascoltato il messaggio di mia sorella e chiarita, se non altro, la faccenda dei nomi di città, non mi rimane che una cosa da fare.

Andare a conoscere il Professore.

Posteggiamo all'inizio di una strada privata in collina, non lontano da dove abita la contessa Ottoboni. Attraversato un vialetto in pietra, arriviamo davanti alla villa dove abita il Professore, che a quanto ho capito da un discorso di Nairobi di pochi minuti fa, vive ancora con i suoi genitori. La casa è davvero bella, perlomeno vista dall'esterno: una villa moderna in legno e pietra, con grandi vetrate e scale a chiocciola esterne, un giardino curatissimo e una piccola ma elegante piscina. E l'interno non è da meno: il salone dove entriamo è enorme, con travi in legno a vista, un parquet lucidissimo e divani immacolati, più un'enorme libreria sullo sfondo e oggetti di design sapientemente sistemati qua e là. Insomma, sono appena arrivata ma confesso di subire non poco il fascino di questo posto, e di nutrire una certa curiosità riguardo a questo misterioso professore... che, a quanto intuisco da un commento a voce alta di Helsinki che lo ha appena raggiunto in bagno (per un'impellente necessità che ci ha comunicato dopo essere scesi dalla macchina), pare che per riceverci si sia messo addirittura lo smoking, questa sera (e comunque il commento di Helsinki era stato: "Ehi, ma perché ti sei vestito da cameriere?"). E quindi ne deduco che sia proprio il Professore il giovane uomo che vedo arrivare dal fondo di un lunghissimo corridoio in penombra, e che appare in completo nero e papillon all'ingresso del salone dove lo stiamo aspettando... eccolo, è lui... ed è... che strano, assomiglia incredibilmente a...

Dio mio.

Ditemi che è uno scherzo.

Resto ferma, la bocca semiaperta per la sorpresa, la faccia impietrita dallo stupore (o forse sarebbe meglio dire dallo shock). Se avessi il potere di teletrasportarmi altrove, o di sparire sotto i tappeti del salotto, penso proprio che in questo momento lo userei. Traversi. Il "Professore" è Traversi. Il figlio dei proprietari di questa villa galattica, il leader di questo gruppo di bifolchi, uno degli amici più stretti di mia sorella è... Traversi. Traversi, Traversi, Traversi, non riesco a ripetere mentalmente nient'altro se non... Traversi. Ma perché mia sorella non mi ha detto niente? Perché non mi ha detto che sono amici? Perché, soprattutto, non mi ha avvisato che avrei rischiato di incontrarlo uscendo con la sua compagnia, quando le avevo spiegato chiaramente, all'inizio della settimana, che non lo posso soffrire? Io non capisco... eppure glielo avevo detto quello che penso di lui: che è un maniaco, uno di quelli che ci provano anche con i pali della luce, un idiota, uno scansafatiche, uno che a scuola fa di tutto per farsi odiare dagli insegnanti, insomma il diavolo in persona, senza offesa per il diavolo... uno che mi chiama "Guidi bella" solo per prendermi in giro, perché è ovvio che non lo pensa affatto che sono bella... tanto è vero che sta sempre a fare battute sconce alla Moretti, giusto per aumentare l'ego già smisurato di quella... quella... odiosa Barbie senza cervello (ma i maschi come Traversi, d'altra parte, sono individui troppo ordinari e faciloni per saper distinguere la vera bellezza dalla semplice procacità). Oh, ma quando torno a casa mi sentirà mia sorella... oh, se mi sentirà! Va bene, basta, devo controllarmi... in fin dei conti devo solo passare qualche ora qui dentro fingendo di essere Adele, e ormai sono vari giorni che lo faccio, devo solo resistere ed essere il più naturale possibile, o perlomeno cercare di ignorarlo mentre lui fa battute stupide, come adesso, e fa vedere a tutti quanti come sta bene con il suo smoking (in effetti sta sorprendentemente bene, ma non è questo il punto... comunque è l'ultima persona per cui proverei un qualche genere di attrattiva, questo è certo). Ecco, ad esempio: ha appena incrociato il mio sguardo, totalmente per caso. Ma siccome non voglio attirare la sua attenzione, abbasso gli occhi e simulo un improvviso interesse per le venature del pavimento, in modo che capisca subito che non voglio parlare con lui e non si avvicini (cosa che temo abbia appena fatto, a giudicare dalle Oxford nero lucido che sono apparse nel mio campo visivo, esattamente davanti alle mie All Star). Mi coglie di sorpresa prendendomi il dorso della mano destra e portandoselo alle labbra, senza però baciarlo (esattamente come si dovrebbe fare per eseguire un vero baciamano). Il tutto fissandomi dritto negli occhi, con uno sguardo che non so interpretare in alcun modo e che pertanto mi mette mortalmente in imbarazzo, mentre sto cercando da circa dieci minuti, ovvero da quando è apparso nel salone, di articolare la mascella che mi si è bloccata per la sorpresa (ma ancora non ci riesco, e siccome credo che non ci riuscirò per diverse ore, penso che fingerò una paresi). Ha ancora la mia mano destra nella sua e se la stringe al petto, dopodiché sussurra: "Tokyo, devo avvertirti: stai rischiando di accecarmi stasera, sei a dir poco abbagliante". Poi si volta e si allontana, tornando a parlare con gli altri. Sono allibita. Non per il suo saluto, che quell'iperbole sull'accecamento ha inevitabilmente rovinato (peraltro sa benissimo che, nel suo caso, eventuali problemi di cecità sarebbero senz'altro da attribuirsi non tanto al mio abbagliante fascino, quanto alla sua instancabile dedizione per l'autoerotismo). Ma sono basita per il suo atteggiamento: sembra che abbia ingoiato James Bond, o un intero manuale di galateo. C'è qualcosa sotto, me lo sento (anche se Dio solo sa cosa). Di sicuro, non mi fido di lui (però, se posso dirlo... ora che è girato di spalle, devo ammettere che i pantaloni di quel completo gli donano molto... cioè... accompagnano la curva dei suoi glutei in un modo... insomma... piuttosto... oh, lasciate perdere, non importa). Quel che è certo, è che sono appena entrata nella tana di un lupo.

Un lupo con lo smoking, ma sempre un lupo.

E facevo bene a non fidarmi di tutta quella manfrina iniziale del caro "Professore": infatti, dopo aver cenato con del sushi e altro cibo da asporto, Traversi ci ha proposto immediatamente alcuni giochi di carte per passare la serata, fra cui: strip-Poker, strip-Blackjack, strip-Sette e mezzo e strip-Ramino (a quanto pare, uno dei passatempi preferiti di questa compagnia di debosciati, è fare giochi d'azzardo con le carte in cui la posta in palio sono gli indumenti e i capi di abbigliamento indossati dai giocatori, a mio avviso un modo assai discutibile di divertirsi – ma tutto molto tristemente in linea, comunque, con il personaggio di Traversi, che non dubito sia il principale organizzatore di queste attività ludiche, data la sua ben nota depravazione). Mi sono alzata dalla sedia e ho dichiarato che ero pronta a fare qualunque gioco, ma che non ero disposta a spogliarmi in pubblico, almeno non stasera – dichiarazione che ha suscitato una certa incredulità in Denver, il quale si è sentito in dovere di ricordarmi, con dovizia di particolari, come non sia mai stato un problema per me "avere le mele all'aria" (e non ne dubitavo, trattandosi delle mele di mia sorella). Purtroppo per lui, Stoccolma ha ritenuto un po' eccessivo il suo sconcerto per il mio rifiuto di denudarmi, e ha iniziato a fargli una scenataccia di gelosia, il tutto mentre Traversi stendeva un panno verde sul tavolo del salone e iniziava a dare le carte, apparentemente incurante di ciò che avevo appena detto. Si sono seduti tutti al tavolo, mentre io li osservavo di sottecchi dal divano, fingendomi rapita dalla lettura di una rivista (l'ultimo numero di *Diabete Oggi*). Hanno giocato una decina di mani a strip-Poker durante le quali Helsinki, il tizio sovrappeso con la felpa di Batman, si è tolto la felpa e le scarpe, avendole perse subito durante la prima mano (lo hanno poi pregato tutti di non giocarsi i calzini, per non rendere l'aria già viziata completamente irrespirabile). Nairobi e Stoccolma si sono tolte, rispettivamente, i leggings e una maglietta, mentre Denver è rimasto letteralmente in mutande. L'unico a non aver mai perso è stato il Professore (sospetto abbia barato tutto il tempo, complice la dabbenaggine degli altri pokeristi al tavolo), che è rimasto interamente vestito fino a quando non si sono stufati di giocare. E lì sono iniziati i problemi. Infatti Traversi, con fare mellifluo, a un certo punto mi si è avvicinato, chiedendomi se per caso non stavo bene o se avevo bisogno di qualcosa. Gli ho risposto che stavo benissimo, ma che non avevo nessuna voglia di fare uno stupido gioco di carte in cui ci si doveva spogliare, affermazione a cui ha reagito simulando palesemente – e malissimo, peraltro – una sorta di stupore scandalizzato, rispondendomi che dopotutto lo avevo sempre fatto, e che comunque era soltanto un gioco (opinione, questa, particolarmente condivisa anche dagli altri due maschi presenti). A quel punto ho ribattuto (purtroppo aggiungerei, considerando l'evoluzione del nostro dialogo) che non era giusto svendere la propria rispettabilità attraverso giochi di carte basati quasi unicamente sulla fortuna, e che personalmente avrei forse (e intendevo *forse*) preso in considerazione l'idea di rischiare uno striptease in pubblico perdendo a un gioco basato soprattutto sull'abilità e l'intelligenza, piuttosto che sulla fortuna.

È stato come lanciarsi addosso un boomerang.

Tralascerò come e perché sono finita seduta a un tavolo di gres porcellanato con un tabellone del Trivial davanti, e il sacro terrore di dover rispondere a domande su hobby e sport (unica materia, fra le sei del Trivial, che mi abbia mai creato una qualche difficoltà). Il punto vero è che adesso sono qui, davanti a un avversario che pare non aspetti altro che assistere alla mia disfatta. E ci credo: pensa che io sia Adele ed è sicuro di vedermi nuda dopo due domande, ma non gliela darò mai questa soddisfazione, viscido maiale che non è altro: contrariamente a lui e a tutta questa marmaglia ignorante, io ce l'ho una cultura, e anche un cervello, e sono pronta a usarli entrambi. Costi quel che costi.

Mi chiede di tirare un dado per decidere chi di noi due comincia, mentre Nairobi va ad accendere lo stereo e gli altri ci guardano incuriositi. Denver mi avverte che, trattandosi di un gioco per secchioni, potrei rischiare di ritrovarmi molto presto con le mele all'aria, dopodiché scoppia a ridere in modo sguaiato, inneggiando al Professore. Mi giro e lo fulmino con uno sguardo, che insieme a un ceffone di Stoccolma lo zittisce all'istante. Dopodiché gli ordino, con una rabbia in corpo che non ho mai provato, di farsi i cazzi suoi e di passarmi il dado (effettivamente, con una buona dose di collera interiore riesco anche a dire le parolacce). Tiriamo i dadi, io faccio tre e Traversi fa quattro. Mi chiede se sono pronta a fargli vedere le mutandine, mentre dallo stereo acceso parte l'intro di *Poker Face*. Lo guardo sprezzante.

"Comincia tu, Professore".

Proprio come pensavo: stiamo giocando da appena mezz'ora e Traversi si è già tolto scarpe, calze, giacca e bretelle (come poi si possa indossare uno smoking con delle bretelle di Spiderman devo ancora capirlo, ma ne convengo che sotto la giacca non si vedono). Abbiamo stabilito di toglierci un indumento o un accessorio per ogni risposta errata, e per adesso ho soltanto levato le scarpe, dopo aver sbagliato una domanda di Geografia (che riguardava, ironia della sorte, la capitale del Brasile… a furia di sentir nominare continuamente questo fantomatico Rio, ho risposto Rio de Janeiro anziché Brasilia). Comunque sono ancora tutta vestita – esattamente come avevo previsto – mentre il Professore ha ceffato due domande di Arte e Letteratura, una di Scienze e una di Storia, e al momento indossa solamente pantaloni e camicia dopo aver tolto il papillon su una domanda di Spettacolo (ma è questione di poco, a breve rimarrà in boxer). Una volta ho letto che il gioco è un corpo a corpo con il destino. Beh, povero Traversi, il destino stasera gli ha giocato proprio un brutto scherzo... e chissà che faccia farebbe se sapesse con chi sta giocando, in realtà... ecco, a proposito: c'è una cosa che in effetti non mi quadra. Mi sembra molto strano, infatti, che al contrario di tutti gli altri non si sia neanche un po' sorpreso per tutte le domande a cui ho saputo rispondere (considerando che, in quanto amico di mia sorella, di sicuro ne conosce bene il livello culturale). In ogni caso, meglio non perdere la concentrazione: ho appena sbagliato un quesito di Scienze perché l'oggetto della domanda aveva suscitato l'ilarità generale, e non sono più riuscita a rispondere con la dovuta lucidità (certo che è incredibile come qui dentro ci si sbellichi per un nonnulla, basta chiedere "qual è il nome dell'uccello più grande al mondo" e scoppiano tutti a ridere – soprattutto se poi Traversi finisce la domanda con le parole: "dopo il mio"). A ogni modo, se è vero che il gioco è un corpo a corpo con il destino, pare che in questi ultimi minuti il destino mi stia voltando decisamente le spalle: infatti, per non so quale misteriosa congiunzione astrale, incappo per quattro domande di seguito nell'unica materia in cui sono purtroppo vacillante, la categoria degli Hobby e Sport. E così, nel giro di pochissimo tempo devo togliermi calze, maglioncino, top e jeans, restando in biancheria intima. Una svestizione che faccio in ottemperanza alle regole del gioco, non certo perché mi piaccia, ci mancherebbe altro... per quanto, a essere del tutto onesta, debba confessare di sentirmi sottilmente lusingata per il modo in cui il Professore mi sta osservando da dopo che ho levato jeans e top... beh, naturalmente pensa che io sia Adele, è ovvio (anche se le natiche che ha fissato estasiato quando mi sono tolta i jeans erano le mie, posso assicurarvelo) e questo contribuisce ad attenuare notevolmente il mio imbarazzo: in fondo sto soltanto recitando il ruolo di mia sorella, e pare che lei non abbia problemi a spogliarsi davanti ai suoi amici (infatti sospetto che lo faccia con molta più disinvoltura di me, che mentre mi sfilavo i jeans sono riuscita a cadere da ferma). Eppure, dal modo in cui mi guarda, sembra quasi che Traversi abbia intuito la mia vera identità, ipotesi che mi risulta curiosamente eccitante (no, aspettate, fermi tutti: qualcuno deve aver messo della droga nel mio sushi, ho appena accostato la parola "eccitante" alla parola "Traversi", probabilmente sto subendo l'influsso di qualche potentissima sostanza psicotica). Il punto, piuttosto, è che finora abbiamo scherzato, ma se sbaglio la prossima domanda il gioco si farà davvero duro: in pratica, dovrò togliermi il reggiseno. E, ve lo dico sinceramente, non so se vorrò farlo. Non ho mai mostrato il mio seno a nessuno, e per quanto sembri un'idea antiquata, la prima volta vorrei farlo davanti all'uomo della mia vita ... e non, come potete ben immaginare, davanti a un maniaco come Traversi. Insomma, parafrasando Denver, non mi va proprio di stare con le mele all'aria, stasera... soprattutto se penso che il Professore ha ancora addosso sia la camicia che i pantaloni (non so per quale miracolo, ora sta indovinando una sfilza ininterrotta di domande). Per cui, alzo la mano e gli dico che io mi fermo qui. Dopotutto è solo un gioco... e come dice il proverbio, un gioco è bello quando dura poco, no?

Non mi risponde. Continua a fissarmi in silenzio, come

in contemplazione. In questo momento non posso saperlo, ma quello che gli sta passando per la mente è una bastardata che va al di là di ogni mia immaginazione. Perché lui è in vantaggio, adesso. Sta vincendo. E lo sappiamo bene entrambi: non è mai solo un gioco quando stai vincendo.

Mi propone di leggere un'ultima domanda. Se darò una risposta sbagliata, invece di togliermi altri indumenti potrò fare una penitenza "al buio": una penitenza che lui non mi dirà, svelandola soltanto a Nairobi, la quale deciderà se accettarla o meno da parte mia. E siccome Nairobi è una mia amica, mi fa notare il Professore, non c'è dubbio che sceglierà a mio vantaggio. Rispondo che sono d'accordo. Lo vedo avvicinarsi a Nairobi e sussurrarle qualcosa all'orecchio, mentre lei lo guarda stranita, chiedendogli poi se secondo lui quella è una penitenza, perché a casa sua si chiamerebbe aperitivo. Dopodiché si volta e mi fa segno con il pollice alzato: vada per la penitenza al buio, è veramente una stupidaggine. Mi leggono l'ultima domanda (tanto per cambiare di Hobby e Sport): qual è il nome della prima donna ad aver vinto una medaglia olimpica. Peggio che le domande sul ciclismo, non ne ho proprio idea. Allargo le braccia, accettando la mia sconfitta. Ora non mi resta che fare la penitenza, dico al Professore. Lo vedo illuminarsi. Esce di corsa dal salone e torna dopo due secondi, con in mano un vassoio d'argento ricoperto da un tovagliolo. La penitenza, mi spiega con aria angelica, consiste semplicemente nel mangiare il contenuto del vassoio, che mi invita a scoprire sollevando senza indugi il tovagliolo. Ed è solo adesso che inizio improvvisamente a capire. E a capire un sacco di cose.

La prima cosa che capisco, complice un odore nauseabondo, è che sotto a quel tovagliolo ci saranno almeno due etti abbondanti di Puzzone di Moena, accompagnato da fontina valdostana o più probabilmente da Camembert. La seconda cosa che capisco, è che se ora non mi precipito subito in bagno rovinerò irrimediabilmente un pregevole tappeto persiano. La terza cosa che capisco, mentre do di stomaco con la testa infilata nel water di Traversi, è che quando un depravato come lui si mette in mente un'idea – ad esempio che deve vederti a ogni costo le tette – usa tutti i mezzi possibili e immaginabili per realizzarla, compresi i più biechi (tipo costringere una persona che odia il formaggio a sniffare un pezzo di Gorgonzola)... e qui arriviamo alla quarta e alla quinta cosa che capisco in simultanea, cioè che lui sapeva benissimo con chi avrebbe giocato a Trivial stasera, e sapeva anche della mia particolare fobia alimentare (come abbia fatto a scoprirlo posso solo ipotizzarlo, benché i miei sospetti convergano tutti su un'unica, esecrabile persona). E la sesta cosa che capisco, infine – anzi che mi viene detta dal Professore mentre esco dal bagno con la faccia verde – è che lui è assolutamente disposto a mettere via quel vassoio e a darmi addirittura partita vinta. In cambio di un solo, indimenticabile minuto, in cui dovrò stare davanti a lui senza reggiseno (così potrà guardarmi le mele, ovviamente). Che individuo rivoltante.

Non mi dilungherò sul travaglio interiore che sta scatenando in me quell'ignobile proposta, né sui miei inutili tentativi di trovare un appoggio solidale nelle altre due femmine del gruppo (figuriamoci, avevano anche scommesso contro Helsinki e Denver che il Professore mi avrebbe stracciato, e il premio era una bottiglia di vodka – infatti adesso sono decisamente ubriache, e i maschi le stanno accompagnando a turno in bagno). A conti fatti, mi dico rassegnandomi, un minuto sono soltanto sessanta secondi, durante i quali potrei anche chiudere gli occhi se mi sento troppo a disagio (tanto lui non è certo negli occhi che si metterà a fissarmi). E va bene, gli rispondo, accetto. Però non è così che doveva andare, penso dentro di me, mentre lui mi guarda mettere le mani dietro la schiena per slacciare il reggiseno, e colgo un velo di sudore sopra il suo labbro (lurido vizioso che non è altro). Non è così che doveva andare perché il mio seno nudo dovrebbe essere guardato da un uomo che mi ama, dall'uomo che – sempre che esista – un giorno sarà per me come George Baines per Ada McGrath: uno che per me non mangia più e non dorme più... che è ammalato di desiderio, e che è disposto a restituirmi il pianoforte anche se questo significa smettere di vedermi, e di toccarmi (a parte che non ho un pianoforte, ma era così, per fare un esempio)... insomma uno che mi consideri la sua crush, per dirla in termini giovanilistici. Ma la vita non è un film, mi dico mentre sgancio il reggiseno, e abbasso le spalline implorando con lo sguardo il Professore almeno di non fissarmi così paonazzo, che rende tutto ancora più imbarazzante... no, è inutile. La mia vita non sarà mai un bel film d'autore, come *Lezioni di Piano*. Al massimo, per come si stanno mettendo le cose in questo momento, sarà solo uno di quei b-movie con scene sboccate e piene di volgarità. Sfilo una spallina, poi l'altra. Chiudo gli occhi. Quindi, il più lentamente possibile, abbasso...

"Fermati" mi dice Traversi. "Non togliertelo".

Apro gli occhi, lo guardo. Mi sta fissando turbato. Inspiegabilmente, si apre i bottoni della camicia, dopodiché con un gesto rapido se la toglie (in un modo che ho visto fare solo a Brad Pitt in *C'era una volta Hollywood*, durante una scena degna di un Oscar). Sono ancora con il reggiseno addosso e le mani incrociate sul petto, quando mi si avvicina e mi mette la sua camicia sulle spalle. Non capisco... (noto comunque, vedendolo a torso nudo, che ha addominali molto ben definiti, probabilmente fa palestra, o da bambino ha fatto piscina... ma scusate, sto divagando). Mi dice che va bene così, e che non ha bisogno di vedere altro... cioè – aggiunge poi recuperando la sua solita faccia da Traversi – altro che non possa aver già visto su un qualunque sito di modelle in topless, naturalmente. Non so se schiaffeggiarlo o baciarlo, avrei voglia di fare entrambe le cose (ma nel dubbio gli dico soltanto "Ok, grazie"). Dopodiché mi volto e mi infilo la sua camicia (anche perché Nairobi, pochi minuti fa, non ha fatto in tempo ad arrivare in bagno e ha vomitato sul pavimento, centrando in pieno il punto dove erano caduti i miei vestiti). Andiamo via dieci minuti dopo, Helsinki ha fatto il bravo e non ha bevuto, così ritorno a casa sana e salva. Ho ancora addosso la camicia di Traversi, che odora di buono e anche un po' di fumo misto a dopobarba. È l'unica cosa che indosso insieme alle calze e alle All Stars (e per essere la prima sera che esco con degli amici, osservo, ho proprio l'abbigliamento di una che non si è annoiata). Scendo dalla macchina, quando mi arriva un sms: è mia sorella che ha trovato una citazione su Internet per il suo tema argomentativo (un testo sul pericoloso dilagare della depressione fra i nostri coetanei) e mi chiede se può andare bene. Scorro il messaggio, e leggo la citazione. Dopodiché salgo correndo a casa, scuotendo la testa e mettendomi le mani nei capelli: devo assolutamente impedirle di iniziare un tema che spaccerà per mio con quell'assurdo proverbio indiano che mi ha inviato.

Che, per inciso, diceva: "Se davanti a te vedi tutto grigio, sposta l'elefante".

9

La sospensione dell'incredulità

Adele, 18 ottobre 2019
E fu sera e fu mattina,
quinto giorno

Non riesco a crederci: sono le sei di venerdì mattina e mi sono alzata alle cinque per studiare italiano, dopo essere stata fino a mezzanotte a scrivere un tema di religione (che per fortuna mi ha praticamente dettato mia sorella, perché io non sapevo neanche da che parte cominciare). Sbadiglio, mi strofino gli occhi e guardo Arianna, che è seduta di fronte a me e mi sta aiutando. Le chiedo se stanotte ha dormito con quella camicia bianca da uomo che ha addosso da ieri sera, e che continua ad annusare come una specie di tossica. Arrossisce e mi risponde che è probabile: era molto stanca ed è andata a letto senza cambiarsi. Poi si volta verso lo schermo acceso del computer, e inizia a leggere: "Il patto di sospensione dell'incredulità è una sorta di tacito accordo tra lettore e scrittore, in cui il primo si impegna a non dare ascolto alla propria ragione, e ad accettare come vero quanto lo scrittore gli sta raccontando, pur sapendo in cuor suo che si tratta di finzione. Questo non vuol dire dare la disponibilità di credere a tutto, indistintamente. La sospensione dell'incredulità o sospensione del dubbio, consente al lettore di fidarsi delle parole dello scrittore affinché possa entrare nella storia e viverla appieno… hai capito fin qui?" Annuisco. Prosegue: "… nel momento in cui il lettore si accinge a leggere qualsiasi tipo di romanzo o racconto, inclusi ovviamente i romanzi di genere, si mette a disposizione dello scrittore. Accetta quindi tacitamente di credere ciecamente alle sue parole: accetterà come vero, ad esempio, che un burattino di legno prenda vita e combini un sacco di marachelle. Non si porrà domande riguardo la veridicità degli eventi durante la lettura, cercando di godersela appieno. Non appena chiuderà il libro, la magia si scioglierà e il lettore tornerà alle regole e alla realtà di sempre".

"Perciò" la interrompo, "è come credere a qualcuno che ti racconta una balla pur sapendo che è una balla".

"Più o meno" mi dice. "Hai qualche domanda?"

"Sì" le rispondo, "visto che ieri sera sei tornata a casa con addosso soltanto quella camicia, mi spiegheresti che fine hanno fatto i miei vestiti, quelli che ti eri messa per uscire?"

Mi guarda, in silenzio. Poi mi dice che è assolutamente disposta a farmi una relazione dettagliata circa la fine che hanno fatto i miei vestiti, ma prima vorrebbe sapere se sarei disposta ad ascoltarla utilizzando la sospensione del dubbio. Le rispondo che non se ne parla neanche.

"Allora è meglio che non ti dica niente" conclude. Poi si alza e va a fare colazione.

Certo che questa settimana ne stanno succedendo di cose strane.

A proposito di cose strane, ieri ho pranzato con mio padre. È venuto a prendermi al Classico pensando di trovarci

Arianna, ovviamente, e invece ci ha trovato me... e la cosa più assurda è che lui non se n'è minimamente accorto: è arrivato con il suo macchinone davanti a scuola, mi ha salutato, mi ha portato a mangiare pesce al mio ristorante preferito (dove ho ordinato l'impossibile) ed è stato lì a farmi un sacco di discorsi sullo studio, il lavoro, il cinema e tante altre cose che ho già dimenticato. Il tutto senza avere mai mezzo dubbio che davanti a lui potessi esserci io, anziché mia sorella. Incredibile. Cioè, dico davvero: se penso che al Professore sono bastati tre secondi per rendersi conto che io non ero Arianna quando mi ha visto nella sua classe, e mio padre invece non si è accorto di niente per più di un'ora, non posso fare a meno di pensare che aveva ragione Traversi, l'altro ieri, a dirmi che non sarei mai riuscita a fregarlo: perché a lui Arianna piace sul serio. E chi ti ama non ti confonde con nessun'altra. Neanche con la tua gemella.

Non fraintendetemi, non parlo così per gelosia. Anche perché negli ultimi giorni, facendo la vita di mia sorella, ho capito di volerle davvero bene, e di desiderare che possa essere veramente felice... e se avere un rapporto con nostro padre la rende felice, io sono contenta per lei. Spero solo, però, che lui non la ferisca... che non la tratti come una persona insignificante, o molto meno importante del suo lavoro, dei suoi film o di se stesso. Perché io a certe cose so dare il giusto peso: io ho imparato a tagliarlo fuori dalla mia vita quando mi ha deluso, e sono andata avanti, proprio come ha fatto la mamma. Ma Arianna è fragile, ci soffrirebbe troppo.

Aver rivisto mio padre, ieri, mi ha fatto tornare alla mente tutti quei motivi per cui non gli parlo più da anni, e ammetto che non è stata una cosa indolore. Sì, perché lui non ha fatto altro, per tutto il tempo del pranzo, che tirare fuori ricordi di quando io e mia sorella eravamo piccole, e l'apice lo ha toccato quando mi ha chiesto – non avendo minimamente capito che non ero Arianna – come mai, secondo me, Adele aveva smesso di andare in piscina, che era così brava... se lo ricorda, ce la portava sempre lui da bambina... e soprattutto perché non gli parla più da tanto tempo, e non risponde mai ai suoi messaggi... beh, ve lo giuro, lì non ci ho più visto. L'ho guardato dritto negli occhi e gli ho risposto che, se proprio ci teneva a saperlo, doveva chiederlo alla diretta interessata (che poi sarei stata io, ma in quel momento non mi andava certo di dirglielo). Dopodiché mi sono alzata e me ne sono andata perché mi veniva da piangere, mentre lui è rimasto lì, seduto, senza capire... con la sua focaccia di Recco nel piatto e il suo tagliere del contadino come antipasto (che poi, dico io: va bene che sei romano, ma sei nel ristorante di pesce più buono della riviera e ordini una focaccia di Recco e un tagliere di salumi e formaggi? Sarai anche un regista ricco e famoso, ma a tavola non hai ancora imparato come ci si gode la vita...). Quindi, mentre correvo piangendo verso casa, ho iniziato a ricordarmi di tutti quei mesi che, quando eravamo piccole, faceva passare senza vedere me e mia sorella, perché magari stava lavorando e non riusciva a trovare neanche una giornata per muoversi da Roma, dove si era trasferito dopo il successo della sua prima fiction... e anche di tutte quelle volte che non veniva alle mie gare di nuoto, e mi chiamava sempre all'ultimo momento dicendo che stava girando una grossa produzione e i tempi delle riprese si erano allungati, perciò non poteva muoversi dal set... o di quella volta che, più o meno dieci anni fa, lui e mia madre ci avevano fatto sedere in salotto con Arianna, annunciandoci che si sarebbero sposati a ottobre con una cerimonia spettacolare, perché papà aveva ottenuto quel primo contratto importante da regista... e noi eravamo impazzite di gioia e avevamo iniziato a pensare alla festa, e all'abito da sposa della mamma, e a come ci saremmo vestite noi, da damigelle... e poi più nulla, invece. Erano passati i mesi e loro non si erano più sposati, anzi non facevano altro che urlare e litigare ogni volta che papà tornava a casa... finché non hanno smesso di parlarsi, e poi di vivere insieme. E mio padre lo abbiamo visto sempre meno.

Dopo essere arrivata a casa, ieri, mi sono chiusa in camera e ho preso quel quadernone viola ad anelli che Arianna usa come diario: ho cercato un ritaglio di giornale che avevo visto lì un paio di giorni prima e che parlava di nostro padre, era un articolo intitolato: "Facevo il pasticcere, ora sono il Re Mida delle serie tv – Incontro con il regista Andrea Guidi". In pratica si trattava di un'intervista di qualche mese fa in cui mio padre raccontava che, prima di diventare famoso come sceneggiatore e regista, aveva fatto per sette anni il pasticcere nel negozio della sua ex compagna, e ne parlava come... non lo so, saranno state anche le domande di quel giornalista, ma sembrava che la sua vita in quei sette anni fosse stata tutta una sfiga, e che la vera felicità l'avesse trovata solo nel mondo dello spettacolo dove aveva sempre sognato di lavorare, oltre che nell'amore per la donna che aveva appena sposato, una sceneggiatrice di serie tv... e quanto al fatto che in quegli anni da pasticcere avesse avuto anche due figlie, ha soltanto detto che gli erano state di grande ispirazione per due personaggi che c'erano nella prima miniserie che aveva scritto, una fiction per famiglie che – aveva commentato a un certo punto – con il successo che aveva avuto gli aveva mandato a puttane la sua, di famiglia... e qui l'articolo metteva tra parentesi la scritta "ride, n.d.r"... come a dire che mio padre si era messo a ridere dopo quel commento... come se fosse stata una cosa divertente, la fine della nostra famiglia.

Non so nemmeno perché ho voluto rileggere quell'articolo. Forse per ricordare a me stessa che non valeva la pena di piangere per un padre così, che non c'è mai stato (o che c'è stato per pochissimo tempo, e quel poco tempo gli è pure pesato). Il fatto è che nel diario di mia sorella, proprio davanti a quel ritaglio di giornale, ieri ho trovato un foglio a quadretti: probabilmente era stato strappato da un quaderno, perché sul lato sinistro il bordo era irregolare... e c'era scritta una poesia di Arianna che, dalla calligrafia, di sicuro risaliva ai tempi delle elementari. Era una poesia di auguri per il compleanno di papà:

Caro papà, oggi è il tuo giorno
Nel tuo cuore fai ritorno
Tu per me sei un campo di grano
Che cresce al sole molto piano
Non mi viene in mente niente,
ma se tu, tu sei presente
il mio cuore fa scintille
e di baci ne avrai mille
Nel mio pensiero ci sei tu
Non andartene mai più

E quella poesia era lì, nel suo diario. Avrebbe dovuto averla nostro padre, ho pensato, non lei. E l'unico motivo, mi sono detta, per cui ce l'aveva lei, è che a lui non era mai importato niente di quella poesia, probabilmente l'aveva dimenticata da qualche parte dopo che Arianna gliel'aveva fatta leggere e invece avrebbe dovuto tenersela stretta, mettersela nel portafoglio e portarla sempre con sé... e dire a tutti che quelle parole gliele aveva scritte la sua bambina, per chiedergli di non stare più lontano da casa per così tanto tempo... che non c'è lavoro, né carriera, né opportunità di successo che possa valere l'amore di un figlio... ma a lui queste cose, evidentemente, non interessavano. E adesso ha anche il coraggio di lamentarsi perché una delle sue figlie non gli parla più... ma quello che mi fa più rabbia, soprattutto per Arianna, è l'idea che si comporti con lei come ha fatto ieri con me, cioè chiedendole per tutto quanto il tempo soltanto di sua sorella... voglio dire, è completamente privo di tatto, di qualunque delicatezza, ed è allucinante quanto lui sia stato e sia sempre un totale menefreghista, anche con l'unica figlia che lo frequenta e che ancora gli vuole bene...

Ecco. Quello che ho capito, quello che voglio davvero fare, adesso, dopo che ieri ho incontrato mio padre e dopo che ho letto quell'intervista dove liquidava la sua vita con noi in due parole (tipo: *ero un pasticcere terribile e un uomo abbastanza frustrato*) è cambiare atteggiamento con mia sorella. Insomma, voglio aiutarla. Perché lei, anche se con me non ha mai avuto problemi ad arrabbiarsi e a litigare, in fondo con gli altri è sempre stata una persona timida, indifesa, incapace di reagire. E allora ho deciso che, visto che ancora per tre giorni sarò nei suoi panni, da stamattina, venerdì 18 ottobre, comincerò a mettere in riga un po' di gente... e chissà che qualcuno non inizi ad avere un po' più di rispetto per lei, a cominciare da nostro padre... che quando ieri mi sono alzata da tavola e l'ho piantato al ristorante, è rimasto lì senza parole...

Bene. Sono quasi le sette e mezza. La prima cosa che farò oggi, tanto per cominciare, sarà dare una lezione a quegli idioti che le ridono dietro tutte le mattine, che poi sono gli amici di Eva Moretti. Ho pensato un po' a come fare (perché di certo non posso mettermi a picchiare la gente in mezzo alla strada) e casualmente è stata proprio mia sorella, senza saperlo, a suggerirmi l'idea giusta ieri sera: mi stava aiutando con il tema di religione, e a un certo punto le ho chiesto dei racconti che ho trovato nel suo diario, e del perché passa tanto del suo tempo a scrivere. Mi ha risposto che, alla fine, la parola è l'arma più potente che abbiamo. E che, come dicevano i latini, le parole dette a voce volano via, mentre gli scritti rimangono... Ed ecco cosa farò: a differenza di Arianna, io li conosco abbastanza bene tutti quegli stronzi che la sfottono. So che scheletri hanno nell'armadio. Mi sono preparata dei bei bigliettini che, senza dire niente, darò a ognuno di loro, con su scritte delle cose personali che sicuramente non ci tengono a far sapere in giro (e che tra l'altro sanno già tutti, tra parentesi). E vediamo un po' cosa succede: ho come la sensazione che la buona e cara Asperger, come la chiamano sempre, stamattina gli spegnerà il sorriso. Ok, è ora di muoversi. Sono uscita di casa un po' prima e ho infilato i bigliettini in tasca, ma ho assolutamente bisogno di mettermi un po' più a mio agio: quindi, cara sorellina, mi dispiace ma questi tuoi jeans da nonna ora li strappo sulle ginocchia, mi metto un po' di mascara sulle ciglia e il tuo golfino grigio da suora lo sbottono fino a metà (con le bocce in vista mi sento un po' più sicura di me stessa). Ecco, sono pronta. Ho tirato fuori i bigliettini dalla tasca, e mi avvio verso il Classico. Nel frattempo mi arriva un messaggio del Professore, che mi avverte che non verrà a scuola, stamattina: ha da fare con le api e gli animali della sua fattoria (e non è un messaggio in codice, ha veramente una casa in campagna con l'orto, gli animali e pure le api che fanno il miele). Gli rispondo che mi dispiacerà non vederlo in classe, e gli chiedo come è andata ieri sera (Arianna non mi ha voluto dire cosa hanno fatto a casa di Traversi, e dopo avermi dettato il tema è andata subito a letto, stringendosi addosso quella camicia bianca che non ho ancora ben capito di chi era). Comunque, come minimo, sarà rimasta tutto il tempo zitta in un angolo, e non gli avrà neppure rivolto la parola, figuriamoci... povero Professore. Mi risponde dopo qualche minuto con un messaggio su WhatsApp: "Ieri sera è andata benissimo con tua sorella. A un certo punto ho anche dovuto fermarla, stava quasi per farmi vedere le tette..."

Ah, però!

Arrivo davanti ai tizi che pascolano fuori dallo Scientifico e dall'Artistico, pronti a prendermi in giro come tutte le mattine. Comincio a dare bigliettini in giro ai vari destinatari, e in pochi minuti ottengo esattamente quello che volevo: uno dopo l'altro, si sono ammutoliti. Beh, sapete com'è... è difficile fare i gradassi quando ti hanno appena ricordato di quella volta che a un campeggio in terza media ti sei letteralmente cagato nelle mutande quando hai visto una biscia... o che fingi di avere i miliardi quando lo sanno tutti che tua madre rifà i letti in un albergo e soprattutto, oltre ai letti, per arrotondare fa anche dell'altro alla clientela maschile... oppure che sei semplicemente una che l'ha data a mezzo mondo, anche al tuo allenatore di pallavolo che è sposato e ha quarant'anni... crudele, dite? Esagerato? Chi se ne importa: il mondo non è gentile con me e mia sorella, e quindi io non lo sono con il mondo. Sono stufa di stare alle regole, tanto nessuno le rispetta. Ecco, sono arrivata davanti al Classico. Alle mie spalle ho lasciato il silenzio, gente che dentro di sé mi avrà urlato contro o bestemmiato, ma di certo nessuno mi ha sfottuto o si è messo a ridere, stamattina. Li ho spenti tutti, in un secondo, il tempo di consegnare a ciascuno un bel bigliettino. E questo è solo l'inizio: è da ieri che devo levarmi un sasso dalla scarpa grosso come una casa, e lo devo fare con quella che ce l'ha messo, quel sasso...

Quindi a noi due, Eva Moretti.

Salgo in classe, alla prima ora c'è religione e consegno il tema a Don Daniele, quello che mi ha dettato mia sorella ieri sera. Alla seconda ora invece c'è ginnastica... solo che, a quanto mi sembra di capire, non andiamo in palestra: infatti la prof ci dice di prendere i nostri borsoni (e io penso: ma quali borsoni?) e di uscire fuori... dove, fatti duecento metri a piedi, arriviamo davanti alla piscina comunale. L'avevo dimenticato, domenica ci sarà la gara di nuoto fra scuole... e mia sorella non mi ha avvisato che oggi si sarebbero allenati durante l'ora di ginnastica. Dico alla professoressa che non sto bene e che comunque ho dimenticato la roba per la piscina a casa, e che a essere sincera preferirei non entrare, perché le piscine mi rendono un po' nervosa, per cui se non è un problema me ne tornerei a scuola e li aspetterei lì finché non ritornano... ma la prof (una quarantenne con la voce da foca e i capelli più unti che abbia mai visto) mi risponde che non esiste proprio che me ne torni indietro, e che comunque anche se non ho la sacca del nuoto devo assistere alla lezione, anche perché questa storia del nervosismo le sembra abbastanza una scusa, che da un'alunna seria come me non se l'aspettava proprio, fra l'altro... perciò mi obbliga a entrare. C'è un caldo incredibile dentro la piscina (o forse sto sudando a prescindere, non lo so) e mi siedo sulle gradinate mentre aspetto che i miei compagni escano dagli spogliatoi e vengano a bordo vasca. È tutto strano, la piscina sembra diversa da come era quando venivo qui da bambina, ma avevo sentito dire al bar dello zio Beppe che di recente l'hanno ristrutturata, e che la gara fra scuole sarà una specie di inaugurazione, perché il comune ha speso un sacco di soldi per metterla a posto.... a ogni modo sto faticando molto a stare qui dentro. L'odore del cloro mi ha invaso appena sono entrata, e mi sta facendo venire in mente molti flash di quando nuotavo qui da piccola, tutti insieme, tutti inaspettati: quella volta che, durante una gara, mi sono tuffata in acqua dimenticandomi di togliere le ciabatte, quella volta che mi si è rotta una bretella del costume, quella volta che mi hanno cronometrato nei cinquanta delfino e Sandra, la mia allenatrice, ha detto che ero eccezionale, che sarei andata alle olimpiadi, quella volta che ho vinto una gara con la febbre a trentotto, che lo sapeva solo papà e mi ci aveva portato lo stesso, perché lo avevo supplicato di farlo e di non dire niente alla mamma... e quando lui e Arianna mi chiamavano Jack Sparrow e tifavano per me dagli spalti, che si sentiva solo la voce rauca di mio padre e tutti gli altri genitori lo guardavano male, quel pazzo di un romano che urlava come un ossesso... e chissà perché adesso sto piangendo, anche se è l'ultima cosa che voglio. Soprattutto perché quella simpaticona della Moretti, finita l'ora, mentre esco da uno dei bagni della piscina e lei si sta asciugando i capelli, mi dice che lo ha notato che stavo frignando sulle gradinate, e che non è il caso di rosicare perché sono la sua riserva, mentre sarà lei a gareggiare nella mista-mista, domenica... e lì, è un attimo: torno con la mente indietro, a circa sette anni fa.

È una domenica pomeriggio, sto andando a una gara e

spero proprio che papà verrà a vedermi, così al ritorno potrà riaccompagnarmi lui a casa... perché la mamma non poteva portarmi, infatti adesso sono in macchina con una mia compagna di squadra e con sua madre, che oltre a me sta accompagnando anche un'altra bambina che fa nuoto con noi, assieme a sua madre... e la bambina si chiama Eva Moretti. Siamo sedute tutte e tre nei sedili dietro, davanti ci sono le due madri che chiacchierano, e parlano della gara, e poi accennano a me... che sono così brava... e che peccato che (abbassano la voce ma le sento ugualmente, mentre fingo di ascoltare Eva e l'altra bambina che parlano) i miei genitori si stiano separando... mi sembra di sentirle come se fossero qui adesso... e la madre della Moretti che nomina mia madre, e dice che l'ultima volta che c'è stata una gara non è riuscita a portarmi in tempo perché ha avuto un piccolo incidente in auto... lo sa perché erano passati di lì con il marito e le avevano chiesto se aveva bisogno di qualcosa, ma lei aveva farfugliato che andava tutto bene e che non aveva bisogno di niente, ma era in uno stato... per lo spavento dell'incidente, si capisce... ma lei sospetta che quel giorno... e poi la madre della Moretti sta zitta, si accorge che la sto ascoltando. Fa finta di niente, guarda la sua amica che sta guidando e quando questa si gira un attimo verso di lei le fa un gesto... un gesto con la mano... mio Dio, mi sta scoppiando la testa. Barcollo. La Moretti mi urla improvvisamente di stare attenta, che le sto andando addosso e fra un po' la faccio cadere mentre si sta asciugando i capelli con il fon. Le chiedo scusa, sono stordita da quell'immagine che ho appena rivisto nella mia mente, da quel gesto... con la mano... che apre mille altri ricordi... la mamma che dopo una telefonata con papà che l'ha chiamata da Roma prende il suo vestito da sposa, comprato l'anno prima e mai indossato, e lo strappa... lo strappa fra gli urli, e le lacrime, davanti a me e ad Arianna... e anch'io adesso sto piangendo, e singhiozzando... e quella stronza della Moretti che, vedendomi piangere, non trova niente di meglio che bisbigliare a una nostra compagna che oggi ho proprio deciso di romperle le scatole, solo perché sono invidiosa e non voglio fare la sua riserva... e io che, a questo punto, non trovo che una cosa, una sola ed unica cosa da dirle: "No, Eva. Oggi non ho deciso di romperti le scatole. Ho proprio deciso di romperti il culo".

E, con tutta la forza che ho, la scaravento contro una parete. Lei sbatte contro le piastrelle dello spogliatoio, è scioccata ma reagisce, dandomi uno schiaffo. Iniziamo ad azzuffarci come due cagne, cadiamo per terra, fra gli urli della prof che cerca di separarci e i compagni che iniziano a incitare "A-rian-na! A-rian-na!" come se fossimo allo stadio... e io che non ci vedo più dalla rabbia, la blocco a terra, le metto le mani al collo e le urlo di non scrivere mai più sulla chat della classe quelle cose sulla mia famiglia... che sono tutte bugie, e poi mi torna in mente quel gesto di sua madre fatto in macchina il giorno di quella gara di sette anni fa, e io che una volta scesa dall'auto e arrivata negli spogliatoi mi paralizzo, dico che non riesco a nuotare... perché mio padre, mio padre, lui, semplicemente, non c'è... non verrà... né a vedermi, né a prendermi. Non sa, non si rende conto, forse non ha capito quello che gli ho scritto sul mio biglietto di auguri per il suo compleanno... ma era una cosa importante, veramente importante... Dio, che mal di testa... ora Eva Moretti riesce a togliermi le mani dalla presa che avevo sul suo collo... è cianotica, ma si alza. Mi guarda: sono appoggiata alla porta di un bagno e lei non aspetta altro, mi carica come un toro infuriato... nello stesso momento in cui io mi scanso e lei scivola sul pavimento bagnato dello spogliatoio, proprio mentre apro la porta del gabinetto... ed Eva Moretti sbatte la faccia sulla tazza del water, grida e cade per terra... e quando si volta è una maschera di sangue perché le si è staccato un bel pezzo di pelle dal naso, e ora se lo sta coprendo con una mano mentre continua a urlare, ma ha fatto tutto da sola... io mi sono solo spostata... la professoressa ci ordina di smetterla, che ci sospenderà... io sono intontita, non riesco a parlare. Un'inserviente della piscina va a prendere un kit per il pronto soccorso e medicano Eva, mentre la prof sbraita che ne parlerà con il preside di quello che è successo... e dopo un po', mentre la Moretti ha due tamponi nelle narici e una fasciatura mezza posticcia sul naso, chiede chi è la sua riserva per domenica, che lei di certo dopodomani non potrà nuotare con quel naso... e a quel punto qualcuno pronuncia il mio cognome, e mi indica. Vado nel panico. Urlo che non nuoterò, che non nuoterò mai, che non esiste... che mio padre non verrà a vedermi, e che io non nuoterò, che sono troppo agitata, ho paura, paura di non farcela... le stesse cose che, ora lo so, ho gridato sette anni fa negli spogliatoi prima di quella gara, l'unica gara che non ho vinto, l'unica a cui non ho partecipato... ed è stata quella l'ultima volta. L'ultima volta che sono entrata in una piscina, prima di oggi.

Guardo la professoressa, che mi sta rimproverando per la mia totale mancanza di autocontrollo e di senso di responsabilità, che mi invita alla calma e a chiedere scusa a Eva, che si è fatta molto male... le rispondo che quella troia è scivolata da sola mentre mi stava puntando come un bufalo impazzito e che, se non mi fossi scansata, adesso sarei io quella con il naso rotto, ma in questa classe di merda nessuno dà mai ragione a me, ma tutti a quell'odiosa puttana... e anche lei prof, anche lei è solamente un'imbecille... esco correndo dagli spogliatoi, e me ne vado. Corro, corro più che posso. Lontano da quei compagni, dai loro sguardi sconvolti, dai miei ricordi che mi fanno troppo male... corro e salgo a casa.

La mamma potrebbe rientrare dal negozio in qualunque momento e non voglio vederla, perciò vado al piano di sopra nella mansarda vuota, quella accanto a casa della nonna dove Arianna ogni tanto va a studiare... non ci sono mobili, è un appartamento sfitto, ma c'è silenzio, e calma, e ho bisogno di pace, di pace... mi rannicchio per terra, soffoco un urlo, sono sopraffatta da tutto quello che è appena successo: volevo migliorare la vita a mia sorella, e invece come minimo la farò sospendere da scuola... sono solo una stupida... mi sdraio sul pavimento e resto lì per un'ora, forse due, forse tre. Non lo so, probabilmente nel frattempo mi addormento. Mi sveglio con l'avviso di una notifica sul cellulare. È un sms e il mittente è uno dei pochi contatti di mia sorella, la professoressa Antuori. Apro il messaggio: "So cos'è successo in piscina. Per favore, vediamoci oggi pomeriggio alle tre al bar dietro la stazione. Voglio parlarti in maniera informale, solo noi due. Ti chiedo di venire e di non farne parola con nessuno, neppure con tua madre o con tua sorella. Ho chiesto alla collega di ginnastica di non dire niente al preside e di tenere la cosa riservata almeno fino a domani, e l'ho convinta con molta fatica. Voglio aiutarti a evitare la sospensione ma anch'io sto correndo un rischio, non dovrei farlo perché è coinvolta un'altra allieva oltre te, e dovrei essere imparziale. Ma lo faccio perché penso che in questo momento tu abbia delle attenuanti molto serie. Ti prego, vieni. A più tardi".

La professoressa Antuori. Non so cosa pensare. Di tutti gli insegnanti di Arianna è quella che odio di più, è una specie di zombie con dentro un dobermann, ma in questo momento è la mia unica speranza se voglio evitare che sospendano mia sorella. Poso il telefono e mi sdraio nuovamente per terra, ho una tempia che mi esplode. Se quello che è successo poche ore fa è l'effetto che mi ha fatto rientrare in una piscina, una cosa è certa: è l'ultimo posto in cui tornerò mai nella mia vita. Prendo il cellulare e scrivo: "Va bene, ci vediamo alle tre".

Poi spengo il telefono.

E scoppio a piangere.

Qualche ora più tardi, sono al bar dietro la stazione dove mi voleva vedere la Antuori. Ho finto un mal di pancia improvviso con la mamma e sono stata fino alle due e mezza in camera, per non vederla e soprattutto non farmi vedere così sconvolta. La professoressa arriva puntuale alle tre, mi chiede se possiamo sederci a un tavolino interno, ordiniamo un tè freddo e una Coca-Cola, poi mi chiede come sto. Non le rispondo niente.

Mi fissa in silenzio per un tempo infinito, dopodiché mi chiede una cosa che non c'entra nulla con quello che è successo stamattina con la Moretti, ovvero: "E come l'ha presa la storia del tema, tua madre? Gliene ho parlato, quando è venuta al colloquio lunedì mattina..." La guardo. Non so assolutamente cosa risponderle, perché solo Arianna può sapere cosa c'era in quel tema, e mi prende il panico. Tira fuori dalla borsa un foglio a protocollo, mi chiede se riconosco la calligrafia di chi ci ha scritto sopra. Rispondo di sì, che è la mia. È il tema di religione che ho fatto a casa ieri sera e che stamattina alla prima ora ho dato a Don Daniele, dimenticando di batterlo al computer come mi aveva chiesto mia sorella... poi tira fuori un altro protocollo, la calligrafia è completamente diversa, ed è il tema di Arianna, molto probabilmente quello che la Antuori ha fatto leggere a nostra madre quando l'ha convocata lunedì. Mi chiede se riconosco la calligrafia e le rispondo di sì, ma...

"Ma ovviamente..." mi dice guardandomi negli occhi, "questa non è la tua calligrafia... non è vero, Adele?"

La fisso, impietrita. Mi dice che non ha idea del perché in questi ultimi giorni Arianna abbia mandato a scuola la sua gemella, ma è molto preoccupata che nostra madre possa essersi arrabbiata con lei per via di quel tema che le aveva fatto leggere lunedì mattina, durante il loro colloquio... la guardo confusa, non capisco. Apre il protocollo e mi indica la seconda facciata, spiegandomi che si trattava di un tema personale: il titolo riguardava l'impotenza o l'incapacità di fronte a situazioni della nostra vita che ci sembra di non saper affrontare, o anche solo capire. Nella pagina che mi mostra c'è scritto: *Io non so se mia sorella si sta rendendo conto di avere un problema, ma so che quello in cui sta precipitando è un baratro senza fondo. Lo so perché ho letto molto sull'argomento, mi sono informata, e non riesco a non pensare che si stia distruggendo con le sue mani, in più senza quasi accorgersene. I segnali sono chiari: carenza di memoria, confusione, irritabilità frequente, a volte anche aggressività... e non so come fare per aiutarla. La sua dipendenza la sta distruggendo, aspetta la domenica pomeriggio o i periodi di vacanza per bere per ore intere senza fermarsi, e poi quando torna sobria è quella di sempre: amabile, forte, controllata, capace in tutto quello che fa. Ma ormai gli intervalli in cui non beve sono sempre più brevi fra una ricaduta e l'altra, e lei non ammette di aver bisogno di aiuto, non so se lo ammetterà mai... ho provato a parlarle ma evita il discorso, fa battute, sdrammatizza. Mi dice di non preoccuparmi per lei, che non le succederà niente di male. Ma io non vivo più, non dormo più se capita che di notte la senta vomitare... e la mattina dopo magari fa finta di niente. Dice che non è stata bene, perché aveva il ciclo…*

Arrivo a leggere fino in fondo alla pagina, poi smetto perché ho la vista offuscata. La Antuori mi dice che secondo lei Arianna sta soffrendo molto, e mi chiede cosa ne penso io, di questo tema. Non so cosa risponderle. Ho un vuoto in testa che non so spiegare, la gola secca, le mani sudate. E ora la Antuori mi parla, Dio solo sa perché, di quella cosa che stavo studiando stamattina con mia sorella, la sospensione dell'incredulità: quella specie di patto fra il lettore e il narratore, in cui bisogna credere a qualcosa che ci viene raccontato senza preoccuparsi che sia per forza tutto vero… come nel caso di questo tema, ad esempio: in cui bisogna credere, per apprezzarne appieno il contenuto, alla menzogna di base che contiene.

"Tu hai idea, Adele…" mi chiede, "di quale sia questa menzogna? Perché io ce l'ho, un'idea".

La guardo: mi stanno tremando le mani, ho freddo, mal di testa, gli occhi che bruciano. Fisso la Antuori supplicandola con lo sguardo, di non dirlo, quello che sta pensando. Di non dirlo, di non dirlo, di non dirlo…

Di non dirlo a nessuno.

"La prego…" balbetto fra le lacrime, "non lo faccia…"

Ma la Antuori lo fa. Me lo dice, quello che ha pensato. E mi dice anche che suo padre era un alcolista, e che sa quello che stiamo passando… ma che bisogna avere il coraggio di ammettere i propri problemi, e di chiedere aiuto, se si vuole voltare pagina… voltare pagina…

Mi alzo dal tavolino. Esco dal bar, e corro verso il lungomare dietro la stazione, la spiaggia, il bagnasciuga… corro, scappo dalla Antuori, dalle sue parole troppo sincere, dal suo sguardo troppo diretto...e quando mi trovo davanti al mare la sospensione dell'incredulità è finita, il libro è chiuso ed è ora di tornare alla realtà: a quello stupido gesto con la mano fatto dalla madre della Moretti in macchina, quel giorno di sette anni fa, con il pugno chiuso e il pollice puntato verso la bocca...

Corro a casa. Mi chiudo in camera di mia sorella, metto le cuffie e faccio partire la musica a stecca dal telefono. Urlo che non sto bene, che ho il ciclo e che nessuno venga a rompermi i coglioni... ma tanto in casa non c'è nessuno: Arianna è uscita e la mamma è in negozio... sono sola... con la mia musica, una bottiglia di vino che ho trovato in frigo e la mia voglia di spaccarmi, e non ho bisogno di altro. Fra poco mi addormenterò, o sverrò, e la sospensione dell'incredulità sarà tornata, come sempre. Potrò credere a quella favola che la mia memoria di merda e i miei fantastici meccanismi di rimozione mi hanno raccontato per anni, e sarà tutto come al solito: normale, tranquillo. E incredibilmente falso.

Proprio così: perché a volte non solo non sai o non ti ricordi, ma piuttosto non vuoi ammettere. E non vuoi talmente tanto ammettere che finisci per non ricordare, e quindi per non sapere. Ma a un certo punto il racconto finisce e devi aprire gli occhi, tornare alla realtà: devi sospendere la sospensione, per così dire, e a volte non c'è che un solo modo per farlo, lo stesso che mi ha detto la Antuori poco fa: voltare pagina. Nel vero senso della parola.

Vado alla scrivania e apro il diario di Arianna, pieno zeppo dei suoi racconti, di fogli scarabocchiati e di articoli di giornale. Sfoglio in fretta le pagine e arrivo alla sua poesia per il compleanno di nostro padre, la rileggo e mi copro il viso con le mani, singhiozzando... perché soltanto adesso ricordo… soltanto adesso ricordo cosa c'è scritto sull'altro lato di quel foglio. Inspiro profondamente, e alla fine lo faccio. Faccio quello che mi ha detto la Antuori: tremando, piangendo, e in un attimo.

Volto pagina.

10

Niente è come te

Arianna, 18 ottobre 2019
E fu sera e fu mattina,
quinto giorno

Sorprendente, come in neanche un giorno si possa perdere la lucidità. Sono le tre e mezza del pomeriggio di venerdì e sono passate meno di ventiquattro ore dalla serata con gli amici di Adele, ma ammetto di essere ancora un po' scombussolata per quanto è successo ieri a casa di Traversi: insomma, stamattina a scuola la professoressa di inglese di mia sorella mi ha chiesto se per caso avevo studiato i paradigmi dei verbi irregolari e sono riuscita a dirgliene solo quarantacinque, oltretutto senza traduzione… cioè, non mi era mai capitato… sono arrivata fino a *meet* e poi il vuoto… davvero una défaillance inspiegabile (anche se la professoressa, non so perché, dopo che le ho detto i primi dieci si è messa ad applaudire, e dopo i primi venti mi ha abbracciato piangendo). Tra l'altro questa mia – si spera momentanea – carenza di concentrazione, mi ha fatto dimenticare, oltre ai paradigmi dei verbi irregolari, anche di parlare a mia sorella dell'anonimo cardiopatico. Stasera devo assolutamente ricordarmene, e dirle che l'aveva cercata in questi giorni mentre era ricoverato in ospedale, dove peraltro gli hanno rubato il telefono. Sarei tentata di mandarle un messaggio adesso, ma la mamma ogni tanto ci requisisce i cellulari e li controlla, perciò sarà meglio parlargliene a voce. Inoltre sono sempre cose delicate, quelle che riguardano la salute. Credo sia più opportuno affrontare l'argomento di persona.

Mia sorella dev'essere molto legata a questo fidanzato cardiopatico. L'ho capito perché oggi, finite le lezioni, ho dovuto fermarmi ancora due ore a scuola per la quarta lezione di Primo soccorso, che non è nelle materie d'insegnamento ma è un corso in più, facoltativo, messo a disposizione dall'istituto e a cui Adele ha aderito insieme a pochi altri. E siccome, a quanto ho intuito durante la lezione, lei si è dimostrata particolarmente brava, fino a ora, nelle manovre salvavita tipo il massaggio cardiaco, ne ho dedotto che tutto il suo impegno sia dovuto all'affetto che prova per questo ragazzo, a cui evidentemente tiene parecchio. E non nego di essermi quasi commossa.

A ogni modo, devo recuperare la mia consueta lucidità. Non posso permettere, ad esempio, che quello che è successo ieri sera a casa di Traversi mi faccia cambiare idea su di lui. Insomma, sarà anche vero che alla fine non mi ha fatto togliere il reggiseno, e che l'odore della sua camicia è particolarmente buono (ed è solo ed esclusivamente per questo motivo che la sto tutt'ora indossando, sia ben chiaro), ma ciò non toglie che lui sia davvero un essere spregevole. E comunque ho deciso che non uscirò assolutamente più con la sua compagnia di degenerati: già dovrò rivederlo lunedì a scuola, e dopo quello che è successo ieri sera sono sufficientemente in imbarazzo (perché è fin troppo chiaro che lui sapeva di avere davanti me e non Adele, mentre giocavamo a Trivial), figuriamoci se ho voglia di incontrarlo prima di lunedì, ci mancherebbe altro... oh, mi sta suonando il cellulare. Accidenti, è lui... il nome che è apparso sullo schermo è "Professore"... Cosa faccio? Mi stanno sudando le mani a morte, non so perché... il cuore mi sta battendo all'impazzata... è per tutta la situazione imbarazzante di ieri sera, è fin troppo ovvio... ma come mi comporto, adesso? Mia sorella gli risponderebbe senza problemi, e magari sta chiamando per parlare con lei... perciò mi schiarisco la voce, e nel modo più naturale possibile dico: "Ciao, Professore".

"Ciao... Tokyo". Ha una voce diversa al telefono, chissà perché. Più calda, non so... ho le mani terribilmente sudate, perciò incastro il telefono fra orecchio e spalla e inizio ad asciugarmele sulle cosce, mentre mi siedo su una panchina alla fermata dell'autobus (ho appena finito la lezione di Primo soccorso, e sto tornando a casa). "Senti..." sussurra, come se non volesse farsi sentire, "ti andrebbe di vederci diciamo fra mezz'ora? Davanti alla tua scuola? È per la camicia... sai, quello smoking che avevo ieri sera sarebbe di mio padre... e anche la camicia... non vorrei che si accorgesse che gliel'ho grattata... non è che potremmo vederci, così me la ridai?"

Alzo gli occhi al cielo. È davvero una scusa patetica, penso, quella della camicia: con tutte quelle che combina solamente a scuola, figuriamoci se suo padre se la prende con lui solo perché per una sera si è messo il suo smoking... (e tra l'altro, se posso fare un inciso, devono avere la stessa identica taglia, perché gli stava veramente a pennello, cioè... gli cadeva davvero perfettamente... ovunque, ecco). La verità è che vuole rivedermi, anche se non capisco proprio per quale ragione... a ogni modo replico che va bene, possiamo incontrarci dove e quando ha detto lui, così gliela restituisco. L'unico problema, osservo, è che l'ho indossata per quasi un giorno intero e la sto tutt'ora indossando, quindi dovrebbe farmi la cortesia di portarmi almeno una sua maglietta perché possa mettermela dopo avergli ridato la camicia, visto che non faccio più in tempo a tornare a casa per cambiarmi. Tra l'altro, se non avesse tutta questa urgenza, gliel'avrei resa fra qualche giorno, dopo averla lavata.... mi risponde che non c'è problema, che ci vediamo fra mezz'ora davanti alla mia scuola (cioè a quella di mia sorella) e riattacca. A questo punto penso che non prenderò il prossimo autobus, quello che stavo aspettando e che sto vedendo arrivare in lontananza... resterò qui alla fermata, che è proprio davanti alla scuola di Adele. Certo che però è incredibile: mi ero appena ripromessa di non rivedere Traversi prima di lunedì, e ho appena accettato di incontrarlo fra mezz'ora... insomma, deve avere un qualche potere occulto di farmi fare quello che vuole lui, è impressionante... inoltre mi pare che, nonostante tutto, voglia continuare a farmi credere di essere totalmente ignaro dello scambio con mia sorella, perché non smette di chiamarmi Tokyo o Adele, come se non sapesse... o forse anche lui è un po' a disagio per quello che è successo ieri sera, e magari preferisce far finta di niente. Beh, meglio così: la cosa non mi pesa, anzi... alla fine rende tutto più semplice. Mi manda un messaggio su WhatsApp dove dice che non vede l'ora di vedermi, e che comunque la sua camicia non me l'avrebbe mai fatta lavare, soprattutto dopo aver saputo che l'ho tenuta addosso tutto il giorno, così può riaverla con sopra il mio odore... e conclude il messaggio con tre puntini di sospensione e un emoji con gli occhiali da sole. Che razza di stupido...

E comunque anch'io devo smetterla di sorridere da sola come un'ebete, adesso.

Certo che mia sorella ha una vita sentimentale piuttosto variegata: c'è questo Rio che ancora non ho capito chi è (fra i suoi contatti nella rubrica del telefono non c'è nessun Rio, probabilmente ha salvato il suo numero sotto un altro nome), poi c'è l'anonimo cardiopatico, un tizio che si chiama Giorgio, un certo Davide e un tal Samuele che, a quanto ho capito, stanno tutti insieme a lei in contemporanea. Voglio dire, in questi ultimi giorni non ho fatto altro che rispondere a dichiarazioni d'amore strampalate e a supplicanti richieste di appuntamenti (dicendo che per tutta la settimana sarò molto impegnata con la scuola e che sarà meglio sentirci lunedì – ovvero quando io e Adele riprenderemo il possesso delle reciproche vite). Infatti sono molto contenta, adesso, di veder arrivare in moto il suo migliore amico, il nipote del signor Giovanni, il vetraio: mi aveva scritto in mattinata dicendo che forse sarebbe passato a prendermi dopo la scuola, ma a dire la verità avevo dimenticato di rispondergli (l'ho detto, non sono molto lucida, oggi...). Beh, almeno con lui non rischierò situazioni ambigue, visto che sono solo amici (e magari potrei chiedergli di darmi uno strappo a casa, per cambiarmi e tornare qui in tempo per il mio appuntamento con il Professore). Lo guardo scendere dalla moto e venire verso di me, gli sorrido e mi preparo a un'amichevole pacca sulla spalla, o a un fraterno abbraccio (e comunque sono molto contenta di vederlo, è un bravissimo ragazzo e lo conosco fin da quando eravamo piccoli, anche se il nostro incolmabile gap culturale ci ha sempre impedito, com'era ovvio, di diventare amici per la pelle come gli è successo con Adele). Arriva quasi di corsa e mi cinge la vita, poi mi abbraccia strettissimo e infine...

Oh mio Dio.

Mia sorella non mi aveva avvisato che si salutano in questo modo.

Sbarro gli occhi, mi sento soffocare, ma è stato tutto troppo rapido: mi ha baciato. Sulle labbra e con la... oh, che schifo... ma santo cielo, ma possibile che mia sorella riesca a scambiarsi effusioni a destra e a sinistra con chiunque? Anche con il suo migliore amico? Ed è incredibile, saranno almeno quindici secondi che mi ha messo quella specie di serpente impazzito in bocca, e non smette di perlustrarmi le otturazioni... lo scosto, riprendo fiato: mi sta guardando come guarderebbe qualcuno che ha appena rivisto dopo un milione di anni, e mi chiedo se per caso non abbia capito che non sono mia sorella... a ogni modo, rimane per qualche secondo in silenzio. Poi mi dà un casco e mi dice di salire in moto, che deve portarmi da Iron Man... Iron Man... dove ho già sentito questo nomignolo? Beh, non importa: vorrei dirgli che devo restare qui davanti a scuola perché ho un appuntamento, ma sono ancora un po' scossa per quello che è appena successo nel mio cavo orale, che in sintesi si potrebbe definire come il mio primo bacio (perché escluderei che conti come primo bacio quella penitenza fatta al gioco della bottiglia in quinta elementare, con Mattia lo Scoreggione di Quarta B). Facciamo un paio di chilometri in moto, poi mi fa scendere davanti al negozio del vetraio. Giriamo sul retro dell'edificio, arriviamo davanti a un portone, prende un mazzo di chiavi e apre. Facciamo due rampe di scale e mi fa entrare in un ingresso con mobili vecchi e scuri, che odora di pulito. Ci sediamo in cucina e mette su la moka, mentre fingo un desiderio improvviso di asciugare le stoviglie capovolte sul lavello, giusto per avere qualcosa da fare e non doverlo guardare mentre continua a osservarmi. Poi mi prende per mano e mi porta verso un piccolo soggiorno, dove seduto su una vecchia poltrona in pelle c'è suo nonno, il vetraio. È molto tempo che non lo vedo, e mi sembra piuttosto pallido. Inoltre, è decisamente dimagrito.

"Guarda un po' chi ti ho portato, Giovanni..." gli dice suo nipote mettendomi una mano sulla spalla. Lui fa per alzarsi dalla poltrona, ha un sondino nel naso collegato a una bombola dell'ossigeno, e gli dico di non farlo, di non affaticarsi. Dopodiché mi avvicino e mi afferra la mano destra, tenendola fra le sue qualche secondo, senza parlare. Ha gli occhi lucidi, mentre mi dice che l'ha scampata bella, ma che secondo lui è arrivato alla fine... mi si stringe il cuore a vederlo così, lo ricordavo un uomo robusto e forte. Mi chiede di prendermi cura del suo ragazzo quando non lui ci sarà più, perché... manca poco, ormai... suo nipote intanto è andato in cucina a spegnere il fuoco sotto la moka, poi mi fa segno di andare verso la camera in fondo al corridoio, così potremo parlare con calma, e una volta entrati chiude a chiave. Ha l'aria stanca.

"Hai visto, Tokyo..." mi dice, "Iron Man ce l'ha fatta anche stavolta..." ha gli occhi lucidi e se li asciuga con un gesto rapido della mano, poi si mette a fissare una delle due foto che ha sul comodino: ci sono un uomo e una donna abbracciati davanti a un lago alpino. L'uomo porta un bambino di circa un anno dentro uno zaino da montagna, e il bambino è biondo e sorridente. Nella foto accanto, invece, c'è mia sorella con un basco nero in testa, che fa l'occhiolino arricciando le labbra. Lo guardo addolorata, mentre mi racconta dell'ultimo ricovero di suo nonno; e solo quando mi dice quanto ha sentito la mia mancanza, e quanto ha bestemmiato dietro a quello stronzo che gli ha fregato il telefono in ospedale, che finalmente collego tutto: non esiste nessun fidanzato cardiopatico. Quello che aveva scritto qualche giorno fa a mia sorella era semplicemente lui, il nipote del vetraio. E il cardiopatico era suo nonno... mi sento una completa imbecille. Mi chiede perché, quando mi ha scritto martedì dal telefono di Giovanni, ho finto di non riconoscerlo e gli ho detto che probabilmente aveva sbagliato numero. Se n'è accorto soltanto oggi, dopo aver comprato un nuovo telefono e recuperato un po' di contatti, che il numero a cui aveva scritto dal cellulare del nonno era proprio il mio, ma io gli avevo risposto come se non lo conoscessi, o non sapessi neanche di che cosa stava parlando, quando era evidente che mi stava raccontando di Iron Man... già, vorrei rispondergli, sarebbe stato evidente per mia sorella, hai ragione... ma non per me... lui intanto non smette di fissarmi, adesso in un modo davvero strano; e mi dice che, personalmente, si sentirebbe pronto a dare una svolta al nostro rapporto, a livello di intimità. "Insomma..." mi dice avvicinandosi e togliendosi la maglietta, "noi due siamo Tokyo e Rio... no?"

Rio. Allora è lui Rio. Sì, avrei dovuto immaginarlo dal caloroso saluto che mi ha riservato alla fermata dell'autobus... mia sorella sta insieme al suo migliore amico, adesso. E, da come parlava sempre di questo misterioso Rio, nei giorni scorsi, direi che la cosa è piuttosto seria, almeno da parte sua. Tuttavia, non posso proprio fingere di essere lei, almeno in questo momento: il suo amico Rio mi si è appena avvinghiato addosso, e non mi pare abbia più molta voglia di fare conversazione, a giudicare dalle parti del corpo che mi sta palpando... lo spingo via e gli dico di calmarsi, che devo parlargli. Mi guarda scuro in volto e mi dice che parliamo dopo, perché adesso ha solo voglia di scopare... perché io sono Tokyo, lui è Rio e ora ha il mitra un po' carico, a dire la verità (e non vi è dubbio che, nel contesto attuale, stia usando il termine "mitra" in funzione puramente metaforica).

Ribatto che deve assolutamente fermarsi, che devo spiegargli una cosa, ma mi spinge sul letto, mentre mi tappa la bocca con una mano. Lo guardo incredula, e impaurita, quando improvvisamente si ferma. Mi leva la mano dalla bocca, va verso la porta della camera e la apre, dopodiché dà un pugno sul muro che fa tremare tutta la stanza. Poi si volta e mi chiede scusa: si è comportato come un vero stronzo, soltanto per spaventarmi e farmi crollare... quindi mi chiama Arianna, e mi dice che ha passato una settimana d'inferno, con suo nonno all'ospedale: "E quando prima ti ho baciato alla fermata dell'autobus, e ho capito che non eri Adele..." continua, "mi è venuto in mente quel tipo butterato a cui tu e tua sorella avevate fatto il gioco dello specchio, più o meno due anni fa..."

Già, me n'ero quasi dimenticata. Due anni fa Adele mi aveva supplicato di sostituirla per incontrare e scaricare un tizio con conclamati problemi di acne, che non voleva assolutamente più rivedere per quanto l'aveva trattata male... mi aveva dato perfino cinquanta euro per farlo (e alla mia domanda su cosa avrei dovuto riferire al baldo giovane per comunicargli la fine della loro relazione, mi aveva soltanto risposto: sii te stessa, e vedrai che dopo cinque minuti se ne andrà piangendo – ed era stato così, in effetti). "Scusami per come mi sono comportato, Arianna" mi dice Rio, "dì pure a Tokyo che mi hai mollato da parte sua, ma che avrei preferito fosse venuta lei invece di mandare te, visto che fino a ieri ero il suo migliore amico..."

Lo interrompo e gli dico che si sbaglia, che è completamente fuori strada e che non sto fingendo di essere Adele perché lei vuole lasciarlo e mi ha mandato a dirglielo, anzi... che mia sorella è innamorata di lui, forse da sempre... fin da quando eravamo piccole... ma che in questo momento non posso proprio spiegargli cosa sta succedendo, perché ho promesso di non dirlo a nessuno, e insomma... è complicato, ecco. Ma Adele neanche lo sa che sono qui con lui, adesso. E non sa nemmeno che suo nonno è stato male, ma la avviserò appena arrivata a casa, glielo assicuro. Mi guarda come guarderebbe una squilibrata totale, poi annuisce. Gli chiedo se potrebbe darmi un passaggio in moto fino alla fermata del bus dove ci siamo incontrati, ho un appuntamento e sono in ritardo... prende i caschi, saluto suo nonno e scendiamo. Cinque minuti dopo, sono di nuovo alla fermata dell'autobus, sola. Rio mi ha accompagnato, ci siamo abbracciati ed è tornato a casa. Che settimana allucinante...

"Ehi, Tokyo" mi volto, il Professore è appena arrivato alle mie spalle ed è su uno scooter. Mi sorride, mostrandomi un sacchetto di carta con il logo di una boutique che c'è in centro. "Qui c'è una cosetta da metterti al posto della camicia... se vuoi possiamo andare in un bar, vai in bagno e ti cambi... oppure, se ti va, potremmo andare a fare un giro, prima. Vorrei portarti in un posto, se non hai da fare..."

Lo guardo. Beh, penso fra me e me, nelle ultime diciassette ore sono rimasta in mutande e reggiseno in pubblico giocando a Trivial, dopodiché sono rientrata a casa vestita soltanto con una camicia da uomo e infine, mezz'ora fa, ho limonato involontariamente con il fidanzato di mia sorella, che venti minuti dopo ha finto di volermi violentare. Non credo possa succedermi ancora qualcos'altro, a livello di cose strane. Forse posso prendermi il rischio di andare a fare un giro con lui, dopotutto. Gli chiedo se quello scooter può portare un passeggero. Mi risponde di no, che è solo un cinquantino, e intanto mi passa un casco con la sua solita faccia da Traversi, dicendosi disposto a pagare per intero la multa, se dovessero fermarci i vigili. Metto il casco e salgo sullo scooter, attaccandomi al sedile. Si volta e mi consiglia caldamente di cingergli la vita, e di stringermi a lui più che posso: non soltanto perché, in questo modo, potrò sentire la sua possente schiena contro il mio seno (ma questo individuo ha veramente una fissazione, comunque... non credo riesca a fare una conversazione normale senza dire le parole "seno" "bocce" o "tette" ogni due secondi); ma anche, e soprattutto, per non cadere in caso di una partenza troppo briosa, o di qualche dosso lungo la strada. Lo mando a quel paese, ovviamente.

"Come vuoi tu, Guidi... cioè, volevo dire...Tokyo..." risponde. Poi parte sgommando, e d'istinto mi aggrappo a lui per non perdere l'equilibrio. Naturalmente lo ha fatto apposta a partire in questo modo sconsiderato, penso mentre gli cingo la vita, e sento il vento che mi accarezza la faccia. Beh, credo che tutto sommato sarà molto più sicuro stringermi a lui, durante il viaggio...

Insomma, va come un pazzo.

Facciamo circa tre o quattro chilometri verso una frazione dell'entroterra, lungo una strada che, più saliamo in collina, più si fa sterrata. Scendiamo davanti a un casolare circondato da un grande orto, con due stalle sul retro e un pollaio, da dove esce un uomo sui sessant'anni in salopette di jeans e berretto consunto, che saluta il Professore con un'espressione colorita, chiedendogli dove accidenti era finito nelle ultime due ore (a parte che non ha usato la parola accidenti, ma una locuzione gergale tipica delle nostre zone, che non ripeterò perché troppo scurrile).

"Vattene affanculo, Mauro" gli risponde Traversi, "che

se stamattina non chiamavo io il veterinario, Stella doveva ancora partorire, a quest'ora..." Li sento discutere qualche minuto, mentre giro intorno al casolare: in una delle stalle ci sono tre cavalli con un puledrino, mentre nell'altra vedo otto capre di diverse dimensioni. L'orto è curatissimo, delimitato in vari punti da muretti a secco. Ci sono rastrelli, zappe e tosaerba un po' ovunque, e una cesta in vimini colma di uova su un vecchio tavolino in ferro battuto, proprio accanto al pollaio. Il Professore entra ed esce dal casolare un paio di volte, e la seconda volta ha un biberon in mano; sembra sia un habitué di questa specie di fattoria... anzi, da come si muove indaffarato e indisturbato, sembra che ne sia addirittura il proprietario. Gli chiedo se questo posto è suo.

"Si e no" mi risponde, prendendo in braccio un cucciolo di capra che ha fatto capolino dalla stalla "diciamo che tecnicamente appartiene alla mia famiglia, anche se i miei non ci mettono piede da un secolo e hanno dato tutto in gestione a Mauro, a cui nel tempo libero dò una mano... avremmo dovuto venirci a vivere con i miei genitori, una decina di anni fa... o trasformarlo in un agriturismo... ma poi non se ne è fatto più niente, e adesso ci abita Mauro..." Lo guardo, mentre accarezza il capretto che ha in braccio con un'espressione molto dolce, quasi infantile... e al tempo stesso paterna, mentre prende il biberon che ha in mano e lo dà da bere al capretto... sono mio malgrado rapita, devo confessarlo... e devo essere sotto l'influenza di qualche pianta oppiacea presente nell'orto, perché all'improvviso la mia mente è colpita da un'immagine di me e Traversi, insieme: io sono sdraiata in un letto matrimoniale con una camicia da notte bianca, ho l'aria lievemente spossata e gli sorrido... lui ha un neonato in braccio, e lo sta guardando con la stessa identica espressione con cui l'ho visto guardare il cucciolo di capra, poi mi sorride a sua volta... sono ancora totalmente assorta in quell'immagine, quando Traversi mi chiede se voglio provare ad allattarlo. Gli chiedo se è pazzo, non darei mai il mio seno a un ovino. Sgrana gli occhi.

"Senti, d'accordo che sono fissato con le tette, ma intendevo *allattarlo* come sto facendo io... con il biberon..."

Avvampo, sentendomi una completa demente. Come ho fatto a non capire subito cosa intendeva? Probabilmente ero troppo presa da quella specie di film mentale che mi ha deconcentrato mentre lo guardavo dare il biberon al capretto... Dio mio, come mi sento stupida...

"Ma certo, io..." balbetto, "non intendevo... oh che cavolo, tu hai il potere di confondermi, certe volte..."

Mi fissa con un sorrisetto compiaciuto, che fingo di ignorare. Poi dà il cucciolo di capra in braccio a Mauro, va a infilarsi uno strano copricapo con una specie di zanzariera che gli copre il viso e mi fa segno di seguirlo, porgendomi un copricapo identico al suo e invitandomi a metterlo: deve farmi conoscere *le ragazze*. Cinque minuti dopo siamo davanti a un'arnia, con in testa dei cappelli da apicultore che ci fanno sembrare vagamente due astronauti. Traversi apre il coperchio più esterno dell'arnia, e mi illustra tutte le sue varie parti: il tetto, il coprifavo, il melario... e intanto tira fuori quelli che chiama i telaini, ovvero dei piccoli telai rettangolari ricoperti di api, ma mi rassicura: le api non sono insetti carnivori, e non sono pericolose. Mi spiega come costruiscono le cellette, la fase della sciamatura e tutto il ciclo della loro vita, dalla deposizione delle larve fino alla morte. E mentre penso che, in generale, non me ne importa assolutamente nulla della vita delle api, al tempo stesso non posso non accorgermi di quanto sia affascinante ascoltarlo parlare con tanta passione di qualcosa che gli interessa veramente (e che non sia l'anatomia del corpo femminile, per una volta). A scuola sembra sempre così svogliato… glielo faccio notare, che dovrebbe impegnarsi nello studio allo stesso modo in cui si appassiona ai suoi animali: sarebbe bravissimo, invece di rischiare la bocciatura ogni anno… mi risponde che è proprio perché ama gli animali e il posto in cui siamo, che fa di tutto per essere bocciato: "Sai com'è… quando tuo padre è un principe del foro, tua madre un cardiochirurgo e tuo fratello maggiore un laureato alla Bocconi, devi per forza fare il Classico… non ci puoi andare all'agrario… non lo puoi dire a quelli della tua famiglia che non te ne frega un cazzo di laurearti, devi soddisfare le aspettative dei tuoi genitori, che questo posto lo considerano solo il tuo stupido giocattolo e hanno appena deciso di metterlo in vendita, senza neanche consultarti… ma almeno puoi farli pentire di averti spedito a una scuola che non hai neanche scelto, magari facendoti bocciare… o lasciando gli studi, come ho deciso di fare io quest'anno…"

Lo fisso. Non gli ho mai visto uno sguardo così serio. Restiamo in silenzio per un po', poi ripone i telaini e chiude l'arnia. Ci sediamo su un muretto in pietra, mentre prosegue a parlarmi delle api, e di come siano a rischio estinzione per via dei pesticidi e dell'inquinamento. "C'è una frase che hanno attribuito a Einstein…" mi dice, "…forse non è vero che l'ha detta lui, ma pare che, se le api si estinguessero, non rimarrebbero che quattro anni di vita all'umanità, perché è da loro che dipende l'impollinazione della maggior parte degli alberi e delle piante… e sarebbe la fine del genere umano. La fine della vita sulla Terra. E quando ho provato a dire ai miei genitori che non volevo più studiare per dedicarmi a questa emergenza, mi hanno riso in faccia…"

"E hanno fatto bene" lo interrompo. Si volta e mi guarda,

spiazzato dal mio tono di voce deciso "perché, se davvero volessi dedicarti, come tu dici, a questa emergenza, ti spaccheresti in due per risolverla. Studieresti, ti diplomeresti e poi ti iscriveresti a Veterinaria, o a Zoologia, o a Scienze naturali… per diventare quello che, magari, un giorno sarà ricordato per aver salvato le api dall'estinzione con una sua scoperta geniale… e non come un fancazzista che giocava a fare il contadino nei ritagli di tempo…"

Mi guarda, senza parlare. "Ti vedo, a scuola" continuo, "fai finta di non capire niente, non studi fino a maggio e poi, in un mese, recuperi tutte le materie, o quasi. Sei molto più che intelligente, sei incredibilmente dotato. Potresti essere il più bravo della classe, ma non vuoi. Preferisci fare il ragazzino ribelle…"

Continua a fissarmi, mentre gli parlo animatamente. Poi incrocia le mani dietro la testa, chiude gli occhi e sorride. Dopodiché mi chiede come faccio a vederlo a scuola, visto che lui va al Classico e io faccio un corso da estetista. Non siamo mica compagni di classe, noi due…

Lo guardo. Dimenticavo, stiamo ancora fingendo che lui non sappia chi sono, in realtà. Gli rispondo che… beh… insomma… naturalmente queste cose me le dice mia sorella, su di lui.

"Tua sorella? Arianna? Ah, ho capito… fanciulla interessante, tua sorella…" guarda dritto davanti a sé, mentre continua a tenere le mani incrociate dietro la testa. Inizio a sentirmi agitata, non so perché.

"Ah, beh… sì" faccio un gesto con la mano, come per schermirmi, "ma lei è così… sai… particolare, no?" Non mi risponde nulla, e proseguo: "Voglio dire… non la considerate tutti un po'… sfigata? Troppo stramba, troppo chiusa, troppo timida… non la vedete tutti così, in classe?"

Si volta e mi fissa, serissimo. "Io no" risponde.

"Sì, ma lei..." incespico, come se non trovassi le parole giuste, "lei... rispetto alle altre tue compagne... non è, insomma... un po'... non ti sembra che sia... inferiore, o perlomeno troppo... diversa?" oddio, penso, sono patetica: sto cercando di capire che opinione ha su di me fingendo di essere mia sorella, quando sappiamo bene entrambi che sto soltanto recitando (e anche male, fra l'altro).

"Mah, inferiore no di sicuro" risponde voltandosi verso l'arnia, "diversa... sì, può darsi... il fatto è che Arianna... come posso dire..." anche lui sembra non trovare le parole giuste, mentre mi sento sempre più nervosa, chissà perché. "Ecco, tua sorella, semplicemente... non è una farfalla, diciamo. Le altre nostre compagne, e molte delle ragazze che conosco, sono farfalle, e lei non lo è. Lei è... un'ape. Sì..." si volta, e mi guarda sorridendo, "...lei è un'ape. È l'insetto più importante di tutto quanto l'ecosistema, è una che fa il suo dovere, che si spacca in quattro, che vive per il suo alveare e si sacrifica per difenderlo, sempre. Anche quando questo le costa la vita..." lo guardo fissarmi mentre, non so perché, mi stanno salendo le lacrime agli occhi: forse perché non posso credere che uno come lui, che ho sempre considerato un superficiale, abbia usato un'immagine come questa, che mi commuove nel profondo; tutte le altre sono farfalle, ma io sono un'ape... un'ape... l'insetto più importante dell'ecosistema... una che regge il mondo compiendo semplicemente il proprio dovere, senza sosta... io sono un'ape... un'ape... eppure, ribatto, non posso fare a meno di notare che le api sono insetti dall'aspetto molto anonimo, del tutto insignificante. Le farfalle invece sono sempre così belle, e colorate...

Mi fissa. Abbiamo ancora in testa i cappelli con le zanzariere, e di colpo mi dice che si è fatto tardi, che ha bisogno che gli restituisca la camicia e che se voglio posso andare a cambiarmi nella prima stanza a sinistra che c'è entrando nel casolare, dove mi ha lasciato un sacchetto di carta con dentro una cosa da mettermi. Trovo strana questa sua reazione improvvisa, ma faccio come mi dice. Una volta entrata in casa, e chiusa la porta della stanza dove mi ha detto di cambiarmi, tiro fuori il contenuto del sacchetto: è un tubino nero, con ancora il cartellino della taglia attaccato, ma senza il prezzo (e il nome della marca è lo stesso di un noto stilista). Mi spoglio e lo indosso: è senza maniche, con lo scollo all'americana. E il tessuto mi avvolge piacevolmente. Esco fuori dalla stanza, non ho idea di come mi stia il vestito perché non ci sono specchi in questo posto, dopodiché torno verso l'arnia. Traversi è girato di spalle, si è appena tolto il casco da apicultore e se lo mette sotto il braccio, poi si volta per tornare verso il casolare. È in quel momento che mi vede. Me ne accorgo perché gli cade il casco da sotto il braccio, insieme a buona parte della mandibola. Sembra Sebastian, il granchio del cartone Disney *La Sirenetta*, quando vede che Ariel ha le gambe al posto della pinna. Scoppio a ridere.

"Hai idea del perché il tuo amico Mauro viva senza neanche uno specchio, in casa?" gli chiedo ridendo, "comunque, visto che la tua faccia è a dir poco sconvolta, ne deduco che devo essere alquanto impresentabile... chissà cosa direbbe mia sorella, se mi vedesse vestita così..." metto le mani sui fianchi e abbasso la testa, scuotendola. E quando rialzo la testa lui è a un centimetro da me, inaspettatamente. Non capisco, deve aver fatto i metri che ci separavano in un microsecondo... mi guarda negli occhi, per un attimo; poi fa scivolare lo sguardo verso la mia bocca, il mio collo, il seno, i fianchi... e poi di nuovo su, verso la bocca... e ora sento il suo respiro sulle mie labbra, mentre mi sussurra che, se mi vedesse mia sorella, non solo sarebbe d'accordo con lui che quel vestito mi sta semplicemente da Dio; ma concorderebbe anche sul fatto che qualunque uomo sano di mente, vedendomelo indosso, non vorrebbe fare altro che una cosa: togliermelo all'istante. "E ti assicuro..." mi dice con voce roca, "che adesso hai davanti a te un uomo molto, ma molto sano di mente..."

Lo fisso, e sento il cuore accelerare. Mi tremano le gambe, deglutisco e ho un brivido, mentre mi cinge la vita con le mani, e con le dita mi sfiora la schiena... ci stiamo respirando addosso ormai, e adesso anch'io guardo le sue labbra a un millimetro dalle mie, e gli chiedo se la storia di farsi restituire la camicia era una scusa per rivedermi... schiude le labbra, mi sorride e risponde: "Sono due anni che vado a scuola tutti i giorni solo per rivederti..." poi chiude gli occhi, e ora li chiudo anch'io, mentre i miei battiti accelerano sempre di più e sento... sento... un suo agghiacciante urlo di dolore, mentre si allontana di colpo, tenendosi una mano. Non capisco. Ha sul viso un'espressione sofferente, e sono sicura che non sia per colpa mia... (perché non ci siamo neppure toccati anche se eravamo a tanto così da... da... oh diamine, vorrei piangere, urlare e dire una parolaccia, non so perché... anzi lo so il perché, porco cazzo). Mi dice che lo ha punto qualcosa su una mano, forse una vespa, o un calabrone. In due secondi infatti gli si gonfia la mano, e vado a prendergli del ghiaccio in cucina. Gli domando se è allergico e mi risponde di no, lo prego comunque di andare in una farmacia e di farsi dare qualcosa per il gonfiore, non vorrei peggiorasse... perciò prendiamo lo scooter e torniamo verso casa. Gli chiedo se può lasciarmi al capolinea degli autobus, e una volta arrivati salgo su una corriera ferma che dovrebbe partire di lì a qualche minuto (sempre che l'autista non si addormenti sul giornale che sta sfogliando con così poco entusiasmo). Traversi scende dallo scooter, poi si avvicina alle porte centrali dell'autobus. La mano è sempre gonfia, gli chiedo come va e mi assicura che non gli fa male (sta mentendo spudoratamente, ma apprezzo questa sua ostentazione di mascolinità). Gli ricordo comunque di andare in farmacia e di metterci una pomata, sentendomi rispondere "va bene mamma". La magia di poco fa al casolare è completamente sparita, e siamo entrambi parecchio a disagio. Mi ribadisce che sto molto bene, comunque, vestita così. Gli sorrido e lo ringrazio, ma una parte di me vorrebbe scomparire sotto le ruote dell'autobus, in questo momento. Poi gli dico che non doveva disturbarsi a comprarmi un abito, bastava che mi prestasse una maglietta... comunque lo ringrazio, è davvero un bel regalo... anche perché – aggiungo distogliendo lo sguardo – siccome io sono Tokyo, mi stanno proprio bene certi vestiti, sono decisamente il mio genere... si mette a ridere, annuisce e mi risponde: "Certo *Tokyo*, hai proprio ragione... esattamente come a tua sorella Arianna stanno bene i capelli sciolti, anche se li tiene sempre legati..."

Lo guardo interrogativa. E gli chiedo, premettendo che è solo per curiosità, in quale occasione avrebbe visto Arianna con i capelli sciolti, visto che, come ha appena detto, li porta sempre legati (è una mia abitudine, effettivamente).

"È stato durante una lezione di ginnastica, al primo allenamento che abbiamo fatto in piscina per la gara di nuoto..." mi dice, "io avevo *involontariamente*, diciamo, imboccato la porta dello spogliatoio femminile..." alzo gli occhi al cielo, rifiutandomi di dargli il beneficio del dubbio sul fatto che fosse entrato nello spogliatoio femminile del tutto involontariamente, ma in ogni caso lo lascio continuare: "... e lei era vicino ai fon, e si stava tenendo un asciugamano in testa… poi lo ha tolto, e ha scosso leggermente i capelli… ed è stato… insomma, come ben sai ho sempre pensato che Arianna fosse bellissima…" mi guarda, e simulo indifferenza per quest'ultima frase (ma devo impegnarmi molto, perché mi si è appena annodato lo stomaco per l'agitazione). "Ma quando l'ho vista così…" prosegue, "con i capelli sciolti sulle spalle, mi sono detto: cavolo, niente è come lei… niente è come… te…"

Lo guardo. Mi sta fissando quasi commosso (anche se non posso escludere che si trovi in questo stato emotivo per il dolore alla mano, ovviamente). Dopodiché mi saluta e si allontana dalle porte dell'autobus, perché l'autista ha appena messo in moto. Sale sullo scooter, parte e in pochi secondi scompare, svoltando dietro un palazzo. Sono scioccata. Sì, sono totalmente sottosopra per tutto quello che è successo – o meglio, che stava per succedere – fra di noi, oggi pomeriggio… perché io Traversi l'ho sempre odiato… l'ho sempre, sempre, sempre… odiato… ma non riesco a non pensare a come mi guardava quando stavamo per baciarci, o alle sue parole di poco fa ("ho sempre pensato che Arianna fosse bellissima… niente è come te…") e soprattutto non riesco a credere di piacergli da due anni, e di non averlo mai capito prima d'ora (non che avrebbe fatto tutta questa differenza, rifletto, visto che fino a ieri lo ritenevo niente di più che una specie di maniaco sessuale). Ma la vita è veramente imprevedibile…

E comunque, penso che da oggi comincerò a portare i capelli sciolti, ogni tanto.

Qualche ora dopo è notte fonda, e non riesco a dormire. Continuo a rigirarmi nel letto, e sento il bisogno di parlare con qualcuno. Adele è chiusa in camera da quando sono tornata a casa, tendendo l'orecchio dalla porta l'ho sentita russare già all'ora di cena e di certo non andrò a svegliarla adesso, che sono circa le quattro del mattino. La mamma invece dev'essere in laboratorio: per domani ha molte consegne, fra cui un'enorme torta nuziale. Decido di scendere a farle compagnia, magari ha bisogno di una mano... intanto, non riesco proprio a dormire...

Apro la porta del laboratorio, la mamma è arrivata da poco, infatti sta indossando adesso bandana e grembiule. Si accorge che sono entrata e mi chiede se non sto bene, ma le rispondo che avevo solo voglia di stare un po' con lei e che se vuole posso darle una mano, visto che a quanto ho capito per domani ha molti ordini. Mi sorride, e mi risponde affare fatto: fra poco arriverà anche la nonna, che tanto si sveglia sempre alle cinque tutte le mattine, e che ancora dopo anni che le ha ceduto il negozio non si fida di lei e vorrà controllare che tutto sia preparato nel migliore dei modi, soprattutto perché la torta nuziale è per la nipote del sindaco... "*E guai al mondo* se non verrà alla perfezione, Chiara..." dice la mamma, imitando la voce della nonna e ripetendo uno dei suoi modi di dire ricorrenti, ovvero *guai al mondo*... ridiamo... mi dice di mettermi un grembiule che prende da un cassetto, poi accende i forni e la radio: le piace molto lavorare con la musica accesa. Mi chiede di liberare dei portavassoi mentre lei controlla gli impasti fatti nel pomeriggio, poi comincia a prendere gli ingredienti per un pan di spagna, e man mano che li versa nella planetaria il laboratorio si riempie di profumi. È molto bello guardarla lavorare.

"Allora, dimmi un po'..." mi dice, "come stai? Come sta andando la tua vita, questa settimana?"

La guardo. Trovo un po' assurdo che mi chieda come va

la mia vita proprio questa settimana che mi ha costretto ad allontanarmene, ma pensandoci bene probabilmente la domanda era tutt'altro che casuale. Decido di accontentarla, e le racconto un po' di cosa ho fatto negli ultimi cinque giorni nei panni di mia sorella (tralasciando solo la serata a casa del Professore e l'incidente con l'inguine di Nairobi, che reputo non abbastanza avvincenti a livello narrativo). Poi, dopo un po' che parliamo, decido di farle una domanda... una domanda che da qualche ora mi frulla in testa (e forse è quella che mi sta impedendo di dormire, stanotte).

"Mamma..." le chiedo, "come si fa a capire quando si è innamorati di qualcuno?"

Mi guarda, per un attimo. Poi abbassa gli occhi e sorride fra sé e sé. Penso che stia morendo dalla voglia di chiedermi se le sto facendo una domanda personale, e in caso chi sarebbe l'oggetto del mio amore (ma ho già deciso che risponderò, nell'ordine: "no" e "nessuno in particolare, era solo una domanda per fare conversazione"). Poi mi risponde che si capisce e basta, insomma... inizia a galopparti il cuore ogni volta che pensi a quella persona, ti sudano le mani, ti si secca la gola quando gli parli... beh, il tutto all'inizio, quando te ne accorgi... poi, se quella persona ti ricambia, ti rendi conto che la stessa cosa sta succedendo anche a... si interrompe. "Come si chiama, questo ragazzo di cui tu..."

"Non ci provare" le rispondo, "tanto non te lo dico chi è. Vai avanti, prego..."

Scoppia a ridere. E mi racconta che, quando mio padre aveva iniziato a corteggiarla, si era resa conto di essere innamorata di lui perché si dimenticava sistematicamente di spegnere i forni, ogni volta che le mandava un sms...

"È stato un disastro, all'inizio" mi racconta ridendo, "perché tuo padre viveva a Roma, perciò il suo corteggiamento era basato praticamente tutto sugli sms... e io mi dimenticavo completamente del lavoro, e stavo tutto il giorno a messaggiare con lui... quante brioches che ho bruciato... tua nonna infatti lo odiava..."

"E non ha più smesso" osservo. "E poi?"

La mamma mi guarda. Sorride, abbassa gli occhi e risponde: "E poi dagli sms siamo passati alle telefonate, e poi a vederci ogni volta che ci era possibile... sì, mi ricordo che veniva a trovarmi almeno due volte al mese e dormiva dallo zio Beppe e dalla zia Mari... non eravamo due ragazzini, avevamo tutti e due già più di vent'anni, ma la nonna non gli avrebbe mai permesso di dormire a casa nostra..."

Si interrompe. Forse preferisce saltare la parte in cui entrambi sgattaiolavano dalle proprie stanze in piena notte e salivano sulla Panda scassata di mio padre, luogo dal quale, con ogni probabilità, ha avuto origine la mia vita e quella di mia sorella.

"Insomma" conclude la mamma, "quando sei innamorato te ne accorgi perché, in un certo senso... perdi un po' il controllo, ecco..."

La guardo. Ha acceso la macchina per stendere la pasta, e sento i passi della nonna giù per le scale. Mi sa che a breve interromperemo la nostra conversazione, ma l'espressione che ha sul viso adesso (e soprattutto quella sua ultima frase sul perdere il controllo) mi sta raccontando, da sola, tutti gli ultimi diciotto anni.

Dall'inizio fino a oggi.

Siamo nel 2001. Lei è Chiara, ha diciannove anni e vive in un paesino della riviera ligure. Si è appena diplomata al liceo linguistico e lavora nella pasticceria di sua madre, mentre il padre è proprietario di un bar. Vorrebbe unire la sua passione per il lavoro con le lingue che conosce, e andare a fare esperienza all'estero, in Francia o in Svizzera, e specializzarsi nella lavorazione del cioccolato. Lui si chiama Andrea, è romano, ha ventun anni e sta studiando al Dams perché sogna di fare il regista, ma al momento le uniche opere di cui cura la regia sono filmini per compleanni e cerimonie. Si conoscono a un matrimonio a cui nessuno dei due è un invitato: lei ha portato la torta nuziale dalla pasticceria di sua madre, lui sta facendo il video della cerimonia per un suo cliente (un romano che ha sposato una ligure e gli ha pagato viaggio da Roma e albergo, pur di avere proprio lui a fare le riprese – gira infatti voce che sia molto bravo).

Dopo un serrato corteggiamento da parte di lui, si mettono insieme e stanno insieme per un paio d'anni, finché Andrea non si laurea. Alla festa di laurea, complice qualche bicchiere di troppo, perdono entrambi il controllo (assieme alla scatola dei preservativi, presumibilmente) e dopo un mese Chiara ha un test di gravidanza in mano, ed è positivo. Non vorrebbe un figlio a ventun anni (e non sa ancora che ne ha vinti due in un colpo solo), ma ad abortire non ci pensa nemmeno. E poi Andrea le ha detto che sua madre li aiuterà quando si trasferiranno a Roma dopo il lieto evento, perché lui ha dei contatti con una grossa casa di produzione e sta entrando nel giro delle fiction... ma il giorno stesso in cui scoprono di aspettare due gemelle, alla madre di Andrea diagnosticano un tumore già in fase terminale, e non vedrà mai nascere le sue nipoti. È un brutto colpo per lui: non ha fratelli, non ha mai conosciuto suo padre e a Roma, di fatto, non ha più nessuno che possa aiutare la sua ragazza dopo la nascita delle gemelle. Così, complice l'avvicinarsi della data del parto, si trasferisce in Liguria, dove con Chiara decidono di restare per i primi mesi dopo l'arrivo delle bambine, o almeno finché lui non avrà trovato una stabilità lavorativa... stabilità che tarda ad arrivare, perché il mondo dello spettacolo non offre garanzie da questo punto di vista...

E così i mesi diventano anni, sette anni in cui lui lavora nella pasticceria di lei e intanto scrive sceneggiature, più per diletto che per lavoro, visto che non vivendo più a Roma ha perso molti contatti... poi, un giorno, tutto cambia. Lo chiamano perché è riuscito, tramite un suo vecchio compagno del Dams che è un noto attore di serie tv, a far arrivare un suo soggetto originale per una miniserie a un famoso produttore, e per un insieme di circostanze fortunate gli affidano addirittura la regia della fiction. La miniserie è un successo clamoroso, firma per altre due stagioni e dice a Chiara di preparare le valige perché andranno a vivere tutti a Roma... in più le compra l'anello di fidanzamento che non le ha mai regalato, e le chiede di sposarlo davanti alle gemelline commosse.

Passano altri mesi, devono rimandare il matrimonio perché lui ha una grossa occasione nel cinema ma deve stare in California per molte settimane. Nel frattempo lei inizia a sentirsi trascurata: è sempre sola e decide, dopo averne parlato con sua madre che nel frattempo è rimasta vedova, di rimanere in Liguria: in fondo lui è spesso all'estero, e lei non avrebbe nulla da guadagnarci a trasferirsi a Roma, sarebbe sola comunque... e in più non avrebbe i suoi amici, la sua famiglia e il suo negozio... e che senso avrebbe sradicare le gemelle dal loro bel paesino sul mare per portarle in un posto dove il padre non lo vedrebbero in ogni caso? Parla di tutte queste cose con Andrea, che la prende molto male. Le dice che è solo una provinciale, una che non ha mai staccato il cordone ombelicale dalla sua famiglia di origine, che non ha mai creduto in lui come artista e adesso vuole punirlo perché è arrivato al successo, da solo, con le sue sole forze... lei ribatte che è soltanto un egocentrico, e che non è vero che lei non ha mai creduto in lui come artista, piuttosto è lui che non ha mai creduto in loro come coppia... non si sono mai sposati, alla fine... si è trovato padre senza volerlo, e ora che ha raggiunto la fama se ne frega delle sue figlie, e di tutti quanti... vanno avanti così, a discussioni di questo tipo, per altri due anni. Lui arriva a supplicarla di trasferirsi, una volta si mette addirittura in ginocchio, perché non può stare senza di lei e le sue bambine, ma Chiara non cede. Non vuole andarsene. Forse, anche se non osa ammetterlo nemmeno a se stessa, sente che il loro legame è arrivato a un punto morto, perché tutto quello che uccide una coppia (la routine, i rimpianti, i rimorsi, le accuse reciproche, i sospetti di tradimento, i telefoni controllati di nascosto, le bugie) lo hanno assaporato a piene mani, e quando le bambine hanno nove anni si lasciano definitivamente.

È in quel periodo che Andrea conosce la sua futura moglie, una sceneggiatrice di serie tv. Chiara invece trova consolazione a quel lutto affettivo nello stesso modo in cui, negli anni, ha visto consolarsi i clienti del bar di suo padre da tutti i loro problemi. E si consola talmente tanto, le prime settimane dopo la fine della storia con Andrea, che un giorno rischia di fare un incidente d'auto per guida in stato di ebbrezza, mentre sta andando con le gemelle a una gara di nuoto.

È allora che sua madre se ne accorge: fino a quel momento la figlia era stata molto attenta a non farsi scoprire, ma da quel viaggio in macchina una delle bambine è tornata con un bernoccolo sulla fronte, e le risposte vaghe di Chiara non convincono nonna Giuliana. La affronta e le dice di smetterla, di darsi una regolata: si è appena separata dal suo compagno, e quanto crede che ci metterà, lui, dopo la guerra che si sono fatti, a toglierle le figlie perché sta diventando un'alcolizzata? Insomma le mette paura…

Così Chiara, con una forza di volontà sovraumana, ce la fa: smette di bere, si dà una regolata. Fa come le dice sua madre. E lo fa da sola, con le sue sole forze, perché si vergogna a parlare con qualcuno dei suoi problemi, e perché anche Giuliana le ha detto che è meglio non dire niente a nessuno… per il buon nome della famiglia, la reputazione del negozio, il giudizio della gente e tante altre cose… smette di bere Chiara, si rimbocca le maniche e si butta nel lavoro, ampliando la pasticceria e rinnovandola. Cresce le sue bambine, da sola: Andrea è spesso all'estero o comunque è sempre impegnato con la sua carriera. Fra di loro sono tornati in rapporti civili, inevitabilmente freddi ma educati, e lui delega a lei qualunque decisione per quanto riguarda la vita delle loro figlie: in fondo, si sente in colpa per essere un padre poco presente.

A ogni modo passano cinque anni, siamo nel 2017. Chiara riceve un invito su Facebook per una rimpatriata fra compagni di scuola, e pensa che potrebbe essere divertente. Le gemelle sono ormai grandi, hanno quattordici anni e possono stare una sera in casa da sole, al massimo la nonna può scendere ogni tanto dal piano di sopra dove abita a dare un'occhiata. E poi si sente forte, sono ormai quattro anni che non esagera più con l'alcool, e ha ripreso in mano la sua vita. Chi lo sa, magari a questa rimpatriata potrebbe anche incontrare quel suo compagno di classe che le è sempre piaciuto da morire… dal suo profilo Facebook ha letto che è single… e quindi va. Ma da quella festa torna confusa, barcollante e frastornata… se ne accorge una delle sue figlie, che la mamma sembra strana… come quel giorno che fecero quell'incidente in macchina dove si prese una botta in testa… e da quella sera si mette a osservarla, perché non ha più nove anni. E sospetta, o forse sa, che quello che è appena successo a sua madre potrebbe ripetersi altre volte, in futuro: non sa quante, o ogni quanto. Ma potrebbe risuccedere. Perché, in fondo al cuore, sente che chi ha quel vizio difficilmente riesce a smettere. Soprattutto se non ha mai chiesto veramente aiuto.

Ed è esattamente questo che succede: in due anni, Chiara riporta indietro l'orologio del tempo e della storia. Agendo di nascosto, fingendo e dissimulando, anche barando se occorre. Non le riesce con tutti, sua madre infatti lo intuisce che c'è di nuovo dentro fino al collo, ma Giuliana non sa che fare con lei, se non sgridarla quando sono sole (o pensano di esserlo) oppure fingere indifferenza: in fondo, pensa, ha due figlie ormai grandi, e non c'è più il rischio che se le metta in macchina quando è ubriaca… e pensa così perché anche lei sta soffrendo, amaramente, ma neppure lei sa cosa fare… neppure lei sa cosa fare, se non continuare a fare l'unica cosa che le è sembrata giusta in questi anni, e che ha trasmesso fin troppo bene anche a sua figlia. E alle figlie di sua figlia.

Non dire niente a nessuno.

11

Auguri papà

Adele, 19 ottobre 2019
E fu sera e fu mattina,
sesto giorno

Ciao papà, ti è piaciuta la mia poesia per il tuo compleanno? Spero che questa poesia ti farà pensare a me, il tuo pirata Jack Sparrow. Caro papà, devo dirti una cosa: mi manchi tanto. Quando vado in piscina è strano senza di te, non ho voglia di allenarmi e Sandra mi chiede sempre se va tutto bene. Io a volte dico di sì oppure sto zitta. Perché sai, non va proprio tutto bene. Devo raccontarti una cosa, ma non dire alla mamma che te l'ho detta: lei da un po' di tempo beve tanto. Tanto liquore e anche tantissimo vino. Non beve tutti i giorni, ma i giorni che beve sembra lo zio Reginaldo, sai quello degli Aristogatti? Lo zio delle oche? Lei è uguale: parla e cammina male, oppure prima ride come una matta, poi subito dopo piange e poi va a dormire anche se non è ancora notte. L'ultima volta che ho avuto una gara si è dimenticata e mi ha portato in macchina all'ultimo momento, ma pioveva e lei guidava male perché era ubriaca. Infatti a un certo punto la macchina ha fatto tanti giri su se stessa e io ho avuto un sacco di paura, perché c'era anche Arianna con noi, e si è fatta male alla testa. La mamma quando siamo tornate a casa ci ha chiesto scusa e ci ha fatto promettere di non dire a nessuno che aveva bevuto, e noi abbiamo promesso che non lo dicevamo a nessuno. Ma tu non sei nessuno, sei papà. E penso che puoi aiutarla anche se non siete più innamorati. Ma se non vuoi aiutarla, ti prego portami tu alle gare, perché se ci sei tu io vinco, mi sento forte. Se invece non ci sei divento triste, mi si bloccano le gambe e non capisco nemmeno perché sono venuta in piscina, mi sembra tutto inutile.

Mi prometti che la prossima volta verrai a vedermi? Ci conto, papà.

La tua Adele

È da ieri pomeriggio che leggo e rileggo questa lettera. Ne avevo completamente dimenticato l'esistenza, eppure era sul retro di quella poesia per il compleanno di mio padre, quella che avevo trovato giovedì nel diario di Arianna pensando che fosse sua: invece le avevo scritte entrambe io, ognuna su una facciata di uno stesso foglio a quadretti; un foglio che, a quanto avevo già notato l'altro ieri, ha uno dei due lati verticali con il bordo irregolare, come se fosse stato strappato da un quaderno. Continuavo a pensarci e a ripensarci anche ieri pomeriggio a questo bordo irregolare, senza sapere bene perché… (comunque, anche se lo avessi saputo, adesso me ne sarei sicuramente dimenticata, visto che fino a poche ore fa ero completamente ubriaca). Poi, stamattina mi è tornata in mente una cosa: questo foglio a quadretti non era stato strappato da un quaderno. Era invece la prima metà di un foglio protocollo, che nella terza facciata conteneva una scritta a pennarello rosso che diceva "Auguri papà", e nella quarta un disegno dove c'ero io che mi tuffavo in piscina, e mio padre che esultava con le braccia alzate.

È un po' strano, penso mentre riguardo per l'ennesima

volta questo bordo irregolare, che io abbia in mano solo una pagina di quel protocollo: non mi pareva infatti di averlo diviso a metà... anche perché la poesia, la lettera, la scritta rossa e il disegno facevano parte di un unico biglietto di auguri, o almeno così mi sembra... ma è passato tanto tempo, e magari mi sto sbagliando. Dopotutto, fino a ieri non mi ricordavo nemmeno di questa lettera.

Rigiro il foglio fra le mani, ho un mal di testa atroce: ieri pomeriggio infatti, dopo essere scappata dal mio incontro con la Antuori ed essermi ricordata di un sacco di cose di cui avrei preferito non ricordarmi, mi sono scolata una bottiglia di vino bianco che ho trovato in frigo, quasi per intero. Alla luce di quello che avevo scritto in quella lettera a mio padre sette anni fa, ammetto che la cosa non mi fa molto onore, ma vi dirò: io non avevo nessuna figlia da accompagnare in piscina, oggi. E l'essermi spaccata di brutto, ieri pomeriggio e anche ieri sera, in fin dei conti non ha fatto del male a nessuno (cioè, a nessuno a parte me, ma questo è un altro discorso). Perciò non mi sento neanche tanto in colpa, alla fine. E poi, come mi ha detto la Moretti l'altro ieri a scuola, in casa nostra siamo abituati a darci all'alcool. È proprio un vizio di famiglia.

Scoppio a ridere.

È incredibile, mi dico, riuscire a vivere come abbiamo fatto noi tre per tutti questi anni: nascondendo, ignorando o fingendo di ignorare una cosa che credevamo non sapesse nessuno, quando invece la sanno praticamente tutti. E, se non la sanno tutti, la sanno di sicuro quelli che per qualche motivo ci vogliono male, ci odiano o ci invidiano, e quindi peggio ancora: perché magari loro sanno che siamo nella merda e non fanno niente, perché se ne fregano o ancor peggio ci godono a vederci soffrire... e invece quelli che ci vogliono bene e potrebbero aiutarci non ne hanno idea... magari chi ci ama non se lo immagina neanche che siamo in questa situazione, visto che non glielo abbiamo mai detto...

Mi fermo. Non riesco a seguire il filo dei miei stessi ragionamenti, ho un'emicrania pazzesca. Però mi è appena venuta in mente un'altra cosa: quel protocollo che avevo usato come biglietto di auguri per mio padre, sono certa di non averglielo mai consegnato a mano. No: glielo avevo spedito per posta, a Roma, una settimana prima del suo compleanno. Ma non glielo avevo spedito io, perché ero piccola, e neanche mia sorella: noi avevamo soltanto preso una busta per documenti che era in casa e ci avevamo messo dentro i nostri biglietti... io ci avevo messo il mio e poi lei il suo... e non ricordo di preciso chi avesse spedito la busta, ma molto probabilmente era stata la mamma... comunque papà l'aveva ricevuta, perché dopo dieci giorni ci aveva telefonato tutto contento... sì, ora mi è tornato in mente... che mi aveva ringraziato per quel bel disegno con me che mi tuffavo in piscina e lui che faceva il tifo... ma non aveva mai accennato né alla poesia né tantomeno alla lettera, il che mi fa concludere che era stata proprio la mamma a separare le due metà di quel protocollo, per spedire a mio padre soltanto il foglio con gli auguri e il disegno... è evidente, come ho fatto a non pensarci prima: aveva visto la lettera e si era vergognata per quello che avevo scritto su di lei... che aveva iniziato a bere, e tutto il resto... tutto il resto... Gesù, mio padre non ha mai saputo niente del fatto che mia madre bevesse. Non solo: mio padre non *sa*, ancora niente.

Scoppio a ridere di nuovo, e mentre rido sento una specie di trapano che mi frantuma una tempia. Non è semplicissimo rendersi conto, così da un momento all'altro, che il motivo principale per cui hai odiato tuo padre, ovvero il fatto che se ne fosse fregato di una tua richiesta di aiuto quando eri bambina, non è mai esistito. Ma vi dico la verità, non mi sento in colpa per averlo detestato negli ultimi sette anni: potrà anche non aver mai saputo del problema di mia madre, ma per il resto il mio odio se lo è guadagnato sul campo, ignorando completamente qualunque nostro compleanno, recita scolastica, saggio di musica, gara di nuoto... facendosi sempre e comunque i cazzi suoi e ricordandosi di avere due figlie una volta ogni tanto, atteggiamento che gli ha permesso di restare allegramente all'oscuro del fatto che stessero crescendo tirate su da un'alcolista, per quanto affetta da alcolismo periodico e sempre molto attenta a non farsi mai beccare troppo ubriaca, soprattutto negli ultimi tempi, in cui ha imparato una nuova tecnica: quella di chiudersi in camera e di dire che ha dei brutti malesseri da ciclo... uh, che malesseri da ciclo...

Rido ancora, sghignazzo sempre più forte, fino alle lacrime, mentre il trapano che ho nel cranio affonda sempre di più la sua punta. Dio, che male... ho già vomitato verso le cinque stamattina, ma adesso che sono le nove sento che potrei dare ancora qualcosa... comunque, è tutto fantastico. Siamo una bella famiglia di ubriacone, manca solo Arianna, ma lei figuriamoci se tocca una goccia d'alcool: è così una brava bambina... ed è talmente preoccupata di coprire la mamma, e di mantenere il suo segreto, che piuttosto di ammettere chi è la vera alcolizzata della famiglia, scrive in un tema che l'ubriacona di casa sono io... peccato solo che la Antuori, tanto per restare in tema, non se la beva proprio... neanche per sbaglio... perché anche suo padre era un alcolista, e quindi lo ha capito subito che mia sorella ha scritto una balla grossa come una casa... perché mia sorella è tanto buona e cara, ma in fondo in fondo è anche molto una raccontaballe... in fondo in fondo...

Chiudo gli occhi, il mal di testa ora è insopportabile. I miei ragionamenti sono tremendamente sconnessi e rallentati in questo momento, ma i miei ricordi sembrano missili: partono a razzo, arrivano veloci a destinazione. Come lampi in mezzo a un cielo buio, dove sta per scoppiare il più grosso temporale che si sia mai visto, i miei cassetti della memoria si aprono, e svuotano magicamente il loro contenuto: non era stata mia madre a spedire quella busta. Era stato mio cugino Claudio, il figlio dello zio Beppe, a cui l'avevo consegnata io al bar, già chiusa e con sopra il francobollo, dopo averci messo il mio protocollo piegato in quattro e dopo averla portata ancora aperta alla persona che… alla persona che…

Alla persona che doveva ancora metterci dentro il suo biglietto di auguri, perché stava finendo di colorarlo. La stessa che, mezz'ora dopo, mi avrebbe ridato la busta ben chiusa, con sopra un francobollo e l'indirizzo di nostro padre scritto in bella calligrafia… l'unica persona, quindi, che nella mezz'ora precedente avrebbe potuto vedere il mio biglietto all'interno della busta, aprirlo per curiosità e trovare quella lettera dove parlavo del problema di nostra madre e che leggendola avrebbe potuto preoccuparsi, e pensare che forse sarebbe stato meglio strappare in due quel protocollo e spedirne a nostro padre solo la metà meno compromettente, quella con il disegno e la scritta in rosso AUGURI PAPÀ, lasciando quella con la lettera fuori dalla busta, per poi buttarla via… oppure riporla in un posto sicuro, lontano da occhi indiscreti: ad esempio nel proprio diario… in fondo, non lo diceva anche un pittore famoso? Gli artisti mediocri copiano, i geni rubano… e mia sorella, inutile dirlo, è sempre stata un maledetto genio. O chi lo sa… forse, soltanto un genio maledetto.

Bene. Adesso non mi resta che una cosa da fare. L'unica cosa che posso fare dopo aver realizzato che la seconda metà della mia vita è stata una discreta presa per il culo, tra l'altro messa in atto dalle due persone che, in teoria, avrebbero dovuto essere la mia famiglia. La stessa cosa che ho fatto stamattina alle cinque, quando il sonno mi ha improvvisamente abbandonato, e il vino bevuto ieri è risalito dal fondo del mio stomaco su fino in cima alla gola, insieme alla voglia di piangere, bestemmiare e morire: intanto alzarmi in piedi. Poi correre in bagno, inginocchiarmi davanti alla tazza e infilarci dentro la testa.

Dopodiché, non smettere più di vomitare.

Esco dal bagno mezz'ora dopo, non mi sono guardata allo specchio ma devo essere abbastanza uno schifo: infatti Arianna, che è appena entrata in casa, vedendomi si blocca nell'ingresso, e mi guarda come se fossi un cadavere; poi mi si avvicina, chiedendo cosa mi è successo. Le rispondo che non mi è successo niente, e che comunque non sarebbero cazzi suoi. Poi le ordino di darmi il mio iPhone: sono stufa di questa stronzata dello scambio, siamo durate anche troppi giorni per i miei gusti e io mi riprendo la mia vita, adesso. A cominciare dal mio telefono. Mi squadra in silenzio, per qualche secondo. Poi mi risponde che non se ne parla neanche: domani è l'ultimo giorno della nostra punizione, e non vale la pena di mandare tutto all'aria proprio oggi. Non posso resistere ancora ventiquattrore? Domani sera la mamma ci dirà che potremo scambiarci i cellulari, le stanze e tornare alle nostre vite, e sarà tutto come prima. Mi metto a ridere, gridando.

"Ma ti ascolti, quando parli?!?" le urlo, "non sarà mai più tutto come prima, testa di legno! E poi, te ne rendi conto che parli di nostra madre come se fosse il nostro burattinaio?!?

La mamma dirà... la mamma farà... ma lo sai cosa ti dico? Che la mamma, per quanto mi riguarda, ha finito di dire e di fare... dammi il mio telefono, lo vedo che ce l'hai in tasca..." Faccio per prenderglielo da una tasca laterale dei pantaloni, ma mi blocca il braccio. "Calmati Adele" mi dice parlandomi piano, come si farebbe con una mezza psicopatica, "lo vedo che sei un po' stressata, ma pensa che già domani potrai..."

"Non me ne frega un cazzo di domani!" la interrompo urlando, e liberandomi il braccio dalla sua presa. Poi do un calcio nel muro. "Voglio il mio telefono, voglio parlare con Rio, lo capisci?!? Lo capisci o no, grandissima testa di minchia?!?"

Mi fissa per un attimo. Poi risponde che deve dirmi una cosa su Rio, e mi racconta che suo nonno è stato male, e che ora è a casa ma è stato ricoverato per diversi giorni: mi aveva scritto un messaggio lui martedì mattina, ma dal cellulare di Giovanni perché il suo glielo avevano rubato in ospedale. La guardo incredula, mentre mi monta dentro una rabbia feroce. "E tu..." le chiedo, "hai aspettato da martedì fino a sabato, per dirmelo?!? Ma che cosa ti dice il cervello... o è troppo pieno di tutti i libri che hai letto, o di tutte le merdate che scrivi?!? Eh?!? Rispondimi, per favore: che cosa ti costava dirmelo subito?!?"

Mi guarda confusa, poi abbassa lo sguardo e balbetta che non aveva idea, martedì, né di chi fosse Rio, né a chi appartenesse il telefono da cui mi aveva scritto. Lo ha capito solo ieri pomeriggio, quando è stata a casa sua. Sgrano gli occhi. "Che cosa ci sei andata a fare a casa di Rio?!?" le chiedo infuriata, "ma glielo hai detto, spero... glielo hai detto che tu non eri me, vero?!?"

"No, veramente non gliel'ho detto..." mi risponde arrossendo, "ma tanto lo ha capito da solo quando ci siamo... voglio dire..." sta farfugliando, e non capisco perché (in effetti sembra lei quella ubriaca, adesso), "non è successo niente, ma... ecco... ci siamo baciati, perché... all'inizio lui non aveva capito che io non ero te, ma dopo invece..."

Scoppio a ridere, di una risata isterica. Mi metto le mani nei capelli e scivolo con la schiena attaccata al muro fino a terra, arrivando a sedermi sul pavimento. Arianna mi si avvicina, ha l'aria preoccupata. Poi mi chiede in tono severo se per caso ho bevuto, il mio alito sa di vomito.

Mi metto ad applaudire. "Brava Sherlock Holmes, hai indovinato! E adesso cosa farai..." le chiedo guardandola con odio, "scriverai un altro bel tema dicendo alla Antuori che nostra madre si spacca con l'alcool? No, perché visto che l'altra volta, per dirglielo, hai scritto che sono io quella che beve, adesso devi per forza scrivere che l'alcolizzata di casa è lei... altrimenti non ha senso... perché certe cose non si possono far sapere a nessuno, vero?!?" le dico alzando sempre di più la voce, "neanche a nostro padre! Ma alla professoressa Antuori invece glielo possiamo dire, eccome! A lei sì, ma a nostro padre no..." mi guarda senza capire, in silenzio. Poi mi chiede di cosa sto parlando. Mi alzo, vado in camera sua e torno con in mano la lettera, che le sventolo davanti alla faccia. "Sto parlando di questa, brutta stronza..." le dico tremando di rabbia, "di questa cazzo di lettera che non hai voluto spedire a nostro padre quando eravamo piccole, e non hai neanche avuto il coraggio di dirmelo in faccia... l'hai staccata dal foglio dove c'era il disegno e te la sei tenuta... e hai fatto tutto di nascosto perché sei una vigliacca di merda... una vigliacca di merda..." impreco, bestemmiando, mentre comincio a piangere. Poi le tolgo il telefono dalla tasca, prima che riesca ad accorgersene o anche solo a reagire. Torno in camera, esco di nuovo nell'ingresso e le lancio il suo cellulare, mancando per un soffio lo specchio in corridoio. Menomale, quello schifo l'ho già rotto troppe volte... comunque non mi è mai piaciuto, sembra lo specchio della matrigna di Biancaneve... nel frattempo Arianna ha raccolto il telefono che le ho lanciato, e mi guarda con le lacrime agli occhi: dice che le dispiace, e che ha sbagliato sette anni fa. Ma era piccola, e aveva avuto paura che, se papà avesse saputo dei problemi della mamma, ci avrebbe separate da lei... perché lo aveva sentito dire una volta alla nonna, un giorno che stava discutendo con nostra madre: che papà avrebbe chiamato il suo avvocato, o gli assistenti sociali, e la mamma non l'avremmo mai più vista... e ha avuto paura, perché lei voleva bene a papà, gliene ha sempre voluto... ma non avrebbe mai sopportato di non vedere più la mamma... non avrebbe mai sopportato... si interrompe, scoppia a piangere.

Mi chiede scusa fra i singhiozzi. Vorrei abbracciarla, consolarla, dirle di non preoccuparsi. Vorrei tenerla stretta e proteggerla da tutto e da tutti. Vorrei fare come quando eravamo bambine, e fuori c'era il temporale: mettermi nel suo letto vicino a lei e stringerla forte, per farle coraggio. Oppure raccontarle una barzelletta sporca, per farla ridere e farle dimenticare dei tuoni e della burrasca... vorrei fare tutto questo, più di ogni altra cosa al mondo. Solo che non ci riesco. Non lo so il perché. Forse perché ieri ho bevuto l'impossibile, e ora non saprei consolare neanche me stessa. Non ho bevuto solo la bottiglia di vino nel pomeriggio. Mi sono anche scolata mezza bottiglia di vodka verso sera, e Dio solo sa come ho fatto a non andare in coma etilico, stanotte... sarà che ormai ci sono abituata... bevo saltuariamente da quando ho tredici anni, magari i primi tempi solo qualche birretta di nascosto ogni tanto... ma ultimamente sempre un po' di più... sempre un po' di più... e mi faccio troppo schifo, troppo disgusto. Perché, per quanto mi costi ammetterlo, sto diventando esattamente come mia madre... anzi, sono già diventata come lei; in fondo lo dicono che l'alcolismo spesso si eredita in famiglia... e che ti trasforma in quello che non vorresti mai essere: una persona indifferente, egoista, irascibile. E soprattutto crudele.

Così, anche se non vorrei, finisco per guardare in faccia mia sorella e per investirla di insulti. Per dirle che è stata un'emerita cogliona, una cagasotto, e che ha sbagliato sotto tutti i punti di vista: nostro padre non avrebbe mai approfittato dei problemi della mamma per separarci da lei. Non fosse altro per il fatto, aggiungo sorridendo amaramente, che in quel caso avrebbe dovuto occuparsi di due figlie a tempo pieno, e allora addio carriera da regista... insomma, le chiedo gridando, come cazzo ha fatto a non arrivarci?!? E menomale che fra noi due è sempre stata lei quella intelligente! Quella dotata! Quella brava a scuola! Però adesso, grazie a quello che ha fatto sette anni fa, ci ritroviamo così: con una madre che si ubriaca da quando eravamo alle elementari e un padre che non ne ha mai saputo nulla, e che invece avrebbe proprio dovuto saperlo... per aiutare lei e noi... o magari per scriverci la sceneggiatura di un film, sulla nostra triste storia... sarebbe stata una gran cosa, no?! Un bel film su di noi!

Grido ancora, sempre più forte, mentre sento aprirsi la porta di casa. Mia madre entra, vede Arianna in lacrime e mi guarda. Poi mi chiede innervosita cosa sta succedendo, visto che sono dieci minuti che mi si sente urlare fin giù dal laboratorio. La fisso piena di rabbia e le rispondo che glielo spiego subito: e mentre inizio a parlarle mi sento come nel finale di un vecchio film western dove c'è un duello all'ultimo sangue, oppure uno stallo alla messicana con i pistoleri che si tengono sotto tiro a vicenda, con le armi puntate addosso e le dita che fremono sui grilletti. Non lo so cosa ne sarà di noi quando avrò smesso di parlare. Forse il duello all'ultimo sangue alla fine non ci sarà neppure, forse ci abbracceremo e cercheremo una soluzione insieme… ma la verità è che ora come ora non vedo proprio nessuna soluzione, perlomeno al mio orizzonte. E poi, anche mio padre che fa il regista sarebbe d'accordo con me, adesso: non si è mai visto un film western con dei pistoleri che si abbracciano.

Guardo mia madre e le spiego che ieri pomeriggio ero un po' giù di corda, e che avevo proprio bisogno di tirarmi su. Così ho fatto la stessa cosa che fa lei, quando le capita una giornata storta e deve assolutamente allentare la tensione: ho aperto il frigo, ho preso una bella bottiglia di vino bianco…

"…E me la sono scolata tutta in cinque minuti, mamma. Esattamente come fai sempre anche tu. Da sette anni a questa parte".

Fine dello stallo alla messicana.

Fuoco alle polveri.

Apro gli occhi. I genitori di Rio mi stanno fissando sorridenti dalla fotografia che ha sul comodino a fianco al letto, proprio vicino a quella mia buffa foto che mi ero fatta con il basco nero di Nairobi in testa. Sbadiglio, chiudo gli occhi e li riapro, poi sbadiglio di nuovo. Guardo il display della sveglia sulla mensola accanto al comodino, segna le tre del pomeriggio, perciò devo aver dormito almeno quattro ore. Rio è appena entrato in camera con un piatto in mano e mi chiede se ho fame, poi mi si avvicina mentre tiro su la testa dal cuscino e mi metto seduta: quando sono arrivata da lui stamattina gli ho chiesto di poter fare una doccia, ma ero senza vestiti di ricambio e ora sto indossando una sua tuta da ginnastica che mi sta enorme, ma ha il suo odore e non vorrei più levarmela. Si siede sul letto, mi sfiora i segni violacei che ho intorno alla gola. Poi mi stringe a sé e rimaniamo abbracciati, per cinque minuti, senza parlare. Affondo il viso nel suo collo, respiro forte l'odore della sua pelle. Ho smesso di piangere qualche ora fa, ma le braccia di Rio intorno a me sono come un'onda di dolore e di amore, che mi invade e che non riesco a trattenere: chiudo gli occhi, sento tornare le lacrime. Vorrei restare così tutta la vita. Mi scioglie dall'abbraccio e mi dice che ha comprato della focaccia dal fornaio che c'è qui di fronte a casa sua, oppure può farmi un panino. Gli rispondo che ora non mi va, ma che magari potrei incartarmi della focaccia per il viaggio e mangiarmela in treno fra un paio d'ore, in caso mi venisse fame più tardi. Si alza e porta via il piatto, poi torna in camera e si risiede sul letto di fronte a me. Mi dà una banconota da cento euro e mi dice che è per il biglietto del treno e per un taxi, in caso dovessi averne bisogno. Scuoto la testa, e gli dico che me ne bastano cinquanta. E che comunque glieli restituirò appena possibile. Insiste per darmene cento, poi mi fissa preoccupato.

"Vorrei venire con te, Tokyo. Ma sono solo, con Giovanni. E adesso non posso proprio..."

Gli metto un dito sulle labbra, e gli rispondo che non lo farei venire in ogni caso. Nemmeno se Giovanni, che cinque ore fa ho abbracciato piangendo, avesse il cuore di un ventenne e la salute di un atleta. Non lo farei venire lo stesso, comunque. "Ti ricordi" gli chiedo, "di tutte le volte che, in questi anni, sei venuto a sostituirci il vetro dello specchio in corridoio perché lo avevo rotto lanciandoci contro qualcosa? Ecco..." gli dico, "questo è un vetro che devo aggiustare da sola. Sento, che devo aggiustarlo da sola..."

Rio annuisce, in silenzio. Poi mi dice che è la cosa giusta

da fare. Mi chiede se ho già chiamato mio padre per dirgli che sto andando da lui, e gli rispondo che non l'ho ancora fatto, ma di non preoccuparsi: ho il suo numero di cellulare, so dove abita e so anche che questo fine settimana sarebbe rimasto a casa a leggere dei copioni, me lo ha detto giovedì quando abbiamo pranzato insieme. Mi raccomanda di non mettermi a girare per Roma di sera da sola, in caso non riuscissi a rintracciare mio padre al telefono… e di avvisarlo, almeno per messaggio, che verso le otto e mezza arriverò a Termini, così verrà a prendermi alla stazione. Annuisco e gli assicuro che lo farò non appena salita sul treno, assolutamente. Poi devo proprio distogliere lo sguardo: il fatto è che non so mentire a Rio guardandolo negli occhi. E se ora lo facessi, capirebbe subito che non ho alcuna intenzione di avvertire di mio padre che sto andando da lui… perché il punto vero è che non so ancora se avrò il coraggio di farlo. Non so ancora se riuscirò a rincontrarlo e a parlargli, oppure se una volta salita sull'Intercity per Roma scenderò alla stazione di La Spezia e prenderò il primo regionale per tornare indietro…. così ho pensato di non dirgli nulla, finché non sarò sicura di volerlo fare. E so già che non ne sarò sicura fino a quando non sarò arrivata sotto casa sua, e mi sarò decisa a suonare al citofono. E a spiegargli perché sono lì.

Mezz'ora dopo, Rio mi accompagna in stazione con la moto, poi resta con me sul binario fino a quando non arriva l'Intercity. Salgo e lo guardo dal finestrino mentre il treno riparte dalla stazione, e anche se l'ultima cosa che vorrei fare in questo momento è allontanarmi da lui, sento che essere qui da sola è stata la scelta giusta, comunque vada: e non solo per lui, o per suo nonno. Ma anche e soprattutto per me: c'è un foglio con un bordo irregolare, nella tasca davanti del mio zaino… irregolare come i bordi delle schegge di vetro che saltano fuori da uno specchio, tutte le volte che questo va in pezzi… irregolare come la mia storia, dove di bordi frastagliati ce ne sono troppi, così come di specchi in frantumi… ed è una vera fortuna che l'amore della mia vita faccia il vetraio, e aggiusti tanti dei casini che faccio… ma tutto questo non importa, adesso.

Perché adesso c'è un vetro rotto che solo io posso aggiustare, sempre che davvero lo voglia…

E come ho detto a Rio, questo è un vetro che devo aggiustare da sola.

Le nuvole che portano pioggia sembrano più grandi, nel cielo di Roma. Forse perché sembra più grande anche il cielo, oltre che gli alberi, le strade e gli edifici. Mi sento una specie di formica mentre scendo dal taxi e attraverso largo di Torre Argentina. Mio padre abita in via dei Cestari, che è qui nelle vicinanze. Non torno a casa sua da sette anni, e mentre mi fermo davanti al palazzo dove vive, mi assale il dubbio che possa essersi trasferito, da dopo che si è sposato l'anno scorso… ma vedo il mio cognome sul campanello, perciò direi che abita ancora qui. Il cielo intanto si è completamente rannuvolato, e sento qualche goccia di pioggia bagnarmi la felpa, mentre suono al citofono. Sto tremando, non so se per il freddo o il nervosismo. Ho già deciso che chiederò a mio padre di scendere giù dal portone, non voglio entrare in casa sua: non sono venuta a fargli una visita di cortesia, e poi non conosco sua moglie, e non mi va di parlargli davanti a lei. Oltretutto, mentre ero in treno, più ci avvicinavamo alla stazione di Termini, più mi sentivo girare la testa, e non so ancora come ho fatto ad arrivare fin qui sulle mie gambe. Perciò ho pensato che, una volta che gli avrò detto quello che devo dirgli, tornerò subito indietro:

mi pare ci sia un Intercity verso le undici, e non ho paura di viaggiare di notte. Ho molta più paura di stare qui, dove sono adesso. Sento aprirsi il portone, mio padre è in ciabatte e ha il portafoglio in mano. Mi guarda sorpreso e mi dice che pensava fossi il ragazzo delle pizze, poi mette in tasca il portafoglio e mi invita a salire a casa sua, è stupito e trafelato, ma sembra contento di vedermi. Gli dico che sono Adele, che non sono Arianna... e che sono solo passata per dargli una cosa. Ma che non voglio salire, se non gli dispiace. Intanto sta iniziando a piovigginare.

"Lo so che sei Adele..." mi risponde. Sembra dispiaciuto che glielo abbia specificato. Lo guardo: è molto diverso da come era soltanto l'altro ieri, quando abbiamo pranzato insieme. Giovedì era in giacca di pelle e Ray-Ban, con i pochi capelli che ha ancora tutti tirati all'indietro con il gel, e la barba fatta... adesso è in tuta e ciabatte, con gli stessi occhiali che usa mia nonna per leggere, la barba di due giorni e l'aria trasandata, e vestito così sembra più grasso. Gli dico che non ho molto tempo, e che devo solo leggergli una cosa. Poi mi tolgo lo zaino, tiro fuori il foglio piegato che ho nella tasca davanti e lo apro, mentre una pioggia sottile inizia a batterci sopra.

"Caro papà..." comincio, "oggi è il t-t-tuo g-giorno..." inizio a balbettare, mi fermo, respiro. È un vero casino non saper leggere in questi momenti. Riprendo: "nel tuo cuore fai ri- ri-ritorno... tu p-per me sei un campo d-di grano, che cresce al sole m-molto piano..." Mi sta battendo il cuore a mille, mi trema la voce, ma vado avanti: "Non mi viene in mente niente, ma se tu, tu s-sei pre- pre-" incespico sulla parola *presente*, sbuffo e continuo: "il mio cuore fa sci-scintille... e di baci ne avrai m-mille..." il foglio è sempre più bagnato, la mia testa e le mie spalle pure, e anche se non vorrei inizia ad offuscarmisi la vista, il che vuol dire che sto piangendo "Nel mio pensiero ci s-s-sei..." tartaglio, mi cola il naso, ma voglio finire. Voglio finire di leggere questo maledetto foglio, a tutti i costi. Anche se non ho il coraggio di guardare in faccia mio padre, che è ancora in piedi davanti a me, voglio finire di leggere. Perciò proseguo: "Nel mio p-pensiero ci sei tu... non... non... non... andartene mai più." Poi giro il foglio. Leggo anche tutta la lettera, dall'inizio alla fine. Ci metto un quarto d'ora abbondante, più o meno: piangendo, interrompendomi e asciugandomi il naso mille volte con la manica della felpa, mentre ormai sono completamente bagnata di pioggia.

Quando finisco di leggere l'ultima riga, alzo gli occhi e guardo davanti a me: mio padre è fradicio. Muto e impietrito. Si è tolto gli occhiali, credo che abbia pianto, ma non ne sono sicura. Dio, che disagio. Ho fatto male a venire qui. Abbasso la testa, cerco di piegare il foglio che ormai è un brandello di carta che mi si appiccica alle mani, infatti lo sbatto via incazzata e me ne vado. Mio padre mi chiama, ma non voglio ascoltarlo. Voglio solo tornarmene indietro da dove sono venuta, scavare una fossa e seppellirmici, quando lui si mette a seguirmi e mi dice di fermarmi. Poi, mentre continuo a camminare a passo sempre più svelto, mi urla che lo sapeva. Che lo sapeva che ero io, l'altro ieri al ristorante. Mi blocco, con il cuore in gola. Mi volto e gli dico che non importa, anche se dentro di me so benissimo che non è vero. Infatti gli chiedo come ha fatto ad accorgersene.

"Me ne sono accorto appena ti ho vista..." mi risponde, raggiungendomi con il fiatone, "infatti ti ho chiesto se volevi andare al Nettuno, che è sempre stato il tuo ristorante preferito... ma non capivo, sembrava volessi fingere di essere Arianna... eri vestita come lei, avevi il suo telefono ed eri uscita dalla sua scuola... così, per levarmi il dubbio, ho fatto una cosa che con tua sorella non potrei mai fare, perlomeno non al suo stesso tavolo..."

Lo guardo interrogativa. Mi sorride fra le lacrime, allargando le braccia: "Mi sono fatto portare una focaccia al formaggio e un tagliere pieno di formaggi..." dice, "... e siccome tua sorella sarebbe sbiancata solo a vederla, quella roba, e tu invece non hai avuto nessuna reazione, ho avuto la conferma che eri tu... ma non ce n'era bisogno, comunque: l'avevo capito subito che eri tu..."

Lo fisso: ha la tuta e le ciabatte inzuppate, e stringe in mano gli occhiali. Non so che fare. Mi dico che dovrei andarmene via, scappare il più lontano possibile, ma è come se ci fosse una calamita che mi trattiene davanti a quest'uomo, che mi sembra di non aver mai visto prima d'ora, e che mi sta guardando con la mia stessa aria disperata. Gli dico che non deve sentirsi in obbligo di fare il padre, adesso che sa dei problemi della mamma. Dopotutto, continuo abbassando lo sguardo, avergli letto quella lettera non cambierà il passato, e tutti gli anni vissuti senza di lui. O tutte le volte, proseguo alzando gli occhi e fissandolo fra le lacrime, che io e Arianna abbiamo festeggiato il nostro compleanno in sua assenza, o gli abbiamo preparato dei regali per la festa del papà che gli abbiamo dato mesi e mesi dopo averli fatti, visto che lui non veniva mai a trovarci... perché quella lettera non può farci tornare indietro nel tempo. Ma era giusto che tutto sommato lui sapesse, perché... mi interrompo. Non riesco a continuare. D'istinto, mi porto una mano al collo, per coprire i lividi che ho da qualche ora. Poi mi volto e ricomincio a camminare velocemente, a testa bassa, dicendogli che vado a prendere il treno. Mio padre mi segue, mi urla che sta piovendo, che mi prenderò una bronchite, e di fermarmi una buona volta. Di fermarmi, che anche lui deve darmi una cosa. Mi giro e vedo che prende il portafogli, di sicuro vuole darmi dei soldi, perché è sempre stata una sua fissa, fin da quando eravamo piccole: che non si può andare in giro senza soldi, che può succedere un'emergenza e che bisogna avere sempre dieci euro in tasca, che non si sa mai… mi fermo e gli grido, con tutto il fiato che ho in gola, che non li voglio i suoi cazzo di soldi, che ho i miei e di lasciarmi in pace, che voglio andare via. Voglio andare via, e basta.

Mi fissa, senza parlare. Dovrebbe essere arrabbiato per il modo in cui gli ho urlato contro. L'ho fatto apposta per offenderlo, umiliarlo e perché smetta di seguirmi. Perché si incazzi e mi mandi a 'fanculo, così come ce l'ho appena mandato io. Perché si dimentichi che esisto, e mi cancelli dalla sua memoria, se possibile. Invece mi guarda quasi orgoglioso, e sembra pieno di speranza: come se fosse certo, nonostante tutto, che anche se ora dovessi andare via e continuare a non parlargli più per il resto della mia vita, in fondo al cuore io saprò sempre una cosa, che non potrò mai ignorare né tantomeno dimenticarmi: cioè che io sono sua figlia, e che lui è mio padre. E questo niente e nessuno potrà mai cambiarlo.

Apre il portafogli, e noto che gli tremano le mani, oltre alla voce, mentre mi dice che ho ragione, che quella lettera non può cambiare il passato. E che forse è un bene che la pioggia l'abbia bagnata fino a distruggerla, in fin dei conti: perché anche lui vorrebbe distruggere il passato che quella lettera rappresenta. Ma il fatto che io sia venuta a leggergliela, stasera, può cambiare qualcosa di molto più importante del passato: può cambiare il presente, fin da adesso. Tira fuori un foglio piegato dallo scomparto dei documenti, lo apre e me lo mostra; è un disegno infantile, con due soggetti: un uomo biondo con le braccia alzate e una bambina che si tuffa in una piscina… gira il foglio, e vedo una scritta a pennarello rosso che contiene due sole, semplici, parole: due parole che mio padre ha conservato per sette anni dentro il suo portafoglio, sul retro di quel disegno che ha il bordo destro tutto irregolare… due parole scritte da una figlia che poco tempo dopo avergliele scritte ha iniziato a odiarlo, e non gli ha più rivolto la parola. Ma che adesso è qui, di fronte a lui, e come lui è bagnata di pioggia e di lacrime… perché ha il suo stesso carattere, e come lui è impulsiva, passionale e irruenta, ed è una che ne ha rotti di specchi e porte a vetri in casa sua, tutte le volte che l'hanno fatta incazzare… perciò lo sa fin troppo bene: un foglio strappato si può anche riparare con un po' nastro adesivo. Ma uno specchio rotto non lo aggiusti rimettendo insieme i pezzi. E se vuoi davvero ripararlo, non c'è che una cosa da fare: buttare via tutti i frammenti ancora attaccati alla cornice, e metterci un vetro completamente nuovo. Fisso il foglio, tremo dal freddo, ho la vista appannata. Non riesco a leggere nitidamente quelle due parole scritte a pennarello rosso, ma non ne ho bisogno, perché lo so già cosa c'è scritto su quel foglio. Lo so già. Da sette anni.

C'è scritto: "Auguri papà".

Mi sveglio, di soprassalto. Prendo il telefono e guardo l'ora, è quasi mezzanotte. Ero stanca e sono andata a letto presto, poco dopo le dieci, nella camera degli ospiti in casa di mio padre: ieri sera siamo rientrati insieme, mi sono asciugata e poi mi sono cambiata con dei vestiti che mi ha prestato Laura, sua moglie, dopodiché ho mangiato una pizza con loro… e mentre mangiavamo mi hanno convinta a non riprendere subito il treno, ma a fermarmi a dormire qui… e mio padre mi ha detto che avrebbe avvisato lui la mamma, che stanotte restavo a casa sua, così non si preoccupava… perché non sa niente di cos'è successo fra me e mia madre stamattina. E che a casa mia non ci sarei tornata comunque.

Apro WhatsApp. Nel pomeriggio avevo risposto a un messaggio del Professore che era evidentemente indirizzato a mia sorella, dicendogli di cercarla sul suo solito numero di cellulare perché ci eravamo riscambiate i telefoni. Guardo i messaggi ancora da leggere e ne vedo di nuovo uno di Traversi, arrivato un'ora fa: mi chiede se posso dire ad Arianna di rispondere almeno a una delle sue chiamate, visto che nel pomeriggio dovevano vedersi ma lei non è andata al loro appuntamento… e poi mi chiede se per caso non sta bene, o se ha solo deciso di spezzargli il cuore per l'eternità… che stupido che è il Professore: sempre teatrale, sempre melodrammatico… ma, mentre penso così, mi torna in mente una sua frase di pochi giorni fa, ed è solo adesso che sento una cosa, nitidamente. È proprio adesso che la avverto, come mai mi era successo prima d'ora: quella cosa che chiamano la telepatia dei gemelli, che nessuno ha mai spiegato a livello scientifico, ma che deve esistere per forza… deve esistere per forza… perché all'improvviso mi sento male, senza neppure capire il motivo… e meno capisco il motivo e più sto male, e sento che anche Arianna sta provando la stessa cosa… e che devo correre da lei, anzi precipitarmi… che devo svegliare mio padre, e dirgli di alzarsi e di riportarmi immediatamente a casa… perché è mezzanotte, e i miei amici hanno i telefoni spenti, oppure non li sentono perché è sabato sera e sono in giro a fare casino, insomma nessuno mi risponde… lo so perché sto provando a chiamarli uno per uno, perché vadano a casa mia, a vedere come sta mia sorella, ma niente da fare… e non riesco neanche a contattare la mamma, che di sicuro è sveglia ma sarà giù in laboratorio, perché domani è domenica e ha sempre un sacco di ordini per la domenica, ma comunque di notte tiene il telefono spento… e prego Dio o chi per lui di perdonarmi: perché oggi, proprio oggi ho lasciato Arianna tutto il giorno da sola. Sola. Sola. Sola… sola con i suoi pensieri, e lo stesso veleno che ha avvelenato la vita di nostra madre, e adesso sta avvelenando anche la mia… perché aveva ragione Traversi, mercoledì mattina, quando mi ha detto quella cosa su mia sorella che mi è tornata in mente proprio adesso, e che ora mi suona come una specie di cattivo presagio, o di avvertimento inascoltato: "La conosci davvero poco per essere una che ci vive insieme…"

Mi alzo di corsa. Busso alla camera di mio padre, mi apre e gli spiego cosa ho pensato e di cosa ho paura. Si veste in cinque secondi, saluta Laura e scendiamo in strada. Saliamo sulla sua Porsche, gli chiedo in quante ore può arrivare in Liguria e lo supplico di farla volare, per favore: dobbiamo volare, perché se non arriveremo in tempo… mi sento male, non riesco neanche a parlare… sto tremando in tutto il corpo, ho mal di testa, mal di stomaco e mi sento soffocare… mi sento soffocare… come se qualcuno mi stesse strozzando… anzi no: come se stessi soffocando nel mio stesso vomito… annegando nel mio stesso sangue… e mentre mi accascio sul sedile continuo a ripetere a mio padre di andare veloce, e di spingere sull'acceleratore più che può, perché se non arriveremo in tempo… se non arriveremo in tempo…

Se non arriveremo in tempo Arianna morirà.

12

Destino di un'ape

Arianna, 19 ottobre 2019
E fu sera e fu mattina,
sesto giorno

Io sono un'ape.

L'insetto più importante dell'ecosistema.

Io sono un'ape.

Me lo ha detto lui, non più tardi di ieri pomeriggio. Ieri pomeriggio… una trentina di ore fa, più o meno, considerando che adesso è quasi mezzanotte… sì… o almeno mi pare che sia quasi mezzanotte: le lancette dell'orologio in cucina stanno giusto per sovrapporsi… per riunirsi in alto sopra il numero dodici, come innamorati che il destino tiene lontani per tutto il giorno, per poi farli incontrare soltanto a mezzanotte… soltanto a mezzanotte… che cosa romantica…

Ah no. Anche a mezzogiorno, in effetti. La lancetta delle ore e quella dei minuti si sovrappongono anche a mezzogiorno, pensandoci bene…

E all'una e cinque.

E alle due e dieci.

E alle tre e un quarto, alle quattro e venti, alle cinque e venticinque, alle sei e mezza e...

Ho un po' di mal di testa. Avrei da studiare filosofia per lunedì, ma mia sorella non ha preso appunti questa settimana... beh, avrei dovuto immaginarlo. Pazienza, studierò sul libro. Allora, cerchiamo un po' questo Parmenide...

Mi tremano le mani. Non riesco a girare le pagine del libro di filosofia, perciò provo a inumidirmi un indice con la lingua come fanno certi maleducati al bar dello zio Beppe quando sfogliano il giornale, che manco ci pensano che il giornale è lì anche per gli altri... solo che non riesco molto bene a coordinarmi, cioè... in questo momento non mi trovo gli indici, non so perché. Eppure, su quattro delle mani che ho adesso, un indice dovrei riuscire a trovarlo, per la miseria... a ogni modo il problema principale ora è la mia lingua: ha perso la capacità di inumidire qualunque cosa. È diventata un pezzo di carta crespa, ruvida e arricciata. Ho nausea.

Nausea.

Parmenide, comunque. Andiamo a pagina ottantanove.

Ieri pomeriggio...

Ieri pomeriggio la vita sembrava completamente un'altra cosa rispetto a oggi.

Ma ieri era ieri, e non può tornare... e poi, mi direte, ieri pomeriggio eri ancora tua sorella, e stavi vivendo la sua vita... già.

La vita di mia sorella.

La sua vita così pazza, allegra, frenetica, colorata... piena di amici, e di persone che le vogliono bene... di amore e di risate, di spensieratezza e di serate divertenti... la sua vita... così bella e così preziosa, e così fragile...

La sua vita.

Che stamattina stava per finire.

Comunque, stavo dicendo... io sono un'ape. Questo è sicuro. Me lo ha detto anche lui, e lui se ne intende di api. Sono proprio la sua passione, le ama alla follia, lui... le api...

Lui.

Oggi mi avrà mandato almeno sei messaggi e chiamato quattro o cinque volte. Ma io avevo un po' da fare, e non gli ho risposto... non potevo rispondergli. Intanto perché la mia anima era avvitata su se stessa, e non riuscivo a smettere di piangere. E poi perché sono un'ape, appunto. Sono un'ape, e un'ape non ha tempo di rispondere al telefono. Non ha tempo di andare a fare una passeggiata, o un giro in motorino, magari con la testa appoggiata alla sua schiena e i capelli sciolti al vento... anche se le piacerebbe molto... ma non può. Non può farlo, se veramente è un'ape. Perché un'ape deve lavorare per il suo alveare, e ci sono momenti in cui non può proprio abbandonarlo. Non deve abbandonarlo. Soprattutto se è tutto il resto dell'alveare che ha già abbandonato lei.

Vodka Glen.

È scozzese. Mia madre ne teneva tre bottiglie nell'armadio della dispensa, dietro alle marmellate e alle conserve di pomodoro che fa la nonna. E mia sorella, tempo fa, diceva con le sue amiche che sarà anche scozzese, ma che alla fine è roba da discount. Che va bene per ubriacarsi quando non c'è altro, ma che secondo lei non è per niente buona... che non va nemmeno bene per fare dei cocktail...

Mah, vi dirò. Io un'oretta fa ne ho bevuto un pochino.

Così, per provare. E non mi è sembrata tanto male... un po' forte, certo... poi io non ci sono neanche abituata... però mi sono detta: se due terzi delle api che vivono in questo alveare non possono fare a meno di ubriacarsi più o meno regolarmente, qualcosa di speciale dovrà pur averlo, questo benedetto alcool… e allora ne ho bevuto un pochino, ecco. Diciamo una mezza bottiglia.

No, mi correggo: diciamo una bottiglia e mezza.

Ho le vertigini. Sto camminando in mutande e reggiseno in cucina, perché quella vodka mi ha messo un bel po' di caldo addosso e ho dovuto levarmi il pigiama… beh, insomma, è ovvio che la vodka ti scalda, l'hanno inventata in quei paesi dove d'inverno c'è un freddo cane… in Russia, tipo… comunque, state tranquilli: io bevo responsabilmente. Io so tutto sui rischi legati all'eccesso di alcool. Sono almeno due anni che mi informo su queste cose, e ho letto un sacco di articoli su Internet, molti dei quali me li sono anche stampati per tenermeli nel diario… ecco ce l'ho qui davanti, sul tavolo in cucina. Mamma mia quanta roba che ci ho messo, in tutti questi anni, nel mio diario… fogli, racconti, ritagli di giornale… quella lettera di Adele per nostro padre che a nove anni avevo tolto dalla sua busta, perché non gli venisse mai spedita…

Hai sbagliato, mi ha detto stamattina mia sorella. Sei stata una cogliona.

Mah… allungo la mano verso il centro del tavolo, afferro una delle tre bottiglie di vodka che ci ho messo sopra e la apro; poi ne mando giù un paio di sorsi. Mah… al netto del fatto che all'epoca ero solo una bambina, e per di più molto spaventata all'idea di non rivedere più la mamma, e dopo aver origliato tutta quella lite fra lei e mia nonna in cui parlavano di affido esclusivo, assistenti sociali, pareri del giudice e sentenze del tribunale, penso proprio che… penso proprio che…

Penso proprio che mia sorella abbia perfettamente ragione.

Mi siedo e appoggio la testa sul tavolo della cucina, chiudo gli occhi e mi invade una sensazione di pace, e di benessere... mi sento leggera e pesante, grave e lieve, mentre scivolo nel sonno come fra le braccia di un dolcissimo amante... che, da ventiquattro ore a questa parte, ha la faccia di uno che ho sempre odiato... e che invece adesso mi ha fatto diventare come George Baines in *Lezioni di Piano*, quando Ada torna alla sua capanna e lui le dice: "Sono malato di desiderio. La mia mente si accanisce su di te e non posso pensare ad altro..."

Non posso pensare ad altro...

Solo che io non posso non pensare anche ad altro. Perché io *devo*, pensare anche ad altro.

Perché io sono un'ape. E un'ape non ha che uno scopo nella vita: sacrificarsi per il suo alveare.

"Ti ammazzo", le ha detto la mamma.

Sollevo la testa dal tavolo, mi sono svegliata di colpo. Ma non capisco nemmeno se ho davvero dormito, ed eventualmente quanto...

"Ti ammazzo, brutta troia. Brutta puttana..."

Ho ancora in mano la bottiglia di vodka, mi bruciano gli occhi e non ci vedo molto bene, ma credo che i due sorsi di prima siano stati un po' più di due sorsi. Il livello del liquido dentro la bottiglia, infatti, è calato considerevolmente.

Comunque, non perdiamo tempo. Andiamo alla pagina ottantanove del libro di filosofia, Parmenide di Elea. Guidi, allora, leggi un po' cosa dice l'introduzione, visto che finalmente ti sei svegliata e sei riuscita ad arrivare alla pagina...

Comincio a leggere a mente, tenendo il segno con l'indice sotto ogni riga. Diavolo, com'è difficile... le righe si muovono tutte, le lettere ondeggiano... e il mio dito le insegue sulla pagina, come sfere di mercurio impazzite... mi sa che sto diventando dislessica come Adele. Sarebbe un vero problema, perché lo studio è l'unica cosa che ho... l'unica cosa che so fare... per il resto, mi dispiace ammetterlo ma ha ragione mia sorella: sono un'emerita cogliona.

"Lo sai perché ti chiami Adele, no?!" le ha urlato la mamma, sbattendola contro il muro e mettendole le mani al collo "ti chiami Adele come tua nonna... quella che è morta prima di vederti nascere... ecco, se non la smetti di provocarmi..." le ha detto, "ti mando subito a conoscerla, te lo giuro su Dio..."

Dio.

Credo di averlo chiamato, in quel momento. Mentre mia madre stava strozzando mia sorella, e io ero rannicchiata in un angolo del corridoio, per terra, con gli occhi sbarrati e le mani sulle orecchie... perché non riuscivo a muovermi, né a reagire. Né ad alzarmi per liberare Adele da nostra madre, perché nuovamente aveva ragione mia sorella, quando me lo diceva stamattina: sono una vigliacca di merda. Lo sono sempre stata. E l'unica cosa che ho saputo fare, mentre le guardavo la faccia diventare bluastra, è stato urinarmi addosso e chiamare sottovoce Dio... ma piano piano, per non disturbarlo... infatti dubito che mi abbia sentito. In ogni caso, in quel momento è arrivata la nonna, che ha suonato alla porta. E allora mia madre ha mollato la presa dal collo di sua figlia, di botto, come se si fosse svegliata da una specie di trance... ha aperto la porta ed è tornata giù in laboratorio, chiedendo a mia nonna, come se niente fosse, se aveva spento lei il forno dove stava cuocendo la frolla al cioccolato... la frolla al cioccolato... mentre mia sorella scappava a chiudersi in bagno e io restavo esattamente dov'ero... ferma e immobile... con la mia pipì calda nelle mutande e un incommensurabile quanto vergognoso senso di sollievo, e di piacere... sì, anche di piacere... ma soprattutto di sollievo. Un sollievo immenso, e oscenamente piacevole. E me ne sono stata ancora per un bel pezzo lì seduta sul pavimento dell'ingresso, nella mia urina tiepida e consolante, ad asciugarmi il naso con il dorso della mano e a guardare Adele che una volta uscita dal bagno prendeva il suo zaino, la sua lettera per nostro padre che le era caduta per terra e correva fuori di casa. Senza salutarmi, né guardarmi in faccia... ma come darle torto, dopotutto. Neanch'io mi sarei salutata.

Mi scoppia il cranio. Mi scoppia il cranio, ma riesco a leggere sul libro che la filosofia di Parmenide è stata spiegata con la massima: "Ciò che è, è... e ciò che non è, non può essere". E che a lui viene attribuita anche la locuzione *ex nihilo nihil fit*. Beh, questo Parmenide la sapeva lunga, non c'è che dire... *ex nihilo nihil fit*.

"Dal nulla viene il nulla".

E io sono il nulla.

Appoggio le labbra al collo della bottiglia, la sollevo e chiudo gli occhi: la vodka bagna la mia lingua ruvida, scende lentamente lungo la gola e arriva allo stomaco fiacca e bruciante, come una frustata stanca. Dal nulla viene il nulla, questo Parmenide ce le aveva proprio quadrate, signori miei...

In questi due anni in cui mi sono informata sui danni causati dall'abuso di alcool ho letto anche molte frasi e aforismi sul tema, perché mi piace molto memorizzare aforismi, e ce ne sono alcuni davvero divertenti, anche se ora non me li ricordo proprio tutti (e anche se quando li leggevo non mi parevano affatto divertenti, a dire la verità). Comunque ce n'è uno sull'alcolismo che è citato in quasi tutti i siti di aforismi e di modi di dire, che dice: "Bere non è la risposta, ma almeno ti fa dimenticare la domanda". Simpatico... e molto vero, per giunta.

Ho sonno. E ho sete, una sete terribile. Inclino più che posso la bottiglia di vodka Glen verso la mia bocca, ma non scende più niente... possibile che sia già finita... allungo il braccio verso la terza bottiglia ancora da aprire, mi tremano le mani, le gambe, la bocca... il mio corpo è un razzo in orbita, la cucina di casa mia un flipper colorato e pieno di luci, di suoni acuti e laceranti, come il ticchettio delle lancette dell'orologio, che ora non sono più unite sopra il numero dodici come due amanti occasionali... no, se ne sono andate ognuna per la sua strada, in attesa di rincontrarsi alle tre e un quarto... gli amplessi dell'una e cinque e delle due e dieci li hanno già avuti... mi chiedo quanto ho dormito, quando ho appoggiato la testa sul tavolo, poco fa... a me sono sembrati pochi secondi...

Chissà chi è il maschio e chi è la femmina, fra le due lancette... beh, è chiaro: la lancetta delle ore è la femmina, e quella dei minuti è il maschio, perché è la più lunga. E poi è quella che quando si uniscono sta sopra...

Mi alzo dalla sedia. Barcollo appoggiandomi al tavolo della cucina con in mano la terza bottiglia di Glen's Vodka, come dice l'etichetta... vado verso l'ingresso per scendere giù in laboratorio, voglio chiamare la mamma e dirle che non sto bene... proprio per niente bene... sono in mutande e reggiseno, ma tanto chi mi vede sulle scale alle tre di notte... e poi, qui nel palazzo siamo tutti parenti, tutta gente di famiglia... se solo riuscissi ad arrivare alla porta... mi sta suonando il telefono. Non capisco, lo avevo spento... ah, no, è la sveglia. L'avevo programmata per svegliarmi verso le tre, perché mia madre ieri mi aveva detto che era stata contenta che l'avessi raggiunta in laboratorio... anche perché avevamo chiacchierato un po', e non succede molto spesso... siamo sempre tanto prese dalle nostre vite... così avevo deciso di alzarmi per aiutarla anche stanotte, perché anche per me era stato bello, ieri... ma ora, invece, non ne ho più voglia. E credo sia superfluo spiegarvi il perché.

Prendo il telefono e spengo la sveglia, che mi stava trapanando i timpani. Non che non mi piaccia quella musica, tutt'altro: per il sabato e la domenica ho impostato il tema principale di *Lezioni di piano* come suoneria, *The heart asks pleasure first*: "il cuore chiede innanzitutto il piacere". Ma, con tutto il rispetto per Michael Nyman, l'autore di questo brano, io penso che sia la più grossa cazzata che sia mai stata detta: perché il cuore non chiede innanzitutto il piacere. No, altrimenti mia madre non avrebbe sempre tre bottiglie di vodka nascoste in dispensa, e io non me ne sarei bevuta due, stasera. Perché il cuore non chiede innanzitutto il piacere. Il cuore chiede innanzitutto di dimenticare il dolore, e io ne sono certa: anche se è la prima volta che mi ubriaco, e quindi non sono quella che si dice un'esperta in materia, tuttavia ne sono più che sicura. La prima causa di una dipendenza, anzi la sola ed unica causa di una dipendenza, di ogni dipendenza, è una cosa soltanto. E si chiama infelicità.

D'altra parte, io non sono solo un'ape. Sono anche Ada, lo sono sempre stata: la protagonista del mio film preferito, che come dice una comare maligna sentendola suonare il piano, è una strana creatura, e ha suoni lugubri dentro. E siccome ha suoni lugubri dentro, a un certo punto chiederà di calare in acqua il suo pianoforte, proprio mentre prende il mare con George verso una nuova vita. Perché quell'abisso che umanamente la spaventa, al tempo stesso, follemente ma inesorabilmente, la attira a sé: e quando il piano affonda nell'oceano, lei mette di proposito il piede nella corda a cui è legato, ed è un attimo: il suo corpo viene sbalzato fuori dalla barca e precipita in mare… e l'ultima inquadratura del film è la sua sagoma senza vita, appesa per un piede al pianoforte immobile sul fondale, con la gonna scura, gonfia di acqua… è l'ultima inquadratura del film, poi ci sono i titoli di coda. E io l'ho appena deciso: sarà questo il mio finale. Perché io sono Ada. Ma sono anche un'ape.

E stanotte compirò il mio destino.

Stringo in mano la terza bottiglia di vodka, l'unica che non ho ancora aperto. Lo specchio nell'ingresso mi guarda severo, sembra quasi lo abbia capito: che voglio fare il gioco dello specchio a mia madre e a mia sorella, contemporaneamente. Per metterle davanti a loro stesse, ai loro vizi e alle loro schiavitù. Per fargli vedere che persone sono, come si sono ridotte e che cosa sono diventate… insomma per salvarle dai loro demoni, finché siamo ancora in tempo… o magari… o magari…

O magari per cancellarle per sempre.

Svito il tappo. Incollo le labbra alla bottiglia e ingoio quasi tutto il suo contenuto, in un sorso unico, lento e inarrestabile… hanno ragione a dire che si *annegano* i dispiaceri nell'alcool, perché è proprio così che mi sento: annegata, come Ada nell'oceano. Ho fame d'aria, fame e sete, e un gusto acido che mi sta riempiendo la lingua, insieme a una melma fangosa nell'esofago che vorrei sputare, ma che invece ingoio… e più la ingoio e più vorrei sputarla… e i miei riflessi sono tasti di un telecomando senza pile, del tutto inutili, irrimediabilmente guasti… ma era giusto così, fin dall'inizio: per mia madre e mia sorella… e non lo so se in fondo al cuore non lo avessi già deciso fin dal primo sorso di vodka, qualche ora fa: ma adesso, guardandomi allo specchio in reggiseno e mutande, con la vista sdoppiata per quanto ho bevuto e la testa in fiamme, non posso non dirglielo, a quelle due persone che vedo nello specchio, e che siccome sono la mia immagine sdoppiata e riflessa, assomigliano molto anche a mia sorella e a mia madre: non arrabbiatevi, vi prego... perché era così che doveva finire: io sono un'ape, e un'ape si sacrifica sempre per il suo alveare... infatti quando punge per difenderne gli abitanti è lei la prima a morire... e io volevo solo difendere il nostro alveare, facendovi da specchio... cioè facendovi vedere chi siete, o che cosa siete... ma forse ho fallito. Sì, in qualche modo, anche se non volevo, anche se ero mossa dalle migliori intenzioni, devo aver fallito... e fallito miseramente... o, più semplicemente, ho giocato al gioco dello specchio a parti invertite: perché, alla fine, non sono stata io a farvi vedere chi siete.

Siete state voi a farmi vedere chi sono.

Mi avvento sullo specchio e mi ci accascio sopra, poi mi ci aggrappo abbracciandolo, e spingendolo verso il muro. Lo avevo detto, lunedì sera, che sarebbe stata una settimana difficile per il nostro specchio... che prima di domenica sarebbe andato nuovamente in pezzi, anche se non pensavo proprio che sarebbe successo per colpa mia... comunque, vi dirò: lo scambio fra me e Adele in teoria avrebbe dovuto finire domani. Quindi, da un certo punto di vista, si può dire che sono ancora mia sorella, adesso...

Non respiro. La melma fangosa di vomito e acido che mi ha riempito la gola si è allargata, mi ha invaso la bocca e la lingua, e anche il mio naso sembra tappato. Potrei provare a respirare dalle orecchie, penso, ma non mi sembra una buona idea... niente sembra una buona idea, in questo momento... mi stringo sempre più forte allo specchio, barcollo e cado all'indietro, mentre il vetro esplode cadendo con me… su di me… dentro di me… e se mi vedessi da fuori immagino che questa la giudicherei una morte spettacolare… ma da dentro, per quel poco che capisco ancora, mi sembra invece che la morte sia solo morte, e non abbia niente di spettacolare, ma faccia solo schifo… solo schifo… come il troppo bere, gli incidenti e le malattie… ma me la sono cercata, e adesso ben mi sta: ho vissuto da ape, devo morire da ape. Forse era questo il mio destino, dopotutto… anche se al momento penso solo di aver fatto una cazzata… e una cazzata così grossa che, a questo punto, spero solo di morire per non doverla raccontare a nessuno… e mentre il muro, i mobili, i quadri appesi nell'ingresso e il mio braccio allungato per terra diventano sempre più bui e sfuocati, un solo pensiero mi ritorna in testa, come l'unica cosa che forse avrebbe potuto fermarmi in tempo… ma come sempre nelle tragedie il tempismo è tutto, e si sa che non gioca mai a favore dei protagonisti: il ricordo di quelle quattro parole sentite vicino alle porte aperte di un autobus, soltanto ieri pomeriggio… dette da qualcuno che, se non fossi stata così stupida qualche ora fa, magari avrebbe potuto amarmi… per un giorno, o forse anche per sempre… e che soprattutto anch'io avrei potuto amare… per un giorno…

O forse anche per sempre.

"Niente è come te".

Sbarro gli occhi. È buio, è tutto buio, e non vedo più nulla. Avevo caldo fino a poco fa, ma ora ho freddo…

Ho freddo…

Ho freddo…

Ho freddo.

13

Talità kum

Adele, 20 ottobre 2019
Settimo giorno

"Ciao, sfigata..." parlo piano, mentre afferro le dita immobili della mano sinistra di Arianna, stando attenda a non scontrare il saturimetro che ha attaccato all'indice "...ti trovo proprio bene, lo sai?"

La guardo: ha la testa bloccata da una specie di collare, e un cerotto bianco sopra il labbro superiore che le tiene fermo il tubo che le fuoriesce dalla bocca, e che le hanno infilato in gola qui in ospedale per farla respirare. Attaccati al tubo, sulla destra, ci sono altri due tubi estensibili più grossi e più lunghi, uno bianco e uno azzurro, che terminano nel macchinario che ha accanto al letto e mi ricordano lo scarico della lavatrice, non so perché. Ha una pezza bagnata sulla fronte, vari graffi da schegge di vetro sul viso e lungo le braccia, l'indice della mano destra tutto fasciato e un paio di cerotti negli avambracci da cui partono altri due tubicini più piccoli, e ridendo le dico che sembra il modem del wi-fi che abbiamo in casa, è tutta un groviglio di fili incasinati. Non mi risponde, ovviamente. Né tantomeno apre gli occhi.

Le osservo le dita: ha ancora sulle unghie lo smalto blu che le ho messo venerdì mattina, anche se lei non voleva... diceva che non è abituata a mettersi lo smalto, ma io ho insistito perché il venerdì è la giornata dello smalto, ce lo mettiamo sempre con le mie amiche, tutti i venerdì... e siccome le avevo detto che se non se lo fosse dato Stoccolma e Nairobi si sarebbero insospettite, alla fine se lo era fatto mettere... anche se continuava a dirmi che potevo usarne uno un po' più simile al colore naturale delle unghie, invece di dipingergliele con quella specie di vernice per biciclette... sorrido, ricordandomi la faccia che aveva fatto guardandosi le mani, quando avevo finito di darle lo smalto... le accarezzo le dita fredde, massaggiandole i polpastrelli, mentre le guardo il viso: ha gli occhi chiusi e la bocca forzatamente aperta per il tubo, con il labbro superiore contratto in una smorfia che sembra di dolore, o di disgusto, per via di quel cerotto che ci hanno messo sopra, con poca delicatezza e un po' di frettolosità, forse per tenere ferma la cannetta che ha nel naso.

Mi guardo intorno: la terapia intensiva è uno stanzone ampio, sembra un loft o un'esposizione di letti a ruote, o di monitor accesi pieni di suoni elettronici intermittenti, che di quando in quando rompono il silenzio. È pomeriggio, c'è una luce pallida alle finestre e le infermiere si muovono tranquille, ciabattando attraverso lo stanzone come ballerine in zoccoli bianchi, che si muovono al ritmo dei bip bip dei macchinari: se ne suona uno con più insistenza, arrivano e osservano il malato a cui è attaccato, poi riguardano il monitor, schiacciano qualche tasto e tornano impassibili a quello che stavano facendo, come le commesse al supermercato quando si blocca qualcuna delle casse veloci, e devono digitare a mano il codice a barre sulle confezioni.

"Senti, sfigata..." dico a mia sorella continuando a massaggiarle le dita della mano sinistra, che non smettono di essere gelide, "sono venuta a dirti che adesso dovresti proprio svegliarti..." Mi trema la voce, sento affiorare le lacrime, afferro le dita di Arianna e le intreccio con le mie, stringendole fino a farle male, sperando di farle male... sperando che possa sentire la mia stretta e spalancare gli occhi, e magari guardarmi in faccia con la sua solita aria contrariata, quella che ha sempre quando la infastidisco mentre sta studiando, o la disturbo mentre scrive al computer... Arianna...

Arianna...

Scoppio a piangere. Stringo le sue dita così forte che ho paura di spezzargliele, mentre lei resta impassibile, quieta e addormentata, come Biancaneve dopo aver mangiato la mela... le dico di svegliarsi, che non può farmi questo... che ho già dovuto raccattarla da terra stanotte, quando mi sono precipitata in casa con nostro padre, liberarla dal suo vomito e farle il massaggio cardiaco... quello che ho imparato alle lezioni di Primo soccorso dopo la scuola, a cui mi ero iscritta perché volevo prendere il brevetto da bagnina, prima della prossima estate... mentre quell'idiota del 118 continuava a chiedermi come mi chiamavo e a dirmi cose che sapevo già, e a ripetermi che stavo andando molto bene... molto bene... e che presto sarebbe arrivata l'ambulanza, e di nuovo come mi chiamavo... ma che cazzo gliene fregava di come mi chiamavo... ma che mi mandasse un'ambulanza, santo Dio, che mia sorella non c'era più, se ne stava andando... aveva già girato gli occhi porca puttana, aveva la bava alla bocca e non stava più respirando... e io non me lo ricordavo neanche più in quel momento come si faceva il massaggio cardiaco, mi sembrava solo di spaccarle le costole... magari gliele ho anche spaccate... ma stavo spingendo, Dio santo... stavo spingendo con tutte le mie forze... ma che loro mi aiutassero... che mi aiutassero, cazzo... che mi mandassero quella benedetta ambulanza, una buona volta...

"Dicono che ti ho salvato la vita..." sussurro piangendo a mia sorella, guardando le sue palpebre chiuse e il suo viso impassibile, "... i dottori hanno detto a papà e mamma che se non fossi stata lì in quel momento, e non ti avessi fatto le manovre di rianimazione, te ne saresti andata... capisci? E che sono stata brava, proprio brava, eh sfigata...? Non dimenticartelo... e non dimenticarti che ti ho tolto lo specchio rotto di dosso, che quando ti ho trovato sembravi una specie di Cristo in croce, tutta piena di graffi e di tagli..."

Tiro su con il naso, appoggio la testa sulla sua mano e resto lì, con gli occhi chiusi, senza più parlare... tanto lei non può sentirmi.

Continuo a piangere: c'è un silenzio, un vuoto nella mia mente che sembra una voragine, ampia e sconfinata, dove fluttuano le parole dei medici di pochi minuti fa, quelle che a me e ai miei genitori raccontavano di coma e di danni neurologici, di tempo trascorso senza ossigeno al cervello e di una quantità di alcool nel sangue inaudita... *inaudita,* così hanno detto... e di lesioni permanenti, e del fatto che di coma etilico, purtroppo, si può anche morire... e che questo avrebbe potuto essere uno di quei casi, se non fossimo arrivati in tempo... in tempo... ma che al momento il quadro era molto delicato, e che non si potevano escludere gravi conseguenze, anche a lungo termine... soprattutto per il fatto che nessuno di loro sapeva con certezza quando ci sarebbe stato qualche segnale di risveglio... ammesso che ci sarebbe mai stato.

Alzo la testa dalla mano di mia sorella. Le dico piangendo di aspettarmi dov'è, e di non muoversi, di non andarsene via per nessun motivo che devo andare un attimo in bagno, ma che torno subito... poi chiedo all'infermiera se posso uscire e rientrare fra qualche minuto, in terapia intensiva non si può andare e venire così a caso come negli altri reparti... mi risponde che non c'è problema, ed esco fuori in corridoio. E lì, seduto vicino alle macchinette del caffè e delle bibite che sta parlando con mia madre, lo vedo: l'uomo che, realizzo di colpo sentendomi invadere dalla rabbia, è il vero colpevole di quello che ci è successo: perché, se due mesi fa si fosse fatto i fatti suoi, e non fosse intervenuto mentre io e Arianna ci stavamo pestando al campo provando inutilmente a dividerci, non sarebbe mai scivolato su quel lago di acqua insaponata... e non si sarebbe mai rotto il femore... e mia madre non lo avrebbe mai saputo, e non ci avrebbe mai castigato obbligandoci a scambiarci le vite in questa settimana allucinante... e di sicuro noi non saremmo qui, oggi pomeriggio... o perlomeno non ci sarebbe lui, visto che è ancora ricoverato anche se l'operazione al femore è andata bene... lo so perché il mese scorso eravamo venute a trovarlo, io e mia sorella... ma siccome è vecchio e tutto pieno di acciacchi non sono ancora riusciti a dimetterlo perché gliene esce sempre fuori qualcuna... e ora è qui con il suo pigiama a righe, la stampella e la sua faccia da avvoltoio, che sembra proprio un uccellaccio con quei quattro capelli arruffati e quel naso adunco... e con quel sorriso infantile e nello stesso tempo da pazzo, il suo dente d'oro e la sua aria da scolaretto perennemente in gita, anche adesso che sono due mesi che è all'ospedale e dovrebbe essere almeno un po' incazzato perché non è ancora riuscito ad andarsene... ma d'altronde dicono che abbia un principio di Alzheimer... è lui il colpevole di tutto, in fondo. E avrebbe proprio dovuto farsi gli affari suoi quella mattina al campo, perché io e Arianna ci stavamo solo picchiando come al nostro solito, non serviva che corresse a dividerci... comunque ora faccio finta di non vederlo, mentre giro verso i bagni. Sento che sta parlando con mia madre, che da stanotte non ha ancora voluto sedersi, e infatti lo sta ascoltando in piedi appoggiata al distributore del caffè, con le mani che le tremano incontrollabilmente, la faccia grigia come la morte e l'aria completamente disfatta, in questo momento non so se per l'angoscia, l'astinenza da alcool o i discorsi di Don Balzottini, che tanto per cambiare le sta raccontando la storiella che ci ripeteva tutte le sante sere al campo: quella dell'uomo e dei suoi due figli, e di quello piccolo che a un certo punto se ne va "Perché è un tipo un po' vivace, questo giovane..." dice Don Guido a mia madre, "e vuole godersi la sua parte di eredità. Tuttavia poco dopo si perde, vivendo da dissoluto... mentre il figlio grande invece se ne sta sempre chiuso in casa, a studiare e a fare i compiti... ma si perde anche lui, pur restando in casa... infatti..." continua, "quando il fratello torna, non capisce la gioia del padre che corre a riabbracciarlo, e nemmeno può capirla: perché lui nella casa del padre ci è rimasto da servo... non da figlio!" Va avanti così Don Balzottini, a parlare come un invasato, mentre mia madre, si vede chiaramente, non lo sta assolutamente ascoltando... ma lui continua, imperterrito... Dio che fastidio, perché non se ne torna in camera sua... me ne vado in bagno se no finisce che mi vede e attacca discorso anche con me... intanto mio padre è sulle scale, al telefono, che sta parlando con non so chi e litigando di brutto in romanesco, discutendo di contratti e di penali, e urlando che ha una figlia in coma e manco sa se si sveglierà mai, e che quindi non gliene frega proprio un cazzo de niente di un certo onorevole Ramponi e dell'attrice che gli ha raccomandato, che se n'andasse affanculo lui e la sua amante de mmerda, che una con quella dizione manco in un porno la farebbe recitare... comunque entro nei bagni, e cerco di starci il più a lungo possibile per non incrociare, uscendo, né Don Guido né mia madre, che ora si sono spostati e stanno andando verso la porta chiusa della terapia intensiva... anche mio padre li ha raggiunti, nel frattempo. Me ne accorgo perché dopo aver aspettato per un po' vicino all'entrata dei bagni, faccio per tornare da Arianna e li vedo lì, tutti e tre... beh, di sicuro non li faranno entrare, in terapia intensiva ci può stare solo un parente alla volta... ma non ho calcolato l'insistenza di Don Balzottini, che è un rompicoglioni assurdo, e che continua a suonare il campanello del reparto dicendo che dobbiamo assolutamente entrare tutti e quattro, e che deve solo dare una benedizione a mia sorella, e poi ce ne andremo subito... vorrei ucciderlo: ora l'infermiera si incazzerà come una bestia e non farà entrare più nessuno, compresa me che c'ero prima di loro e che se avessi saputo, poco fa, che ora si sarebbero messi a fare tutto questo casino, me ne sarei rimasta lì e non sarei proprio uscita... ci mancava solo Don Guido...

Sento il suono di un citofono, e alla quinta volta che Don Balzottini ripete: "Sono Don Guido..." la porta si apre. Un'infermiera ci fa segno di entrare e di sbrigarci, e ci mettiamo tutti intorno al letto di mia sorella, mentre Don Balzottini tira fuori un vangelo dalla tasca della vestaglia e dice che ci vuole un "tesoretto", come al campo estivo dopo la caccia al tesoro: dobbiamo aprire un vangelo a caso, dopo che avremo pregato per Arianna. La guardo: è lì, immobile, nel suo letto... con un tubo in gola e gli occhi chiusi e penso che, se fosse sveglia, come minimo adesso lo manderebbe proprio a quel paese Don Guido, lui e il suo tesoretto... ma in un modo colto, bello, elegante... cioè gli direbbe che lei è atea, o agnostica, o celiaca, o come cavolo si dice... e aggiungerebbe che a queste cose non ci crede per niente, perché l'esistenza di Dio nessuno l'ha mai dimostrata, e comunque come si fa a credere a un Dio buono che manda suo figlio a morire su una croce? È assurdo! Così gli direbbe, se fosse sveglia... ne sono sicura. Invece non può farlo, e deve stare qui ferma mentre Don Balzottini le traccia un segno di croce sulla fronte e, dopo aver aperto il vangelo, comincia a leggere: "Stava ancora parlando, quando dalla casa del capo della sinagoga vennero a dire: 'Tua figlia è morta. Perché disturbi ancora il Maestro?'. Ma Gesù, udito quanto dicevano, disse al capo della sinagoga: 'Non temere, soltanto abbi fede!'. E non permise a nessuno di seguirlo, fuorché a Pietro, Giacomo e Giovanni, fratello di Giacomo..."

Guardo mia madre: credo stia per svenire, è in piedi da tutta la notte e sono quasi le quattro del pomeriggio, ma non vuole sedersi, anche se mio padre le fa segno di prendere la sedia che le ha portato. È lì, in piedi, indurita e nello stesso tempo imbambolata: non riesce a smettere di tremare, non parla, non guarda nessuno. È un cadavere che ondeggia vicino al letto di mia sorella, e non vuole sedersi. Non vuole. Intanto Don Balzottini prosegue: "Giunsero alla casa del capo della sinagoga ed egli vide trambusto e gente che piangeva e urlava forte. Entrato, disse loro: 'Perché vi agitate e piangete? La bambina non è morta, ma dorme'. E lo deridevano. Ma egli, cacciati tutti fuori, prese con sé il padre e la madre della bambina e quelli che erano con lui, ed entrò dove era la bambina ..."

Mio padre sta ascoltando a testa bassa, o forse finge di ascoltare per rispetto a Don Guido, e a tutta la situazione...

ma di sicuro ha un sonno cane perché ha guidato come un pazzo stanotte, e la sua Porsche l'ha fatta proprio volare... l'ha fatta volare, cazzo, e siamo arrivati in tempo... in tempo... o forse no... forse no, penso, mentre comincio a piangere senza riuscire a fermarmi, e Don Balzottini continua: "Prese la mano della bambina e le disse: 'Talità kum', che significa: 'Fanciulla, io ti dico: àlzati!'. E subito la fanciulla si alzò e camminava; aveva infatti dodici anni. Essi furono presi da grande stupore. E raccomandò loro con insistenza che nessuno venisse a saperlo e disse di darle da mangiare... Parola del Signore!" dice Don Guido. Poi chiude il Vangelo, se lo rimette nella tasca della vestaglia e mi afferra una mano. E nello stesso istante in cui mi prende la mano, mia madre fa due cose: una che non fa più da almeno tredici ore. E l'altra che non fa più da almeno sette anni, perlomeno non in pubblico: crolla su una sedia. E scoppia a piangere.

Mio padre le mette un braccio intorno alle spalle, le dice che Arianna è forte, che ce la farà, di non disperare... ma anche lui è un tronco spezzato che sta per abbattersi, e io non ne posso più di loro... di tutti loro che sanno fare solo discorsi, pianti e preghiere inutili... perché tanto mia sorella non si è svegliata per miracolo come la bambina del vangelo, e non si sveglierà mai se nessuno glielo dice, anche con le brutte se necessario, e non la prende di petto... perché lei è una che ha bisogno di essere scrollata, ogni tanto... e adesso, proprio adesso sento che è giunto il momento di farlo: dico ai miei genitori e a Don Balzottini di uscire, per favore, che devo parlare un attimo in privato con lei... e quando finalmente se ne sono andati mi siedo sul suo letto, le vado con il viso davanti alla faccia e, senza farmi sentire dalle infermiere, le dico: "Senti, sfigata... adesso tu ti svegli, perché mi hai rotto i coglioni. E non fare finta di non sentirmi, perché lo so benissimo che ci sei, ma fai finta di niente... come tutte le volte che la mamma ci chiede a chi tocca caricare la lavastoviglie e tu fingi di non saperlo quando è il tuo turno, perché dici sempre che hai troppo da studiare per pensarci... ecco..." giungo le mani davanti a lei, mentre piango e mi cola il naso. "Io non prego Dio, prego te... prego te, Arianna... ti prego, svegliati... perché, se ti sveglierai, ti prometto che diventerò la sorella migliore del mondo... che farò tutto al tuo posto..." le dico sorridendo fra le lacrime "e che, se non vorrai caricare la lavastoviglie, lo farò sempre io... oppure, se non avrai voglia di studiare, ci andrò io a scuola al posto tuo, dalla Antuori, e le dirò a memoria tutte le poesie che vorrà sentirsi dire... oppure andrò dalla contessa Ottoboni e imparerò a leggere bene come te, se non vorrai più farlo... e alla Moretti e a tutti quegli stronzi che ti ridono dietro quando passi per strada darò calci nel culo, e pugni in faccia, e gli farò sputare i denti, a tutti quanti... o forse no: forse sorriderò, e me ne andrò per la mia strada... perché loro non sono neanche degni di allacciarti le scarpe, sorellina... e non vale la pena di arrabbiarsi per certa gente... non ne vale proprio la pena..." continuo a piangere, supplicandola, ma Arianna non si sveglia. Non reagisce. Sta lì, con il suo tubo in gola, il cerotto sul labbro, la pezza bagnata sulla fronte e gli occhi chiusi: come se ne avesse abbastanza anche di me, e non volesse più ascoltarmi... come se dicesse: lasciami in pace, adesso. Lasciami in pace.

Mi alzo dal suo letto. Vado verso la finestra dello stanzone e chiudo gli occhi. Fra poco arriverà Rio, è l'unica persona che ho avvisato, per adesso, e gli ho detto di non dire niente a nessuno, nemmeno ai nostri amici, non lo so il perché... forse perché questa cosa di non dire niente a nessuno è proprio un vizio della nostra famiglia, più ancora del bere... comunque l'ho fatto istintivamente, non per qualche motivo particolare… così, anche se non potrei, mi sono portata dietro il cellulare anche qui, in terapia intensiva: per rispondere a Rio in caso dovesse chiamarmi, ma meglio che lo nasconda, perché non vorrei che le infermiere si arrabbiassero… e mentre sono davanti alla finestra con gli occhi chiusi penso che Dio, se mai esiste, è stato un po' stronzo con me e mia sorella… e glielo dico… e gli dico che, se fossi in lui, come minimo ora farei svegliare Arianna dal coma, perché non è per niente giusto che resti così… e che, in ogni caso, se non vuole svegliarla subito, almeno che mi dia un segno, non lo so, che ha intenzione di farlo…. che vuole guarirla e ridarmela com'era prima… perché poi io con chi lo farei il gioco dello specchio, altrimenti… non posso mica perdere la mia stessa immagine, morirei anch'io… sarebbe come cancellarmi, no? E a ogni modo, penso aprendo gli occhi e sentendomi mortalmente sola, vuota e angosciata, se non vuole darmi nemmeno un segno perché bestemmio dalla mattina alla sera, o rubo sempre le sigarette al bar di mio zio, almeno potrebbe, che ne so… mandarmi un sms… o un messaggio su WhatsApp… con su scritto: "Per me è sì" come nei talent show, oppure: "Per me è no"… così almeno mi metto l'anima in pace… oppure inizio a maledirlo fino alla morte… sto pensando a tutto questo, mentre mi sento sprofondare nello sconforto. Mentre sento che non c'è nessun Dio, e nessun miracolo per noi… e proprio mentre provo questo, dal più profondo del cuore, proprio mentre penso che tutto è perso, e non c'è più nessuna speranza per mia sorella, improvvisamente succede. Succede l'inimmaginabile: mi arriva un messaggio vocale su WhatsApp.

E il mittente del messaggio è Dio.

"Ciao Tokyo, volevo dirti che sono Dio, e ho un messaggio per tua sorella…" la voce del Professore è tesa mentre mi parla, e sento uno strano brusio in sottofondo, "...ascoltami, siccome ha sempre il telefono spento, e comunque ieri non mi ha mai risposto per tutto il giorno, volevo chiederti, visto che sono Dio e magari almeno a Dio può degnarsi di rispondere, di riferirle che siamo tutti qui in piscina con la prof di ginnastica che sta impazzendo, perché non è ancora arrivata e stiamo solo aspettando lei... e che, se non se lo ricordasse, è la riserva della Moretti, che oggi non può nuotare perché ha il naso tutto fasciato, come tu ben sai, Tokyo... a proposito, non vengo a scuola per un giorno e tu fai a botte con la Moretti? Cavolo, non posso proprio lasciarti sola neanche un minuto... comunque... se potessi dirle di sbrigarsi, te ne saremmo tutti molto grati, ecco... perché va bene che noi del Classico siamo sempre arrivati ultimi a queste gare e come tutti gli anni vincerà di nuovo il liceo sportivo, ma almeno proviamo a giocarcela, nella staffetta... voglio dire, se aveva deciso di non venire poteva almeno avvisarci... o magari devi venire tu al suo posto? Mi avevi detto che la cosa dello scambio finiva stasera, mi pare... beh, chiunque di voi due decida di presentarsi... si sbrighi per favore. Grazie".

Guardo il telefono. Non è da tutti i giorni, penso, ricevere un messaggio da parte di Dio in persona... e forse è per questo che mi sta battendo il cuore all'impazzata, sto sudando e ho freddo, mentre mi sta passando davanti agli occhi la seconda metà della mia vita: quella in cui ho rinunciato a un sogno, per tanti motivi... tanti motivi che adesso improvvisamente sembrano scomparsi, come nuvole dopo un temporale... se ne sono andati tutti, con quel messaggio vocale di Traversi... anzi di Dio... che, nel casino di tutto quel vociare in sottofondo, alla fine non ha fatto nient'altro che dirmi una cosa, e una cosa soltanto: torna.

Torna.

Torna.

Prendo il telefono, apro WhatsApp e faccio partire un messaggio vocale per il Professore. E, con la voce che trema, dico: "Ciao, Dio. Scusa per il ritardo... ha detto mia sorella che sta arrivando".

Mi volto. Vado da Arianna con i battiti a mille, lo stomaco in gola, la frenesia che mi attraversa le gambe come una scarica elettrica e le do un bacio sulla guancia, dicendole che come promesso sono diventata la sorella migliore del mondo, visto che giusto adesso sto andando a fare una cosa al posto suo... e che quindi al mio ritorno voglio vederla sveglia, e minimamente cosciente, altrimenti la prenderò a sberle finché non si deciderà a rinvenire. Poi faccio segno a un'infermiera che me ne sto andando, e prima che si apra la porta del reparto mi giro un'ultima volta verso Arianna, la guardo e le dico: "Scusami, ma devo proprio andare, adesso... ho una gara di nuoto e mi stanno aspettando... perché sono già in ritardo..." Guardo l'orologio: merda, sono veramente in ritardo. Sarà meglio farmi accompagnare in moto da Rio, ma mentre rifletto che Rio non è ancora arrivato, mi viene in mente che c'è una Porsche qui fuori, e il suo proprietario è uno che quando serve sa farla volare. Inoltre, cosa che adesso non guasta affatto, è sempre stato il mio tifoso più grande. E qualunque atleta lo sa: serve il tifo per tornare a vincere. Corro da mio padre e gli dico che deve portarmi a casa a prendere il borsone di Arianna per il nuoto, poi dobbiamo andare in piscina. Annuisce, senza capire, anche se probabilmente sta pensando che sono pazza: non nuoto da una vita, e decido di ricominciare a farlo proprio oggi, mentre mia sorella è in coma e di sicuro il mio posto non è in una piscina, in questo momento... ma non mi chiede niente. Forse perché ha capito che, per quanto assurdo possa sembrare, in qualche modo lo sto facendo per Arianna, e che questa è la sua gara... ma anche la mia... e che ora è meglio che mi accompagni, e non mi faccia domande: perché ho una staffetta a cui devo assolutamente partecipare, e devo proprio andarci... e devo anche arrivare in tempo, perché come ho già detto sono in ritardo, davvero in ritardo... e mi stanno aspettando tutti, compresa la me stessa di sette anni fa... che però non è più chiusa in quello spogliatoio, in lacrime e paralizzata dalla paura. No, niente affatto: anzi, adesso ha anche smesso di piangere... perché sa che è ora di presentarsi ai blocchi di partenza, tuffarsi e fare quello che ha sempre fatto dal primo giorno in cui è entrata in una piscina, mettendo subito in chiaro che lei era un talento puro, e nessuno l'avrebbe mai fermata: nuotare con tutta la forza che ha, e anche con quella che non ha... perché solo se nuoterà così potrà tornare a vincere... come quella bambina in coma etilico: che per tutti quanti era morta, anche per i suoi genitori. Ma per quell'uomo che entrò da lei e le prese la mano, per quell'uomo che in realtà era Dio, stava semplicemente dormendo. Anche se da ben sette anni.

Talità kum... alzati...

Talità kum... alzati...

Alzati.

E torna a vincere.

14

L'odore della vittoria

Arianna, 20 ottobre 2019
Settimo giorno

Ciao Bifolca,
mi fa piacere vedere che finalmente qualcosa l'hai capita. Mi dirai, nell'ultima settimana hai vissuto nei miei panni e può darsi che, chi lo sa... magari per osmosi, indossando semplicemente i miei vestiti o dormendo in camera mia, tu abbia acquistato finalmente un po' di senno e saggezza. È una possibilità, in effetti.

Voglio raccontarti una storia. Come sai, a me piace molto scrivere storie, e da dove mi trovo adesso (all'incirca alle porte del Paradiso, più o meno) ho una certa prospettiva sul mondo. Una certa visuale dall'alto, ecco. Una visuale che mi permette di raccontarti una storia in presa diretta, proprio mentre si sta svolgendo. E anche se adesso non puoi sentirmi perché sei troppo concentrata sulla gara a cui stai andando, te lo assicuro: tu questa storia te la ricorderai tutta la vita.

Il mio racconto inizia con una bambina che amava il nuoto. E lo amava così tanto che un giorno, naturalmente, lo abbandonò. Che idea bizzarra, dirai tu, non si molla qualcosa che si ama. E ovviamente hai torto, come tuo solito. Ma andiamo avanti. Questa bambina con il tempo crebbe – più in età che in intelligenza, bisogna dirlo – e un giorno sentì, in cuor suo, che era il momento di ritornare a gareggiare. Ed è di questa bambina ormai diventata grande che adesso, dal mio osservatorio privilegiato e assolutamente in diretta, devo narrarti l'eroica impresa. È necessario che io lo faccia. Perché, come sa bene Shahrazād, la protagonista del libro *Le mille e una notte,* raccontare storie non serve a nient'altro che a una cosa: salvarci la vita.

La bambina, ormai diventata una fanciulla, adesso è in auto. Sta andando a una gara di nuoto fra scuole perché si è messa in testa, chissà perché, che se la squadra in cui gareggia vincerà la staffetta, la sua gemella uscirà dal coma in cui è caduta da circa quattordici ore. Ne è convinta, almeno in una buona parte di lei, e non chiedermi il motivo, è così e basta. E se ne è uscita poco fa dall'ospedale dove è ricoverata la sorella correndo come una pazza insieme a suo padre, per arrivare in tempo alla staffetta di oggi pomeriggio. Sono saliti in macchina, hanno recuperato la borsa del nuoto a casa e sono schizzati a tavoletta verso la piscina comunale... perché tutti, ma proprio tutti, stanno aspettando soltanto lei (o meglio la sua gemella, che però come abbiamo detto non è esattamente in condizioni di poter nuotare, adesso).

Ora, dunque, è in auto. È seria, concentrata. Suo padre, con cui fino a ieri non parlava da sette anni e che non sa ancora, in fondo al cuore, se per davvero si sono riconciliati, le ha già detto almeno tre volte che la lascerà davanti all'ingresso della piscina e andrà a cercare posteggio, e alla quarta volta che prova a ripeterglielo capisce dalla sua reazione che forse è meglio smettere di dirglielo. Perché sua figlia è troppo tesa in questo momento, e non sente niente. Non ascolta nessuno.

È la freccia di un arco con la corda tirata fino allo spasimo, e sta pensando che si tufferà per terza, perché deve sostituire una ragazza infortunata che avrebbe nuotato a delfino, che nella mista-mista è lo stile che si fa per terzo. Ha già mandato un messaggio al suo ragazzo dicendogli di raggiungerla in piscina, anziché all'ospedale, e ora spegne il telefono, perché non vuole essere disturbata. Arriva davanti alla piscina, scende dalla macchina e si gira un attimo verso suo padre, che le ha grugnito un "Oh!" per farla voltare. Lo guarda, un po' infastidita che la trattenga lì, proprio adesso che deve andare. Lui la fissa qualche secondo in silenzio. Poi fa un bel respiro e con il suo accento romano trova il coraggio di dirle quello che le ripeteva sempre da bambina, tutte le volte che la accompagnava a qualche gara, anche se adesso è cresciuta e magari non se ne ricorda più, e quindi le sembrerà soltanto una stupidaggine: "Mi raccomando: vacce incazzata".

La bambina annuisce, senza parlare. Si volta e corre dentro. E lì, varcata l'entrata e arrivata finalmente negli spogliatoi dove i suoi compagni di squadra la stanno aspettando, comincia a sentirlo. Quell'odore. Quell'odore che inizia a solleticarle le narici, mentre in tutta fretta si spoglia e si mette il costume (imprecando che non trova "le sue cazzo di ciabatte", ma d'altra parte le ciabatte da piscina di sua sorella le ha usate tutta la settimana come pantofole da casa, e Dio solo sa dove le avrà lasciate...). Quell'odore che arrivata a bordo vasca la avvolge e la invade, più ancora dello schiamazzo del pubblico, della folla, della confusione... o della vista dell'azzurro nelle vasche, o del caldo umido che le attanaglia ogni centimetro della pelle... ecco, più ancora di tutto questo, sente quell'odore, che poi è l'odore del cloro: che le ricorda, più di ogni altra sensazione, quel mondo ovattato dove è appena rientrata, o da cui forse non era mai uscita.

È quell'odore che ha sentito non più tardi di due giorni fa, quando la professoressa di ginnastica di sua sorella l'aveva costretta a seguirla insieme ai suoi compagni in piscina, e che le aveva ricordato com'era gareggiare e vincere... e che l'aveva drogata, e inebriata, e l'aveva fatta ripensare per l'ennesima volta a quella frase che da due mesi a questa parte continua a tornarle in mente, ogni tanto, e oggi in particolare, quella che aveva letto al campo estivo aprendo la Bibbia a caso, e che diceva: "Gli fu data una corona, e poi egli uscì vittorioso per vincere ancora". Solo che due giorni fa lei era un'altra persona, e quell'odore aveva fatto di tutto per ignorarlo. Ma oggi non può. Non può. Perché quello è l'odore che ridarà la vita a sua sorella... magari insieme alle preghiere di quel prete con il naso adunco e l'aria da scolaretto in gita, che un'ora fa è entrato da lei in terapia intensiva, perché non è detto che anche le preghiere non possano funzionare... insomma, quando c'è in gioco la vita della propria sorella le si tentano comunque tutte... inoltre le è appena venuto in mente, vedendo la gente sugli spalti, che non gareggia più da sette anni, ha dormito si e no tre ore negli ultimi due giorni e ha dei compagni di squadra che sono abbastanza scarsi, a parte forse quel suo amico che chiamano "il Professore" (e che, sto notando dalla mia postazione privilegiata alle porte del Paradiso, in costume da nuoto ha proprio dei bellissimi argomenti... e che addominali... ehm, scusate, un momento di distrazione). Quindi forse ha bisogno anche lei di una preghiera, perché in condizioni normali vincerebbe anche con le mani legate, ma magari oggi le serve Dio, per vincere... oppure no: oppure le basta quell'odore inebriante, inebriante quasi come il profumo che sto sentendo io qui, alle porte del Paradiso... e che mi dice di entrare, e di sbrigarmi, che mi stanno aspettando... mi stanno aspettando… mentre quel prete con la faccia da avvoltoio che è seduto fuori dalla porta della terapia intensiva sta leggendo sul suo breviario… e quello che sta leggendo posso sentirlo anch'io, lo sento davvero anch'io… anche se sono molto lontana dalla terra, ormai… e sono parole che potrebbero far pensare anche a una piscina, oltretutto. Perché parlano di un'acqua viva, che mormora e che dice: "Vieni al Padre".

Vieni al Padre.

E la bambina lo fa. Viene al Padre. Anzi, in effetti sarebbe meglio dire che è il padre che va da lei, dopo aver parcheggiato la macchina ed essersi seduto sugli spalti, perché quella che sta per gareggiare è sua figlia, e oggi più che mai ha bisogno di qualcuno che tifi per lei…. ovvero che si sgoli, che la inciti, che urli come un ossesso, non appena cesserà il silenzio dopo il fischio che fa scattare i nuotatori in acqua, e che coincide sempre con quel boato sordo – la bambina se lo ricorda bene – del pubblico che inizia a gridare, e che assomiglia vagamente al verso di un gorilla affamato. E quindi quel padre comincia a tifare, non appena la bambina si tuffa in acqua e nuota come un delfino bellissimo, elegante e pieno di forza… recuperando già nella prima vasca molto del distacco accumulato dai loro avversari rispetto alla sua squadra… nuota, sua figlia, anzi vola, perché il delfino è un altro modo di chiamare lo stile farfalla, e anche se sua sorella è un'ape – ed è noto che gli insetti più importati dell'ecosistema sono le api, non dimentichiamocelo – bisogna dire che anche le farfalle, a loro modo, sanno rendersi utili… soprattutto quando invece di nuotare si mettono a battere le ali e volano… oh se volano, signori miei… e così sta facendo la bambina: a ogni bracciata, a ogni metro che macina immergendosi e riemergendo dall'acqua, ci mette sempre più forza, sempre più energia… mentre un ruggito sale dagli spalti ma lei non sente niente,

niente e nessuno, perché è troppo concentrata, e sta volando, mio Dio… sta volando… e non sente niente se non le urla di un uomo sovrappeso sulle gradinate, che sembra il sosia calvo di Philip Seymour Hoffman e che in cuor suo si rammarica di non avere con sé neppure uno striscione da agitare con la scritta FORZA SPARROW, come faceva sempre quando sua figlia era piccola mettendola mortalmente in imbarazzo… e perciò ha tirato fuori giusto un disegno dal suo portafoglio e lo tiene in alto come uno stendardo, mentre continua a gridare il nome di sua figlia, che poi era anche il nome di sua madre… e non smette di urlare finché lei non conclude anche la seconda vasca, risale dall'acqua e trema per la tensione che ha ancora nelle gambe, con i compagni di squadra che la guardano sconvolti, perché durante gli allenamenti non sembrava affatto quella bomba nucleare che hanno appena visto in vasca, e che ha letteralmente polverizzato il distacco che c'era fra loro e gli avversari. Ma la gara non è ancora finita, purtroppo… e quell'acqua viva che mormora in me ormai non mormora più, ma sta parlando a voce piuttosto alta, e concitata… come quell'infermiera della terapia intensiva… che stava giusto rientrando in reparto e ora sta chiamando le sue colleghe agitata, e dice di avvisare il "dott", il medico di turno, che qui c'è qualcosa che non va… perché i monitor suonano impazziti e c'è una vita che le sta sfuggendo dalle mani, mentre il prete in corridoio farfuglia le ultime parole che ha appena letto sul suo breviario, oltre le quali non è più riuscito ad andare avanti: "Non voglio più vivere la vita di quaggiù…" e lì alla piscina comunale la gara è finita, e stanno solo aspettando che appaiano sul tabellone elettronico i risultati… ma quell'acqua viva ormai ha mormorato in me, e non posso più aspettare, non posso più aspettare… devo andarmene, mi dispiace sorellina… d'altra parte te lo aveva già detto Dio in quel suo messaggio vocale di un'ora fa, e si sa che Dio non sbaglia mai: come ogni anno, vinceranno quelli del liceo sportivo. E adesso che sul tabellone della piscina sono appena apparsi i tempi della gara, dobbiamo riconoscere che aveva ragione Dio, come sempre: hanno vinto loro.

Tuttavia...

Tuttavia, per una scuola come il Classico che è sempre arrivata ultima a questo tipo di competizioni, un secondo posto è quanto di meglio ci si possa aspettare, e il merito di questo risultato è tutto dell'alunna che si è tuffata per terza, quella che ha nuotato nello stile delfino... una studentessa della Terza C che pare si chiami Arianna Guidi, e che risulta il miglior tempo parziale di tutta la staffetta... e che ha fatto una gara che ha lasciato tutti di sasso, strappando al cronometro quell'incredibile secondo posto che è già una leggenda per tutti i suoi compagni di classe, che ora la prendono in spalla portandola in trionfo, anche se lei sta piangendo perché non hanno vinto, purtroppo... non hanno vinto... ma sa benissimo che, alla faccia della classifica, sono loro i vincitori morali. Sono loro che hanno trionfato. E quando la sua amica Emma Anselmi la abbraccia, e le mette in testa un minuscolo diadema di plastica che ha preso chissà dove (forse dalla principessa Disney di una bambina seduta sugli spalti vicino a lei, chi lo sa), lo sente dentro, dal più profondo del cuore: che sono loro che hanno trionfato... sono loro. Sono loro: lei e quell'uomo calvo e sovrappeso che la sta guardando commosso quasi nascosto all'ingresso degli spogliatoi, e che non la smette più di piangere... forse perché ha appena ricevuto una telefonata dall'ospedale... e quindi la bambina non può fare altro che correre adesso, correre verso di lui con il cuore in gola... e, vinta dalla spossatezza di fine gara, cedere finalmente a quello che vorrebbe, da almeno sette anni. Abbraccia suo padre, piangendo. Singhiozzando cadono entrambi in ginocchio, rimanendo stretti, senza parlare... mentre il chiasso intorno sta scemando, o forse sono loro che non sentono più nulla... poi il padre la scioglie dall'abbraccio, fissandola. Dice che deve darle una notizia, e adesso lei ne è certa: in ospedale è appena morta una persona che conosce, ma quella persona non è sua sorella. Inoltre, sa perfettamente che non è quella la notizia che suo padre deve darle. Perché, per quel misterioso legame che nessuno ha mai dimostrato scientificamente, ma che in un modo affascinante e misterioso unisce i fratelli gemelli, ha sentito in ogni fibra del suo corpo, mentre stava gareggiando, che quando fra due gemelli uno combatte, combatte anche l'altro. Quando uno perdona, perdona anche l'altro. E quando uno ritorna alla vita, ci torna anche l'altro. Guarda il padre negli occhi, sorride fra le lacrime e gli risponde che quella notizia la sa già: sua sorella si è svegliata.

E ora dimmelo tu, Bifolca, se raccontare storie non serve a nient'altro che a salvarci la vita.

Che addominali, però, quel Professore.

Sono passati quindici giorni da quando sono arrivata in ospedale. I dottori sono molto soddisfatti della mia ripresa e pare che, dopo un iniziale e lento risveglio durante la prima settimana, dalle tac di controllo e dalle ultime analisi io non abbia riportato danni, né a livello cerebrale né a livello neurologico. Infatti sembra che domani o dopodomani mi dimetteranno. Mi hanno comunque consigliato caldamente di telefonare e prendere appuntamento con una loro collega, una delle psicologhe dell'Asl che si occupano di problematiche legate alle dipendenze, o comunque al disagio giovanile in generale. Mi hanno lasciato un biglietto con su scritto un nome e un numero di telefono, che ho messo nella cover del cellulare e ogni tanto guardo, ma non so se chiamerò mai. Il nome sul biglietto è Dott.ssa Valentina Taccola. Psicologa e Psicoterapeuta.

È sera, sono quasi le dieci. La sera in ospedale è sempre un po' triste, lenta e malinconica: si cena alle diciotto, e le quattro o cinque ore successive sono interminabili. Ho passeggiato un po' in corridoio, ho preso una cioccolata calda dalle macchinette, sono tornata in stanza e ho sfogliato una rivista. E ora sono sdraiata a letto a fissare il soffitto, pensando a un po' di tutto e a niente in particolare.

Anche a mia madre hanno dato dei numeri di telefono da chiamare. Sia uno dei dottori, che era un suo compagno del liceo, che mio padre, il quale le ha suggerito, lo sentivo che glielo diceva ieri pomeriggio in corridoio, di telefonare a un numero che gli aveva dato per lei sua moglie Laura, che alcuni anni fa, dopo un grave lutto, aveva avuto problemi di alcolismo. "Ma lei prima de conoscermi, non dopo..." ha aggiunto con una risata, così per sdrammatizzare. Mia madre ha annuito e lo ha ringraziato, calma e educata. Non credo chiamerà mai.

Continuo a fissare il soffitto. Mi è spiaciuto essere stata qui in questi giorni e non essere potuta andare al funerale di Don Balzottini, ci avrei tenuto molto, anche perché mi hanno detto che è morto mentre io mi stavo risvegliando dal coma, due domeniche fa nel tardo pomeriggio... mi dispiacerà non vederlo più. Era un uomo davvero buono.

Non so perché, sento affiorare le lacrime. Mi sento sola, e vuota, e non riesco a pensare di dover tornare alla realtà, fra pochi giorni, quando mi dimetteranno... non ce la faccio. A mia madre e a mia sorella ho chiesto e scongiurato di non dire nulla né ai miei compagni di classe né agli amici di mia sorella, e di inventarsi che sono assente da scuola perché ho avuto... boh, qualunque cosa tranne quello che mi è successo veramente. E di non far venire nessuno a trovarmi. Perché non voglio vedere nessuno.

Ho un po' di sonno. Mi strofino gli occhi, e sento che stanno arrivando gli infermieri con la terapia (ho chiesto di poter avere un blando sonnifero per dormire, perché non riposo molto bene la notte). Ce n'è uno giovane che vuole sempre chiacchierare, e mi chiama "miss", ma sinceramente stasera ho il morale a terra e non ho voglia di parlare, perciò socchiudo gli occhi e mi fingo addormentata, intravedendo due gambe maschili che si avvicinano, fasciate dai pantaloni bianchi della divisa da infermiere... eccolo, dev'essere lui che si è seduto sul mio letto... e ora mi prende il braccio sinistro, forse deve misurarmi la pressione... sento che lo accarezza, insistentemente, stando però attento a non toccare le cicatrici dei graffi che mi hanno lasciato le schegge dello specchio... e ora mi alza il braccio, accosta la mia mano alla sua bocca e la bacia... oh mio Dio ma cosa fa... ora apro gli occhi e gliene dico quattro, avrà trent'anni questo infermiere e io sono una paziente, e per giunta minorenne... mi volto e lo guardo, mentre lui continua a baciarmi la mano. Alzo gli occhi al cielo, sorrido e sento affiorare le lacrime... lui intanto ha appoggiato il viso sul mio palmo, e quindi non si è accorto che ho aperto gli occhi e l'ho appena visto. Mi schiarisco la voce e dico: "Professore, per piacere. Smettila subito".

Stacca il viso dalla mia mano. Mi guarda e sorride con la sua solita faccia da Traversi, e sento il cuore esplodere, benché subito rallentare. Come se avessi ordinato al mio sistema nervoso di non alterarsi. E ai miei battiti cardiaci di non accelerare. Gli chiedo che accidenti ci fa qui a quest'ora, per di più vestito da infermiere. Mi risponde che sua madre è il viceprimario dell'ospedale, e che la caposala lo ha viso nascere, per cui non è stato difficile intrufolarsi in reparto. Anche perché, aggiunge distogliendo lo sguardo, ha detto alla caposala che doveva fare uno scherzo a qualcuno che gli aveva dato molte preoccupazioni negli ultimi giorni, e che si trovava qui in questa stanza. Fisso il copriletto, non gli rispondo. Forse lo ha saputo da mia sorella, a ogni modo non è importante. C'è un silenzio irreale.

"Senti..." mi dice passandosi una mano sulla fronte e continuando a guardare il muro, "stavo pensando che, per essere una così intelligente come di solito appari in classe, è stata proprio grossa la cazzata che hai fatto... ma non hai pensato a tua madre? O a tuo padre, a tua sorella o... che ne so... non hai pensato a ..."

Alzo lo sguardo. Gli dico di stare zitto, di tacere e di non dire niente. Di non dire niente, che non voglio ascoltarlo. Che non ho alcun interesse per lui e che sarebbe meglio che se ne andasse subito, perché non ho bisogno di nessuno, voglio stare sola, ho sonno e mi sta disturbando. Voglio dormire, adesso. Si gira e mi guarda, senza parlare. Poi si volta di nuovo verso il muro e sospira, come farebbe una mamma con un bambino capriccioso che non vuole andare a dormire (salvo che io gli ho appena detto esattamente il contrario, ma non è questo il punto). Si alza e fa per andarsene, ma prima mi chiede se, già che è venuto fin qui, ho per caso bisogno di qualcosa, oltre a un paio di sberle e un buon psicologo. Gli rispondo che in effetti mi hanno dato il numero di una terapeuta. "Bene" mi dice, "speriamo proprio che sia una in gamba perché, se fossi in te, mi farei vedere da una brava, dopo la stronzata che hai fatto". Si volta e si avvia verso la porta senza salutare. Poi si ferma sulla soglia, perché gli ho appena detto che mi serve di sicuro un buon psicologo, ne sono sicura anch'io. Oltre a quel paio di sberle e magari un buon amico disposto a darmele, ogni volta che ne avrò bisogno.

Si volta e mi sorride, poi torna immediatamente serio. Mi risponde che all'amicizia fra uomo e donna non ha mai creduto, ma che per me può fare un'eccezione. E che se ora voglio scusarlo deve andare a chiedere il numero di telefono a una tizia che ha visto qui fuori all'entrata dell'ospedale, visto che io l'ho gentilmente mandato a quel paese, e neanche troppo gentilmente... gli rispondo, mentendo, che per me non c'è problema. Che vada pure, per carità. "E comunque..." ribatte, "pensavo che qualche volta potresti anche uscire con noi... con tua sorella e gli altri nostri amici, che fra di loro di gente che può prenderti a sberle ce n'è tanta... oltretutto..." mi fissa, per un attimo. E quel suo sguardo è tanto rapido quanto definitivo, e penetrante. Poi conclude: "Mancherebbe giusto Lisbona, nel nostro gruppo". Dopodiché prende la porta e se ne va, mentre mio malgrado mi si dipinge un sorriso ebete sulla faccia: perché non amo le produzioni spagnole, ma in questi giorni all'ospedale mi annoiavo, perciò ho guardato tutte le puntate della *Casa di Carta*. E dunque non posso ignorare un piccolo particolare di questa sua ultima frase, che non può certo avermi buttato lì in modo casuale... o almeno così spero, in fondo al cuore.

Perché, nella serie tv *La Casa di Carta,* Lisbona è la donna amata dal Professore.

Due giorni dopo, sono in dimissione. Mio padre, mia madre e mia sorella mi stanno aiutando a portare via la mia roba, mentre dico a tutti e tre che sarò anche uscita da un coma ma che non sono disabile, e posso anche farmi la borsa da sola. Mi guardano: stamattina sembrano tutti molto allegri, e non posso non pensare che lo siano per il mio ritorno a casa. Però quello che davvero mi sconvolge è sentire mio padre e mia madre che chiacchierano e scherzano, mentre mia madre, finito di ridere, gli dice che deve farsi delle domande se molte delle donne che fanno parte della sua vita hanno finito per darsi all'alcool... dopodiché torna seria, e gli dice di ringraziare Laura per la telefonata dell'altro giorno. E che non sa ancora se chiamerà quell'associazione, ma che ci sta pensando. Ci sta pensando davvero.

Mio padre la abbraccia. Poi si volta verso Adele e abbraccia anche lei, strettissimo, mentre mia madre guardandoli si asciuga una lacrima. Sono sconvolta: in questi giorni sono sempre venuti a trovarmi separatamente, e non li ho mai visti tutti e tre insieme. Insomma, non me ne capacito che si comportino così fra di loro. Che diamine, adesso glielo voglio proprio chiedere. Alzo la mano e dico: "Scusate... ma per quanti anni sono stata in coma, di preciso?"

Mia sorella si volta, e viene a sedersi sul letto accanto a me. E, mentre si siede sul letto, mi ricordo improvvisamente, e con dolore, che la sera in cui mi ero ubriacata avevo scritto un biglietto delirante, e terribile, a mia madre, cercando di spiegarle il mio gesto, ma in realtà soprattutto accusandola. Lo dico sottovoce a Adele, chiedendole se secondo lei nostra madre lo abbia per caso trovato, quel biglietto. Fruga nella borsa e mi mostra un pezzo di carta tutto stropicciato, rispondendo di no: quel biglietto nostra madre non lo ha mai letto. Perché, aggiunge con un sorriso, se non me ne fossi ancora accorta non sono mica l'unica in famiglia a saper nascondere i biglietti per i nostri genitori, quando serve. Le sussurro un grazie, balbettato fra le lacrime. Mi risponde "Non c'è di che". Mio padre dice che ci aspetta giù in macchina, e di fare presto perché ha prenotato al ristorante e vuole pranzare con calma, prima di ripartire per Roma in serata. Poi chiede a mia sorella se deve portarla agli allenamenti, nel pomeriggio. Sono incuriosita: "Quali allenamenti?" le domando. Mi spiega che due domeniche fa ha partecipato al mio posto alla gara di nuoto fra scuole, cosa che mi stupisce non poco e che non sapevo... o forse sì... forse me ne aveva già parlato... ma devo essermene completamente dimenticata, perché da quando sono uscita dal coma ho dei vuoti di memoria, ogni tanto... e a volte non capisco se certe cose sono davvero successe, oppure me le sono solo sognate. A ogni modo Adele mi racconta che, finita la staffetta, una donna l'ha rincorsa negli spogliatoi, dicendole di averla riconosciuta e chiedendole che fine aveva fatto, in tutti questi anni: era Sandra, la sua allenatrice di quando era bambina; che, quando mia sorella le ha risposto: "Guardi signora, si sbaglia, sono Arianna, non sono Adele..." l'ha guardata dritta negli occhi, ha annuito e ha replicato: "Certo. E io sono Madre Teresa di Calcutta. Gli allenamenti sono tutti i pomeriggi dal martedì al venerdì, dalle sei alle otto, vieni puntuale e non farmi incazzare come quando eri piccola, che arrivavi sempre e perennemente in ritardo... ah, ho una brutta notizia per te: non alleno più i piccoli, adesso alleno quelli grandi... e ti farò sputare sangue, bella mia, se fra due anni non sarai la nuova Pellegrini... un'ultima cosa: salutami tanto tuo padre. Digli che mi aspettavo venisse con il megafono oggi, comunque è sempre bello sentire quel suo accento romano, mentre si disintegra le corde vocali per incitarti..."

E così, mi spiega mia sorella, da due settimane a questa parte ha ricominciato a fare nuoto agonistico e ad allenarsi come una matta, visto che Sandra, su quella cosa di farle sputare sangue, è stata subito di parola... è incredibile. Incredibile. Continuo a pensarlo, una volta di più: devo essere stata in coma per almeno dieci o quindici anni, altro che solo tredici o quattordici ore... le chiedo come sta andando, se è felice di aver ricominciato e mi risponde che sta da Dio. Poi le chiedo come è andata la gara, come ci siamo piazzati noi del Classico e la vedo illuminarsi e sorridermi, così le domando incredula se per caso abbiamo vinto. Adele mi fissa, per un istante. Poi mi abbraccia, ed è ora che lo sento anch'io, mentre lei mi stringe forte: l'odore della vittoria, che non sa di cloro ma del suo giubbino di jeans, che inevitabilmente puzza di fumo perché questa, ahimè, è la fragranza dominante su tutti i suoi vestiti... ma durerà ancora per poco visto che Sandra, a quanto mi ha raccontato poco fa, l'ha già minacciata di riempirle il fondoschiena di calci, se entro un mese non la smette di fumare... quanto all'esagerare con il bere ha già smesso, visto che finiti gli allenamenti è talmente distrutta che, dopo aver cenato e parlato un po' al telefono con Rio, va a letto tutte le sere con le galline. Ed è questo quell'odore. L'odore della vittoria che adesso sta sentendo anche mia sorella: perché immagino che, come tutti gli anni, la staffetta l'abbia vinta il liceo sportivo. Ma alla domanda che le ho appena fatto sul risultato della gara non può esserci altra risposta, in questo momento, se non quella che mi sta dando adesso, mentre continua a tenermi stretta, piange di gioia e non smette di ripetere fra le lacrime:

"Sì. Abbiamo vinto".

UN ANNO E MEZZO DOPO

15

Adele

Maggio 2021

"Bene, Barbara. Noi siamo pronti. Quando lo sei anche tu, ti giri di spalle e cominciamo. Ok?"

"Va bene" risponde mia madre alla voce che è uscita dal nostro portatile. "Io sono pronta". Si alza dalla sedia e si volta verso il muro della cucina, dando la schiena al computer. La guardo: sto pensando che ho fatto bene a truccarla un po', anche se apparentemente è stata una cosa inutile, perché farà l'intervista girata di spalle e nessuno vedrà il suo viso. Ma lo ha visto lei poco fa guardandosi allo specchio, e questa è la cosa più importante. Perché le ha dato fiducia in se stessa, e in questo momento è fondamentale che ne abbia. È fondamentale.

Ha scelto di farsi chiamare Barbara, perché è un nome che le è sempre piaciuto molto. Le ho chiesto se preferiva che la lasciassi da sola, in cucina, durante il collegamento su Zoom. Mi ha detto che, se per me non era un problema, le avrebbe fatto piacere che fossi rimasta lì con lei, anche per aiutarla in caso di eventuali problemi con il pc o la connessione. Beh, negli ultimi quindici mesi siamo diventate delle vere esperte, con mia sorella, di collegamenti su Zoom. Come tutto il resto del mondo, d'altronde.

Arianna non c'è. È andata a Roma da nostro padre per il fine settimana, e l'avrei accompagnata volentieri, ma domenica ho una gara troppo importante e non sto più nella pelle: mi ha detto Sandra che potrei riuscire a fare il tempo per entrare ai campionati italiani nella categoria Cadetti. Sempre che riesca a presentarmi puntuale alla gara e la smetta di arrivare sempre in ritardo come mio solito, ha aggiunto abbastanza incazzata.

La voce che proviene dal nostro portatile saluta i videoascoltatori, e poi si rivolge a mia madre. "Allora, Barbara..." le dice l'intervistatore, che fa parte di un'associazione che si chiama Cufrad, o qualcosa del genere, "spieghiamo subito perché sei girata di spalle..."

"Certo" risponde mia madre. E, con un po' di emozione nella voce, racconta che è una scelta che ha fatto rispettando la tradizione dell'anonimato che c'è da sempre nell'associazione a cui deve la vita, quella degli Alcolisti Anonimi. Poi l'intervistatore le chiede come si è avvicinata al gruppo, e qual è stata la molla che l'ha spinta a intraprendere il suo percorso. Mia madre abbassa leggermente la testa, annuendo. Poi risponde: "Sono andata all'associazione di mia volontà, a novembre del 2019. Dopo anni passati a non ammettere di avere un problema, anzi una malattia, ma soltanto credendo semplicemente di non saper bere. Di non essere abbastanza in grado di controllarmi, certe volte. Perché non ho mai bevuto tutti i giorni, ma solo a periodi: ero un'alcolista 'stop & go', per così dire. Sapevo stare anche due, tre oppure sei mesi senza farlo, ma quando ricadevo riuscivo a bere per ore intere senza fermarmi, finché non sono arrivata a un punto in cui ho dovuto ammettere, prima di tutto con me stessa, che effettivamente un problema ce l'avevo. Intanto perché ho iniziato a bere sempre più spesso. E poi perché..." si ferma, le sta tremando la voce. Sta in silenzio qualche secondo, con le spalle piegate. Poi ricomincia: "... perché un giorno una delle mie figlie è andata in coma, per quattordici ore. E durante quelle quattordici ore io non ho pensato neanche per un momento a lei, ma solo al fatto che il suo coma, sfortunatamente, era stato un intoppo nella mia giornata: perché era finita in ospedale di domenica, e io negli ultimi tempi non aspettavo che la domenica pomeriggio, per ubriacarmi..."

Guardo le sue spalle. Sono incurvate, e iniziano a essere scosse dai singhiozzi. L'intervistatore le chiede se vuole sospendere per qualche secondo il collegamento, il tempo di prendere un bicchiere d'acqua. Gli risponde che va tutto bene, e continua: "Avete mai visto *La regina degli scacchi*? Ecco, io ero come quella ragazza della serie tv ossessionata dagli scacchi, al punto da vederli anche sul soffitto quando si sdraiava a letto... solo che i miei scacchi erano gli alcolici. La mia mente aveva finito per non riuscire a pensare ad altro, sempre di più e sempre più spesso... e non mi sono resa conto di avere un problema finché mia figlia non si è trovata fra la vita e la morte... e io quel giorno mi sono accorta che, in fondo, non me ne fregava assolutamente niente. Ero distrutta, è vero. Ma solo perché ero stata costretta a rimanere sobria quando avevo già programmato di ubriacarmi, e il mio corpo si stava ribellando a tutto ciò... la mia mente, poi, non ne parliamo. Lo dico in tutta sincerità: ho creduto di impazzire".

La fisso, con le lacrime agli occhi. Prosegue: "È stato quel giorno, guardando mia figlia in coma in terapia intensiva, che ho capito di essere malata. Anzi, che ho capito di essere morta. Perché prima di allora non mi ero mai resa conto di quanto l'alcool mi avesse distrutto la vita... nemmeno quando il giorno prima, l'altra mia figlia..." la vedo rialzare le spalle, e la testa, mentre non riesco a smettere di piangere, "era scappata di casa perché ero quasi arrivata a ucciderla, strozzandola con le mie stesse mani... e non ci sarebbe più adesso, se in quel momento non fosse arrivata mia madre a suonare alla porta..." Continuo a guardarla, ha raddrizzato la schiena, mentre piango senza riuscire a fermarmi e lei dice: "E non mi basterà una vita intera per chiederle perdono per quel gesto, cosa che avrei sempre voluto fare ma non ne ho mai avuto il coraggio... forse perché lei, per non so quale miracolo, quel gesto non me lo ha mai rinfacciato... e penso che andrò avanti a seguire il programma dell'associazione per poter vivere, e continuare a ringraziarla di questo... di non avermi mai odiato, ma di aver capito che io non ero in me quando lo avevo fatto..."

Singhiozzo, sempre più forte, e devo uscire dalla cucina e restare in corridoio per non farmi sentire durante il collegamento, che di lì a una ventina di minuti finisce. Mia madre esce dalla cucina, viene verso di me in corridoio e mi guarda.

E lì, nello stesso punto dove un anno e mezzo fa stava per uccidermi, si inginocchia ai miei piedi e li bacia, piangendo e singhiozzando... mentre le dico di alzarsi, ma il problema è che ora mi sono chinata su di lei, e siamo un groviglio di braccia e gambe intrecciate in un abbraccio che ne ha appena sciolto un altro, di groviglio... perché è vero che io quel gesto non gliel'ho mai rinfacciato. Ma, in fondo al cuore, non sapevo ancora se le avevo mai dato realmente il mio perdono. Cosa di cui adesso sono assolutamente certa.

L'intervista di mia madre ho finito di ascoltarla l'indomani, dopo che l'hanno caricata su YouTube. Quel video ha già avuto un sacco di visualizzazioni dopo solo un giorno, e anche la nonna si è commossa molto guardandolo… anche se ha detto, un po' seccata, che chi conosce mia madre di sicuro l'avrà riconosciuta anche se era di spalle, perché potevano almeno contraffarle un po' la voce… e mia madre si è messa a ridere, poi l'ha abbracciata.

Ha detto tante cose durante l'intervista. Forse quella che mi è rimasta più impressa, alla fine, è stato quello che ha detto spiegando cosa l'aveva convinta a tornare alle riunioni, dopo la prima volta: cioè il fatto che l'associazione degli Alcolisti Anonimi ha nel suo stemma quelle due "A", che le avevano ricordato le iniziali dei nomi di due persone… che sono le più importanti della sua vita… quelle per cui aveva deciso di mettersi a combattere, perché davvero loro lo meritavano… meritavano una vita migliore. No, non una vita migliore. Una vita nuova.

Ed è così che è successo. In questo anno e mezzo così difficile, e pesante per tutto il mondo, noi tre abbiamo avuto il regalo di una vita nuova: io, mia madre e Arianna. Perché mia madre si è messa a combattere. E anche se quelle domande che l'hanno portata a bere forse sono ancora dentro di lei, e magari a volte bruciano, o non avranno mai una risposta, sa che non è sola. Come non lo sono io, né mia sorella.

Ci sono state un po' di novità nell'ultimo anno e mezzo. Giovanni, il nonno di Rio, ci ha lasciato a dicembre del 2019. Il suo cuore era troppo debole, e lui lo sapeva, e piano piano ha preparato anche suo nipote… così non posso certo dire che non sia stato triste o doloroso per noi. Ma, pensando anche a come sono cambiate le regole negli ospedali dopo l'inizio della pandemia, almeno abbiamo avuto la possibilità di stare con lui in reparto fino alla fine, e di salutarlo. E questo non è stato per niente poco.

Rio adesso vive nella mansarda sopra il nostro appartamento. Dopo che è morto Giovanni non riusciva più a starci in quella casa, e mia madre gli ha proposto di venire a stare qui nella nostra mansarda e di non pagarle nessun affitto. In cambio, gli ha detto, mi aiuti giù in pasticceria nei weekend o nei periodi in cui c'è più da fare, se ti va... ovviamente quando non hai da lavorare in vetreria. Lui è stato contentissimo e vi dirò... fa delle treccine alla crema che non sono niente male. Tra l'altro, vivendo nella mansarda e avendo le chiavi del laboratorio me le porta in casa tutte le mattine... ed è... beh... semplicemente stupendo. Ma tutto quello che fa Rio lo è.

Due settimane fa però mi ha fatto incavolare a morte. Perché si è messo a fare lo stupido su Zoom indovinate un po' con chi? Eh, ora ve lo racconto... insomma, un pomeriggio mio padre mi dice che dobbiamo ritrovarci con tutti i miei amici davanti al computer, perché dobbiamo assolutamente fare un collegamento via Zoom con lui, ed è meglio non farlo con i telefonini ma con un pc, che è preferibile avere uno schermo un po' più grande... e io dico ok. Così ci siamo ritrovati tutti a casa di Traversi, con mia sorella che adesso esce sempre con noi e un nuovo componente della nostra banda, cioè Emma Anselmi, a cui abbiamo dato il soprannome di Manila e che ormai è un membro fisso della nostra compagnia... insomma siamo tutti lì davanti al computer con mio padre che ci saluta dallo schermo e poi a un certo punto fa: "Ola, Álex!" e si mette a parlare con un tizio in spagnolo che appare in un riquadro a destra sul pc... mentre Nairobi sbianca e fa: "Álex... *Pina*?" e mio padre inizia a ridere e chiede in spagnolo al tizio come sta, se è pronto per quella fiction che dovranno realizzare insieme in autunno e se può far venire un attimo lì al computer i suoi ragazzi, visto che a quanto ha capito sono in un momento di pausa dalle riprese… e, piano piano, abbiamo iniziato a vedere gente in tuta rossa che si avvicinava e… sono apparsi tutti, lì accanto al tizio spagnolo: gli attori de *La Casa di Carta*! No, voi non vi potete neanche immaginare che urlo abbiamo tirato lì a casa di Traversi, che fra un po' viene giù tutta la villa… è stato incredibile… e ognuno degli attori ha voluto salutare e parlare con quello di noi che porta il nome del suo personaggio nella serie… così ad esempio Traversi ha salutato Álvaro Morte, Rio Miguel Herrán e io nientemeno che Úrsula Corberó… che, a un certo punto, dopo un po' che parlavamo con mio padre che ci faceva da interprete, si è girata verso Miguel Herrán e gli ha detto: "Ma lo sai che il Rio italiano è molto più carino di te?" E poi ha mandato un bacio al *mio* Rio dallo schermo, che le ha sorriso ed è diventato tutto rosso, dopo che mio padre gli ha tradotto quello che Úrsula Corberó aveva detto su di lui… roba da matti! Il mio Rio non si tocca, Tokyo. Neanche su Zoom, sia ben chiaro. Se no sai quel mitra dove te lo infilo? Pazzesco… e lui che continuava a sorriderle… e chi se ne frega se Úrsula Corberó è una gnocca da paura: lui è solo mio. E non deve guardare nessun'altra.

Anche mia sorella sta molto meglio, adesso. Sta andando da una psicologa e pare che la stia aiutando molto. E sono davvero felice per lei. Un pomeriggio, durante le due settimane che è stata in ospedale dopo il risveglio dal coma, sono andata con la sua professoressa di ginnastica, la Antuori e la Moretti a parlare con il preside della sua scuola, e gli ho raccontato la verità: che quel giorno che ci siamo pestate in piscina, c'ero io al posto di Arianna e che non sarebbe stato giusto sospenderla, perché lei non aveva fatto niente, e mi sono scusata con la Moretti per averla aggredita, anche se ho fatto una faticaccia cane, ma l'ho fatto per mia sorella. Così alla fine il preside ha chiuso un occhio e tutto è finito bene. E poi, avrà pensato che non era proprio il caso di sospendere la studentessa che era appena diventata l'eroina della scuola dopo la gara di nuoto... perché ho precisato che quella gara l'aveva disputata mia sorella, senza ombra di dubbio. Anche se la Antuori non mi pareva troppo convinta. Anzi, per me ancora adesso non ci crede per niente. Comunque non ha detto nulla.

Così ora nessuno prende più in giro mia sorella. Anzi, la prima volta che è tornata a scuola dopo essere uscita dall'ospedale, è successa una cosa incredibile: arrivata all'inizio della via Crucis, con me che le camminavo a fianco perché avevo deciso di accompagnarla a piedi fino al Classico almeno per il primo giorno, si è trovata la Moretti davanti, con dietro tutti quegli stupidi dei suoi amici, molti dei quali fanno nuoto come lei. E loro non solo si sono scostati in silenzio facendoci passare. Ma, a un certo punto, subito dopo che siamo passate, la Moretti si è messa ad applaudire, e così hanno fatto tutti gli altri, con mia sorella che non capiva perché fosse bastata una stupida gara di nuoto a farla diventare la regina dell'universo... Beh, le ho risposto: "Una gara di nuoto può davvero fare miracoli, certe volte". Non ha avuto niente da obiettare. Quanto alla Moretti, quando mi sono scusata con lei davanti al preside le ho promesso che non la aggredirò mai più, o almeno non fisicamente. Perché, ho aggiunto, il culo glielo avrei fatto molto presto in piscina, alle gare in tutti gli stili. Non ha capito, ed era abbastanza ovvio: intanto perché credeva che la nuotatrice della famiglia fosse mia sorella. E poi perché, come direbbe Arianna con la sua aria un po' da snob, la Moretti è una che in generale capisce poco.

Comunque mia sorella sta meglio, decisamente. Sta finendo di scrivere il suo primo romanzo, che credo sia una storia ambientata nell'Ottocento, come tutte quelle dei libri e dei film che piacciono a lei. Dice che ne è abbastanza soddisfatta e mi ha messo una gran voglia di leggerlo, anche se quel tipo di storie non è esattamente il mio genere. Non ha smesso di vestirsi da vecchia, ma adesso a quella roba anni Novanta ogni tanto ci abbina anche qualche pezzo moderno, per fortuna. Inoltre ha iniziato a truccarsi, e in generale posso dire che ora va in giro quasi come una persona normale. Quello che non ha affatto cambiato è quello schifo di abitudine di fare colazione con il tè e i Plasmon, che ultimamente prima di inzuppare nella tazza tuffa nel miele che le porta ogni tanto Traversi dalla sua fattoria: alla fine, il Professore ha fatto un patto con i suoi genitori che non lascerà la scuola, e che vedrà di essere promosso senza debiti se i suoi non venderanno il casolare con il terreno... Infatti da un anno a questa parte si vedono spesso con mia sorella che lo aiuta con i compiti e, siccome Arianna negli ultimi mesi ha iniziato a uscire con la nostra compagnia di amici, siamo tutti convinti che loro due finiranno insieme, come del resto vorrebbe il Professore da una vita...

C'è chi dice che invece non succederà mai, mentre altri sono sicuri che quei due si siano già messi insieme da un bel po' e non lo stiano dicendo a nessuno... mentre io non so cosa pensare, sinceramente. Ma una che invece non ha dubbi sul fatto che stiano insieme è la contessa Ottoboni che, ho scoperto, è anche la nonna di Traversi: sì, perché è la madre di sua madre... così il Professore è anche un conte, in realtà… pensate un po'… comunque la contessa, l'ultima volta che sono andata a trovarla e a truccarla come ormai faccio da diverso tempo, rispondendo a una domanda di sua cognata su chi fossi io, se fossi la gemella che le legge i libri, ha esclamato scocciata: "Jole, ma non capisci proprio un belino! Ma quante volte te lo devo dire: lei è Adele, quella che mi trucca… quella che mi legge i libri è Arianna, sua sorella… sì… quella che va sempre a casa di mia figlia a far studiare Riccardo, mio nipote… cioè… a far studiare… con la voglia che ne ha sempre avuto Riccardo di studiare, cosa vuoi che facciano tutti i giorni… sono giovani, si capisce: lei gli suonerà anche un po' il piffero, ogni tanto".

Cioè, se lo dice anche la contessa Ottoboni…

E comunque, ora sono qui. Ferma e in piedi su uno dei blocchi di partenza della piscina. Sto per tuffarmi in acqua per disputare la gara che, secondo Sandra, sarà quella che mi manderà ai campionati italiani. Poco fa, negli spogliatoi, mi ha detto di ricordami di lei il giorno che me ne andrò alle Olimpiadi, e di dire a mio padre che quest'estate vuole sentirlo urlare dal Foro italico fin qui in Liguria… non l'ho lasciata parlare. L'ho abbracciata e le ho detto di non pensarci proprio a non venire a Roma con me, che io non mi tuffo neanche in acqua senza di lei. Si è asciugata una lacrima e ha detto che ci penserà, vedremo. È ovvio che ha già fatto la valigia.

Stanno per fischiare l'inizio della gara, e c'è un silenzio incredibile. Lo stesso silenzio che, non so perché mi torna in mente proprio adesso, c'era un anno e mezzo fa al funerale di Don Balzottini, mentre Don Daniele parlava e diceva che Don Balzottini era fissato con due parabole: quella che raccontava sempre ai campi estivi e un'altra, quella della pecora perduta. Gli piaceva moltissimo, e diceva sempre che, secondo lui, quel pastore che lascia da sole novantanove pecore nel deserto, rischiando di perderle per cercarne una sola, potrebbe essere giudicato solamente un pazzo, o perlomeno un imprudente. A meno che lui, con quella pecora, non abbia appena perso tutto quello che ha: perché il punto è che non esistono le novantanove pecore nel deserto. Siamo tutti quell'unica pecora perduta.

Che strano, che proprio ora mi sia tornato in mente don Balzottini. Chi lo sa, forse perché hanno appena fischiato e finalmente mi sono tuffata in acqua, pensando che forse oggi mi serve anche qualche preghiera, o qualche santo in Paradiso per fare il tempo per andare ai campionati italiani... perché ci tengo troppo, e mi sono allenata tanto... comunque ce la sto mettendo tutta, e sento che dovrei farcela, anzi: sono sicura di farcela. Perché lo voglio più di ogni altra cosa al mondo, e perché da quando ho ricominciato a nuotare ho scoperto una cosa, che poi forse è la stessa cosa che ha scoperto anche mia madre andando agli Alcolisti Anonimi, o mia sorella dalla sua psicologa: alla fine sei tu che te la giochi in vasca. Come dice quella frase in inglese che non so di chi sia, ma che mi piace un sacco e che ho messo sul mio profilo di WhatsApp da quando ho ripreso a gareggiare: "All you can change is yourself, but sometimes that changes everything".

Puoi cambiare solo te stesso. Ma questo cambierà ogni cosa.

16

Arianna

Giugno 2021

"Allora... come già ti avevo anticipato la volta scorsa, con oggi ci salutiamo Arianna. È stata la tua ultima seduta".

Guardo Valentina: sta indossando i suoi occhiali con la montatura in tartaruga, quelli che di solito porta con le camicie bianche e i fili di perle; mentre con le giacche, le magliette e le collane di corallo indossa sempre, rispettivamente, quelli di plastica rosa chiaro, quelli neri in metallo a forma di cerchio e quelli ocra leopardati con la montatura a gatto (che sono decisamente i miei preferiti, benché un filo vistosi). In questo anno e mezzo ho imparato che è un tipo piuttosto metodico nell'indossare gli occhiali abbinandoli agli accessori o al vestiario. E anche se i primi mesi che venivo qui osservavo sempre e solo le sue scarpe (faticavo infatti a guardarla negli occhi, lei come chiunque altro dopo essere uscita dall'ospedale) con il tempo ho iniziato ad alzare lo sguardo, e a notare una sua spiccata, nonché vagamente inquietante, ciclicità nella ripetizione dei propri outfit. Gliel'ho fatto notare all'inizio della volta scorsa, prima di cominciare la seduta. È scoppiata a ridere (immagino per la mia scelta del termine "inquietante") e ha annuito, dandomi ragione.

"Beh, allora ciao..." le dico guardandola negli occhi, mentre mi accompagna alla porta. Ricambia il mio sguardo con un sorriso aperto, largo e fiducioso: il mese scorso mi ha detto che il suo lavoro con me è finito e non ho più bisogno di lei, almeno non dal punto di vista professionale. "Se poi ti serve qualche consiglio su come abbinare scarpe e occhiali..." aveva aggiunto, "allora direi che sono la persona giusta. Una vera autorità in materia, non per vantarmi".

Le sorrido a mia volta. Le chiedo se posso abbracciarla, se per caso non è contro la deontologia professionale ricevere abbracci dai propri pazienti...scuote la testa, mi guarda e mi risponde che non c'è problema. Certo che posso abbracciarla.

Mi sembra sia passata un'era geologica dalla prima volta in cui sono entrata in questo studio. Era fine novembre di due anni fa, e avevo l'indice della mano destra ricoperto da una vistosa fasciatura, per via di un taglio piuttosto profondo causato dalla scheggia di uno specchio rotto: una ferita che faticava a rimarginarsi, ancora dopo quattro settimane... ma che in seguito, con il tempo e le cure adeguate è completamente guarita. Infatti adesso c'è una lunga cicatrice, su quel dito. Con la psicoterapia le cose sono andate nello stesso modo.

Abbraccio Valentina, e la ringrazio per tutto l'aiuto che mi ha dato, soprattutto nell'ultimo anno. Mi risponde che sono stata brava e che ho fatto tutto da sola, lei è stata solo uno strumento. E che devo essere fiera di me stessa. Perché ho fatto passi da gigante.

Anche mia madre ha fatto passi da gigante. Il mese scorso, quando ero a Roma da mio padre, abbiamo visto insieme la sua intervista su YouTube, ed eravamo entrambi molto commossi. Poi mio padre ha messo il link di quel video sul suo stato di WhatsApp, dopodiché mi ha chiesto se erano finiti i lavori al bar dello zio Beppe: sì perché, dopo quasi quarant'anni, finalmente il bar Silvano è stato ristrutturato, grazie soprattutto all'insistenza della zia Mari, che insieme a mia madre ha avuto un'ottima idea: unire il bar alla pasticceria, spostando il magazzino comunicante fra i due locali e creando un ambiente unico, con una nuova area tutta dedicata al cioccolato: un progetto che coltivavano da qualche tempo, e a cui hanno ripensato l'anno scorso durante i mesi del lockdown, passando molte serate a inviarsi video e tutorial di famosi maître chocolatier. Il risultato è una piccola cioccolateria che unisce la pasticceria al bar, a cui mia madre ha voluto dare un nome cinematografico, in linea con la tradizione del suo negozio che, fin dai tempi della sua prima proprietaria, ovvero la nonna Giuliana, si è sempre chiamato *La Dolce Vita*. Lo racconto a mio padre, che mi chiede incuriosito qual è il nome cinematografico della cioccolateria, mentre continua a fissare il link che ha appena condiviso su WhatsApp. Quando gli rispondo "Chocolat" alza lo sguardo dal telefono, poi si toglie gli occhiali. Dopodiché resta in silenzio per qualche istante, si asciuga velocemente una lacrima e infine commenta: "Uno dei miei film preferiti con Juliette Binoche".

La cioccolateria sta avendo grande successo. Mia madre si è inventata, per questi mesi estivi, una speciale cioccolata in tazza, che sembra un incrocio fra una mousse e una granita e che sta piacendo molto. E il primo giorno di apertura è andato davvero bene, anche se a un certo punto c'è stata una piccola diatriba fra la zia Mari e lo zio Beppe: lo zio infatti ha voluto mettere a tutti i costi uno dei suoi cartelli proprio sotto all'insegna che accoglie i clienti all'ingresso della cioccolateria, sostenendo che era un punto assolutamente strategico per chi dal bar accedeva ai bagni: un'opinione che la zia Mari non ha condiviso affatto, dicendo che rovinava completamente la bellezza dell'insegna, e che li ha fatti discutere per quasi tutto il pomeriggio. Alla fine, comunque, credo l'abbia avuta vinta lo zio Beppe, visto che quel cartello è rimasto dov'era e c'è tutt'ora, sotto all'insegna della cioccolateria (e recita, se non sbaglio: AVVISO ALLA CLIENTELA DEL BAR SILVANO: SI PREGA DI TENERE IL BAGNO PULITO!!! RICORDATEVI SEMPRE CHE LA STESSA MANO CHE LO PULISCE È QUELLA CHE VI SERVE IL CAFFÈ... E DA OGGI, ANCHE LA NOSTRA SPECIALISSIMA CIOCCOLATA IN TAZZA. GRAZIE.)

Il weekend che sono stata da mio padre, il mese scorso, è letteralmente volato. Ho portato la bozza del mio primo romanzo a Laura, che se lo era già letto durante l'inverno capitolo per capitolo, e ne abbiamo parlato molto insieme, soprattutto del finale aperto... che secondo lei non era male, benché mi abbia consigliato di dare maggior forza al sentimento fra i due protagonisti, cioè Marianna e il conte Roversi, anche detto il Precettore... due personaggi di pura fantasia, naturalmente. Le ho risposto che quel finale forse avrei dovuto riscriverlo, perché neanch'io lo avevo ancora molto chiaro, nella mia testa... forse perché, ho pensato in quel momento, non lo avevo ancora molto chiaro neppure nella vita reale (perché Marianna e il conte Roversi non sono proprio personaggi di pura fantasia, o perlomeno diciamo che sono stati ispirati da due persone in carne e ossa, ecco... ma a questo punto è superfluo specificarlo, immagino).

La domenica pomeriggio di quel weekend mio padre mi ha riaccompagnato a casa. Siamo arrivati giusto in tempo per festeggiare la vittoria di mia sorella alla sua ultima gara regionale, visto che il tempo che ha fatto le permetterà di andare ai campionati italiani... Adesso è almeno un mese che si allena ancora più di prima, e penso proprio che abbia ragione Rio quando dice che questa non la ferma più nessuno, ormai, perché sta diventando una campionessa. Ne ha sempre avuto la stoffa, d'altronde.

Nostro padre sta venendo spesso in Liguria, ultimamente. Non solo per stare con noi, ma anche perché quel film che doveva girare nel Tigullio, e per cui era venuto qui a fare dei sopralluoghi a ottobre 2019, alla fine non lo ha mai girato per colpa della pandemia, ma è un progetto che non ha affatto accantonato, e che anzi vuole assolutamente realizzare. Perché dice che la nostra è una terra bellissima, che ha amato tanto e dove è diventato padre, e già solo quest'ultima cosa basterebbe a renderla speciale. E che una parte di lui continua a vivere qui anche quando è a Roma, o a New York, o a Los Angeles ... una parte di lui è diventata ligure, ormai.

Non so se è per farmi apprezzare la bellezza della mia terra, che tempo fa mio padre mi ha regalato una Polaroid, invitandomi a usarla il più possibile. Mi ha detto che, secondo lui, avendo io una scrittura che parla spesso per immagini, potrei essere, senza saperlo, anche un'appassionata di regia, oltre che di scrittura... ma prima bisognerebbe capire come me la cavo con le inquadrature, perché in realtà ciò che contraddistingue un vero regista, ha aggiunto, è proprio la prospettiva, lo sguardo che mette in un'inquadratura. Infatti mi è capitato di vederlo lavorare su qualche set, e fa spesso un gesto con l'indice e il pollice di entrambe le mani messi a forma di elle, e incrociati come a formare un piccolo riquadro. Un gesto che da quando uso la Polaroid faccio spesso anch'io, e che fa sentire una regista anche me. Chi lo sa: magari un giorno sarò la nuova Jane Campion.

Quando incrocio le dita in quel modo, la prima cosa che mi salta agli occhi è la cicatrice che ho sull'indice della mano destra. Una cicatrice lunga, e profonda, che inevitabilmente mi ricorda la sera in cui mi tirai addosso uno specchio alto quanto me... e che mi ricorda la mia fragilità, una fragilità che sto imparando ad amare, smettendo di disprezzarla. Perché questa sono io, questo è ciò che sono: un dito con una grossa cicatrice, che a volte nelle giornate di umidità fa anche un po' male. Ma un dito che in fondo può ancora tendersi, piegarsi e muoversi. Magari per premere i tasti di un pianoforte, anche se non so assolutamente suonare il piano. Oppure quelli della tastiera di un computer, per riscrivere la conclusione del mio romanzo, cambiando quel finale troppo aperto. O dando maggior forza al sentimento fra i due protagonisti.

È per questo che ora sono qui, fuori dallo studio di Valentina, aspettando mio padre con il cuore che batte forte. Sta lavorando su un set qui vicino, e gli ho chiesto di venirmi a prendere e di portarmi alla fattoria di un amico, che ama gli animali e in particolare le api, e che è stato il migliore amico che io potessi avere in questo ultimo anno e mezzo... e che non mi ha mai chiesto nulla oltre a quello che potevo dargli, che a volte sono stati pomeriggi di studio passati a bacchettarlo (perché, pur essendo incredibilmente bravo, proprio non vuole applicarsi, quel testone...) oppure serate al telefono passate in silenzio, ad ascoltare il mio silenzio che incredibilmente non lo ha mai stancato, fino a oggi. O meglio, fino a un mese fa.

Già. Perché io fino a ora gli ho sempre impedito di parlare. Gli ho sempre impedito di dirmi quello che provava per me, perché ne avevo paura. E così lui, da circa quattro settimane, ha iniziato a vedersi con una certa Nicole, che a quanto pare è diventata la sua ragazza. Me lo ha detto lui stesso, circa un mese fa: che aveva capito che non lo avrei mai fatto veramente dichiarare, che non gli avrei mai fatto dire quello che provava per me da più di tre anni, e che quindi si era rassegnato. E che nel frattempo aveva conosciuto una ragazza che gli piaceva molto e che faceva taekwondo con un suo amico... Nicole, appunto. Una bella ragazza, a quanto ho visto dalle foto sul suo profilo Instagram... non che mi interessasse vedere che aspetto aveva, ci mancherebbe… ma così… giusto per capire che tipo era… ok, d'accordo, volevo vedere se era più bella di me (non lo è, decisamente: ha gli occhi troppo ravvicinati).

Ma adesso ho capito che ho sbagliato. E che non posso più aspettare. Che devo correre da lui, e fargli leggere la lettera che gli ho scritto ieri sera, dicendogli che non voglio più che sia soltanto un amico. Che sono pronta a rischiare, a perdere l'equilibrio e a cadere… e che quindi se vorrà sarò sua, e lui sarà mio. Ma che se invece vorrà rimanere con la sua ragazza io rispetterò la sua scelta, assolutamente, e continueremo a essere amici come al solito (anche se, in caso scegliesse quest'ultima opzione, vi confesso che non escludo di suicidarmi ingerendo una quantità letale di cioccolato ai pistacchi). Comunque vada, qualunque decisione prenderà, io ho capito di amarlo. E questo sì, è qualcosa che non può più essere taciuto.

Ecco, vedo la Porsche di mio padre che è appena arrivata. Apro la portiera e salgo, sedendomi davanti accanto al guidatore che, con mia grande sorpresa, non solo non è mio padre. Ma è esattamente la persona da cui stavo per andare, che nonostante sia una giornata nuvolosa sta indossando un paio di occhiali scuri… e ora mi sorride: con la sua solita, unica e inimitabile faccia da Traversi. L'unica faccia che io abbia mai imparato ad amare. L'unica faccia che, ora lo so, amerò per sempre.

Abbasso l'orlo del tubino mentre mi siedo, e fingendomi scocciata gli chiedo cosa ci fa qui, e soprattutto nella macchina di mio padre, che essendo lui un neopatentato di sicuro non potrà ancora guidarlo un bolide del genere… si mette a ridere e mi risponde che glielo ha chiesto lui di venirmi a prendere, perché ha avuto un contrattempo e inoltre si ricordava che doveva accompagnarmi alla sua fattoria… così almeno abbiamo preso due piccioni con una fava, conclude.

Lo fisso. Ha accostato vicino al marciapiede e spento il

motore, mentre continua a tenersi addosso quegli occhiali da sole nonostante la macchina abbia i vetri oscurati. Mi chiede per quale ragione sarei andata al casolare, oggi pomeriggio. Non ci eravamo dati nessun appuntamento, che lui ricordi.

"Ecco…" rispondo, cominciando a tremare. Ho le mani sudate, lo stomaco sottosopra e sto pensando che al casolare forse sarebbe stato tutto più facile… sì, decisamente… perché magari, chi lo sa… avrei potuto lasciargli la lettera e correre a dar da mangiare alle capre, aspettando che lui la leggesse… ma così… in macchina… così vicini è tutto molto più difficile. Comunque faccio un bel respiro, e tiro fuori la lettera dalla borsa. Poi gliela porgo, dicendogli che l'ho scritta per lui ma che se vuole leggerla più tardi a casa sua, in privato, ecco… per me va bene. Basta che, se posso chiederglielo, sia da solo quando la legge. Che non ci sia anche la sua ragazza in quel momento. Si volta e mi guarda, continuando a tenersi addosso gli occhiali. Resta in silenzio per un po', poi mi risponde che si sono lasciati stamattina, mentre una specie di orchestra inizia a suonarmi dentro l'*Inno alla Gioia*. Rimango impassibile, comunque. "E…" gli chiedo simulando indifferenza "è stata lei o sei stato…"

"Sono stato io!" mi risponde in tono seccato. Gli chiedo perché mai abbia appena usato quel tono di voce. E soprattutto perché, se posso domandarglielo, abbia lasciato una ragazza bella come Nicole (a parte il fatto che non è bella, e a parte il fatto che non mi interessa neanche sapere perché si sono lasciati, l'importante è che non stiano più insieme, pappappero…).

"Sapevo che me lo avresti chiesto" mi risponde, guardando dritto davanti a sé, "e ti assicuro che, come mia amica, vorrei tanto dirtelo…" ha il viso indurito, mentre mi guarda per un attimo attraverso gli occhiali da sole. Poi si gira nuovamente, e prosegue: "Ma siccome non hai fatto altro, da quando ti conosco, che impedirmi di parlarti di una certa cosa, non posso proprio dirti quello che ho detto alla mia ragazza per spiegarle come mai la stavo lasciando. Non posso proprio dirti che, come ho spiegato anche a lei stamattina, fra di noi non poteva funzionare, visto che da più di tre anni sono innamorato di una mia compagna di classe. E non posso neanche dirti, oltretutto, che questa mia compagna di classe la amo dal primo momento che l'ho vista... e che sono diventato amico di sua sorella per poterla avvicinare, perché a scuola non mi si è mai filata, tanto che pensavo proprio che mi odiasse... probabilmente mi odiava davvero, quando ci siamo conosciuti... finché a un certo punto non è diventata la mia migliore amica, più o meno da un anno. E anche se ha paura di quello che provo per lei, e mi ha sempre proibito di dirglielo apertamente, io penso proprio che abbia tutta questa paura perché anche lei mi ama... solo che non vuole ammetterlo. E potrà anche impedirmi di dirglielo finché sarò in vita, e continuare a far finta di niente... ma tanto io non smetterò mai di amarla, e l'amerò per sempre. Ecco, che cosa non posso proprio dirti".

Si volta, abbassa la testa e si toglie gli occhiali, coprendosi gli occhi con una mano. Ho il viso bagnato di lacrime, sono confusa e tremo, di ansia e felicità. Ansia e felicità. Gli chiedo come l'ha presa Nicole, se l'ha presa molto male. Alza il viso, si toglie la mano dagli occhi e mi sorride, con la sua solita faccia da Traversi. Poi mi risponde che secondo lui non l'ha presa benissimo, e io annuisco, scoppiando a ridere: avevo dimenticato che la sua ex ragazza fa taekwondo.

"Non preoccuparti" gli dico avvicinandomi, e soffiando piano sul livido bluastro che ha intorno all'occhio "passerà presto, vedrai..."

Mi guarda rapito, e pieno di desiderio (non sapevo che soffiare su un livido suscitasse tutta questa emozione, devo ammetterlo). Poi apre la lettera che gli ho dato, e inizia a leggerla... ma, o è Superman o non è arrivato a leggerne neanche metà, perché dopo tre secondi si volta incredulo verso di me, mi afferra per la vita e mi attira a sé, facendomi scontrare una gamba contro la leva del cambio e facendomi un male cane... ma non ci penso neanche a lamentarmi per il dolore, ora come ora. Dopotutto, ho davanti un uomo che per me si è preso un bel pugno in faccia, non più tardi di stamattina. Quindi posso anche sopportare un po' di sofferenza, in questo momento. E poi mi sta tenendo sempre più stretta, sempre più vicino, e mi fissa le labbra... ho un brivido, gli dico che ho paura. Che non ho mai baciato nessuno, e che non so come fare... mi sento tremendamente imbranata. Mi guarda, per un secondo. E quel suo sguardo è così pieno di amore che vorrei scoppiare, mentre mi dice che non è difficile. Che ci sarà lui ad aiutarmi. Poi mi scosta una ciocca di capelli dal viso, sorride e sussurra: "Chiudi gli occhi".

Ed è l'ultima cosa che sento.

E così, semplicemente, succede. Succede... come tutto, nella vita, succede. Come un vortice, come una danza che non puoi fermare, che non vuoi fermare: perché lui adesso è mio, e io sono sua. E perché mentre chiudo gli occhi tutto il resto si schiude in me: la mia bocca, il mio corpo, il mio cuore... e siamo api che girano sopra lo stesso fiore, api in un mondo di farfalle che escono dalle nostre mani, dalle nostre dita, dalle nostre lingue... dai nostri respiri affannati, mentre ci stacchiamo a forza l'uno dalla bocca dell'altro, solo perché siamo api ma anche mammiferi, e oltre a baciarci dobbiamo respirare, ogni tanto... anche se è molto meglio baciarsi che respirare... e così lo facciamo ancora, e ancora... e tutto il mio corpo geme mentre le sue mani esplorano il mio mondo, su e giù, su e giù... accidenti come corre, se penso che ci siamo appena dati il nostro primo bacio... oh, al diavolo: quello che sta facendo con il mio mondo e la sua mano destra è semplicemente bellissimo. Ed è una vera sfortuna che fuori stiano suonando un mucchio di clacson, sulla strada... perché lui mi ha appena sussurrato una cosa all'orecchio che non ho capito se era "ti amo" oppure "ti voglio"... ma non importa, in fin dei conti. Perché, in entrambi i casi, la mia risposta è: "Anch'io, Riccardo. Anch'io".

Si scosta e mi guarda, poi si infila gli occhiali da sole, mette in moto e dice che possiamo andare da lui, che sua madre è di turno in ospedale e suo padre a quest'ora è in ufficio, e avremo casa libera... poi apre il tettuccio decappottabile della Porsche, e i miei capelli volano nel vento, mentre schizziamo a tavoletta verso la villa e già penso, non senza un po' di paura, a cosa avrà mai intenzione di fare, visto che mi ha appena detto che di recente si è dato alla produzione di un nuovo tipo di miele, e poi è scoppiato a ridere... va beh, mettiamola così: se non me la sentirò di andare fino in fondo, glielo dirò tranquillamente. E sono sicura che saprà aspettarmi... perché mi ama, e perché lo ha già fatto... comunque a casa sua ci vado di sicuro, insomma... sarebbe da maleducati non andarci... e poi non si sa mai, la vita è imprevedibile: può anche darsi che alla fine ce ne staremo semplicemente a chiacchierare da buoni amici sul divano, oppure... chi lo sa... magari giocheremo a Trivial...

E poi, adesso ho deciso: non potrò mai smettere di avere paura, non potrò mai essere diversa da ciò che sono. Ma oggi so che, qualunque cosa accadrà nella mia vita, io saprò affrontarla. Qualunque novità mi si presenterà, io la accoglierò. Proprio come la protagonista del mio film preferito; un film che finisce con l'immagine del suo corpo senza vita appeso a un pianoforte in fondo al mare, ma che è soltanto la rappresentazione di un sogno di Ada: un sogno che fa ogni tanto di notte, quando ripensa a quel mondo di silenzio che è simile a un fondale marino e in cui si è chiusa per anni, prima di incontrare George e di tornare ad amare, e a parlare... perché è vero che, su quella barca, lei mette il piede nella corda che è legata al piano, quando chiede che questo venga gettato in mare. Ma, una volta caduta in acqua, si slegherà da quella corda e tornerà in superficie, riemergendo con un lungo respiro. Sarà lei stessa a sorprendersene, avendo visto quella morte come una grande occasione. Ma la vita è stata più forte. E la sua volontà ha scelto di vivere.

E così farò io. Perché ho guardato in faccia il mio mutismo, e ho deciso di abbandonarlo. Perché non voglio più nascondermi, chiudermi in casa e annientarmi. Perché ora so che posso amare, ed essere amata, e anche se ho una paura folle nello stesso tempo non vedo l'ora di farlo... perché mi sono slegata da quella corda, adesso. Perché ho lottato per liberarmene e ho nuotato fino in superficie. Perché sono riemersa dall'acqua e finalmente ho respirato. Ho respirato, e non smetterò più di respirare. Perché io sono per sempre. Perché io non voglio più morire.

Perché la mia volontà ha scelto la vita.

Indice

Stampa: Rotolito SpA - Seggiano di Pioltello (MI)